旧语新说

插图本

邓曙光 著

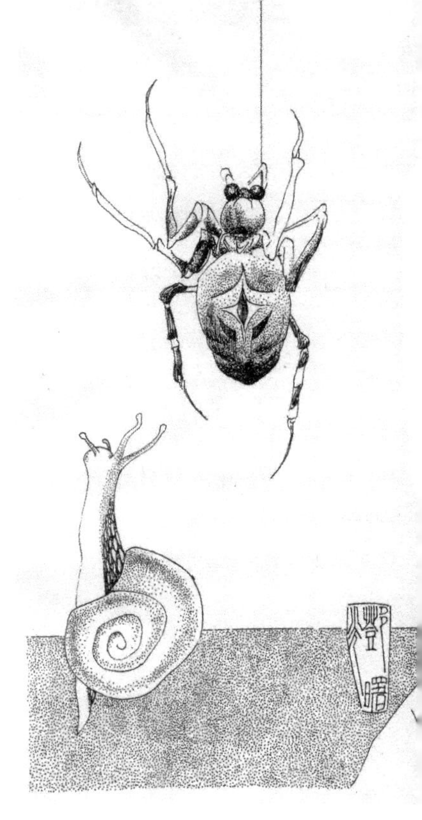

海峡出版发行集团 | 鹭江出版社
THE STRAITS PUBLISHING & DISTRIBUTING GROUP | LUJIANG PUBLISHING HOUSE
2016 年 · 厦门

图书在版编目（CIP）数据

旧语新说 / 邓曙光著 . —厦门：鹭江出版社，2016.9
ISBN 978-7-5459-1142-8

Ⅰ. ①旧…　Ⅱ. ①邓…　Ⅲ. ①寓言—作品集—中国—当代
Ⅳ. ① I277.4

中国版本图书馆 CIP 数据核字（2016）第 204861 号

JIUYU XINSHUO

旧语新说

邓曙光 著

出版发行：海峡出版发行集团
　　　　　鹭 江 出 版 社

地　　址：厦门市湖明路 22 号　　　　**邮政编码**：361004

印　　刷：北京市松源印刷有限公司

地　　址：北京市通州区漷县镇大柳树村北　　　　**邮政编码**：101109

开　　本：710mm × 1000mm　1/16

插　　页：4

印　　张：24

字　　数：330 千字

版　　次：2016 年 9 月第 1 版　2016 年 9 月第 1 次印刷

书　　号：ISBN 978-7-5459-1142-8

定　　价：48.00 元

如有发现印装质量问题请寄承印厂调换

目录

｜第二章｜

还接不接着挖山

| 第四章 |

谁为我们的愚蠢埋单

| 第六章 |

高难度动作不被作为标准

序

刘刚强

近年来，随着新兴媒体的崛起，特别是央视《百家讲坛》等电视媒体的参与，对传统文化的回望在社会上形成一股热潮，让曾经只能在大学课堂才能听到的名师讲座一下子展现在普通百姓面前。电视里的侃侃而谈，已成了街头巷尾的话题，似乎传统的经典一下子又回归到人们的视野被人们重新审视与重视。

这或许只是一种错觉，我们在渐渐习惯一种片段式和间接式的学习方式，快餐式的阅读，这种后果往往使我们的知识结构成为散点式和浅薄型。我们不愿意花太多时间系统地阅读与分析，一个人静静读一本书成了一件很奢侈的事情。

《旧语新说》给我们讲了一百余个老故事，很多是我们从小都熟悉的，可是却给了我们一百余个完全不一样的感受。对于熟悉的事情，我们往往会约定俗成地接受，而没有进一步地思考。邓曙光恰恰具有发散思维和表达的勇气，多走了一步。多走一步往往能看到不一样的结果。

这些流传很久的故事，或是古人彼时彼地为自己观点服务的杜撰，也有历史旧事的改造，都是为了说明故事启发我们的道理，如掩耳盗铃、卧冰求鲤、终以大逆不道罪名致死的孝悌孔融，等等。但事过境迁，以此时此刻的角度，必然存在各种漏洞和偏见，但人们的生老病死一代代地延续着，这些故事仍旧不停地被津津乐道地流传，足以证明这些故事本身的魅力，并不影响我们对它们的解读。你完全可以不接受邓曙光的解读，诚如邓曙光所言“这不是一个非此即彼的世界”。他的解读带给我们的启示，恰恰是阅读给予我们个体的馈赠与启示：阅读让我们体验历史的经验，阅读让我们分享他人的思维，阅读带给我们独立思考的能力。

这也是本书出版的初衷。

近年来，孝昌县委、县政府积极开展全民阅读活动，大力推进“书香孝昌”建设。孝昌人真切地感受到：一个城市如果形成了阅读的风尚，这个城市就会充满活力和创造力；一个民族具有热爱阅读的追求与渴望，这个民族就会充满智慧和希望。今天，我们不仅是要回望经典，而且要从每个人的阅读和点滴思考做起，激发我们的思想活力，为早日实现中华民族伟大复兴的“中国梦”增添动力。

（作者系孝昌县委常委、宣传部长）

| 第一章 |

不一样的蛇心

铁杵磨针

——等你磨针缝衣服我早冻死了

铁杵当然可以磨成针，可我们要的只是衣服。缝衣服有很多方法，为何偏要选最笨、最慢、最费力的办法？世人所称赞的，偏又是这种最不切实际的方法。

那个叫李白的小孩子又丢下书本逃学到河边游玩去了。

在河边，小孩子看到一个白发苍苍的老太婆在固执地磨着一根铁杵。

好奇的孩子怎么也想不明白，那个老太婆磨铁杵做什么。

老太婆告诉他说，她已经磨了好长时间，还要磨好长时间，要磨成一根针用来缝衣服。

孩子就抱了一些布料来请老太婆为他缝件棉衣过冬。

老太婆说，你要耐心地等，等我先把这铁杵磨成了针你再来。

孩子说，等你磨成针来缝衣服我早冻死了。

只要功夫深，有体力有时间，再加上足够的耐心，铁杵当然可以磨成缝衣针，可我们要的只是衣服，要缝衣服有很多方法，为何偏偏要选择最笨、最慢、最费力的方法？为何这种最笨最不实际的方法又偏偏被世人所赞美。

许多年以后，那个贪玩的孩子成了著名的诗人，他说，高堂明镜悲白发，朝如青丝暮成雪。

他还说，人生得意须尽欢，莫使金樽空对月。

羿射九日

——留下一个太阳被崇拜

羿射九日，也许真是人们的期望，造福众生万物。也许只不过是羿的一场英雄梦，只想证明自己的无比能力和勇气。也许只是另一个太阳和羿串通了一个天大的阴谋，使那个仅存的太阳能够唯我独尊。

太阳给大地带来光明，滋养万物，被颂为造物，喻为母亲，视为神圣。给黑暗中的人们带来光明，给寒冷中的人们送来温暖。

人们当然渴望被伟大和神圣温暖照耀。

伟大和神圣当然应该让人们崇拜敬仰。

如果有十个太阳。

每个太阳都光明，都灿烂，都伟大。

可如果十个太阳都要时时刻刻地照耀大地，如此举动却极不光明，如同把口渴需要水的人扔进深海，把寒冷需要温暖的人扔进火堆，都是置人于死地的水深火热，却还口口声声说我为众生驱走黑暗，拯救众生于水火，是众生的恩人。

十个太阳，说起来谁都对万物负责，实际上谁也不对万物负责。

所以，羿射九日，留下一个太阳被崇拜。

羿射九日，也许真是人们的期望，造福众生万物。

也许只不过是羿的一场英雄梦，只想证明自己的无比能力和勇气。

也许只是另一个太阳和羿串通了一个天大的阴谋，使那个仅存的太阳能够唯我独尊。

嫦娥奔月

——只为美丽被原谅

美丽当然无罪，许多年以后，人们原谅了那个误君祸国的美人杨玉环，人们甚至还原谅了那个谋杀亲夫的淫妇潘金莲，说她是为了追求美丽的爱情。

也许嫦娥已经厌倦了羿，也许嫦娥不愿守着那个自以为是的射日英雄在尘世间永生，也许，也许还有其他的也许，反正她偷吃了仙药，离开了羿，一个人独自向月亮飞去。

许多年过去了，没有人再计较嫦娥对爱人的背叛，没有人计较嫦娥的监守自盗。只知道寂寞的夜空中有孤独的月亮，寂寞的广寒宫里住着孤独的嫦娥。

也许羿真的爱着嫦娥，也许羿真的不爱嫦娥，也许还有其他的也许，反正他手中的射日神箭始终没有射向月亮。

因为美丽而寂寞，因为寂寞更美丽。

嫦娥背叛了一个爱人，却为自己赢得了众生的爱慕，而那个羿也只能留驻人间成为芸芸众生中的一员。

那个在白云间圆圆缺缺变幻着的月亮，被人们所赞美、感伤、向往，照得许多寂寞的人相思无眠，引得许多孤独的人举杯邀月。

就因为美丽被原谅，美丽当然无罪，许多年以后，人们甚至还原谅了那个谋杀亲夫的淫妇潘金莲，说她是为了追求美丽的爱情。

精卫填海

——怨天怨地不怨自己

生活中，很多很多的精卫在怨天怨地，就是没有怨自己。很多很多的精卫都还在不停地衔石，衔石填海，最终也没能填平那片汪洋恣肆的大海，大海依然汹涌澎湃，波澜壮阔。

炎帝美丽的小女儿喜欢和她一样美丽的大海，天真地以为大海也喜欢和她一样热情奔放的女孩。

后来，女孩被淹死了。

死去的女孩在心里深深地怨恨着自己曾经深深向往和热爱过的神奇海洋，其魂魄化作一种叫精卫的鸟衔石填海。

大海因为汹涌壮阔才美丽诱人，因为热爱大海而葬身大海，如同战士激战之后战死在战场，如同浪子流浪之后客死在他乡，都算是死得其所。

如果真的热爱大海，女孩也许该变成海鸥，化作大海的精灵。

精卫不抱怨自己不了解大海，精卫不抱怨自己无力征服大海，却把狂热的爱化作无穷无尽的怨恨，怨恨大海的无情，怨恨大海把自己吞没。

如果早知如此，何不找一池风平浪静的浅水，何不找一湾温柔安宁的泉水。

生活中，很多很多的精卫在怨天怨地，就是没有怨自己。

很多很多的精卫都还在不停地衔石，衔石填海，最终也没能填平那片汪洋恣肆的大海，大海依然汹涌澎湃，波澜壮阔。

夸父追日

——奔跑的目的就是奔跑

对于夸父来说，逐日的全部意义就在于疯狂。夸父在奔跑时，没有想到结果，夸父在倒下时，也没有想到自己要化作月亮、星辰、道路和树木，没有想到自己会被称为英雄，还是会被当作一个无聊透顶的人。

夸父是个大英雄，勇气非凡，力大无比，能跋山涉水，能降龙伏虎，纵横天下，世间似乎已经没有他做不到的事了，于是他要追赶太阳。

就在夸父拼尽力气追到太阳，向着太阳伸出手时，才猛然想到自己要太阳有什么用。这一迟疑，就被烧死了。

其实烧死夸父的不是太阳，烧死夸父的是他自己无法克制、无法压抑的疯狂的欲望，狂乱的野心，不惜性命也要证明自己的冲天豪情。

心比天高，口能吞天，要上天入地，要揽月摘星，人们拼命追求所有能弄到手的东西，烫手的山芋，刺手的玫瑰，有财富还要更多财富，有爱情还要更多爱情，有生命还要让生命永恒不朽。

就忙碌奔波，不辞千辛万苦，不畏千难万险地追求着，追求着那些自以为是的幸福，不论是自己需要的还是不需要的，不论是自己能得到的还是得不到的。

忙碌奔波之后，千山万水之后，千辛万苦之后，千难万险之后，才发现那些满满在手的，竟然都是自己不想要，也不需要的。

没有意义的行动，再大的能力和勇气也都是徒劳。

夸父在追逐，我们也在追逐。

夸父逐日可能根本就不在乎结果如何，可我们却在斤斤计较着付出和得失，患荣，患辱，满腹的忧患。

我们的奔跑是为了锻炼，目的是健康，有个会当凌绝顶的目的地。

对于夸父来说，逐日的全部意义就在于疯狂，疯狂的本身就是疯狂的意义，奔跑的目的就是奔跑。

夸父在奔跑时，没有想到结果，夸父在倒下时，也没有想到自己要化作月亮、星辰、道路和树木，没有想到自己会被称为英雄，还是会被当作一个无聊透顶的人。

夸父和我们的区别在于，夸父追逐的过程就是夸父的意义，我们追逐的目标才是我们的意义。

〇一三

大禹治水

——要为自己的行为找个崇高的动机

不成功的路只有死路一条。大禹当然不能对舜帝说有本事你自己治水去，那只会加快自己的死亡。为了保命，只有拼命，大禹不舍昼夜拼命苦干，脸晒得黝黑，手脚长满老茧，十三年里迈着他一跛一颠的禹步三过家门而不入。

洪水泛滥，人们流离失所。

鲧奉舜帝之命治水，鲧以堵的方式治水失败，被舜帝处死在羽山。舜帝再命鲧的儿子大禹继续治水。儿子虽然继承了父亲的使命，却不想重复父亲为治水丧命的命运，不成功的路只有死路一条，就是不被滚滚洪水淹死，也会被自己的杀父仇人杀死，当作对受难百姓的交代。

大禹当然不能对舜帝说有本事你自己治水去，那只会加快自己的死亡。为了保命，只有拼命，大禹不舍昼夜拼命苦干，脸晒得黝黑，手脚长满老茧，十三年里迈着他一跛一颠的禹步三过家门而不入。

如果堵水只能重复先辈走过的死路，那么疏导也许就能为自己寻找一条生路，大禹成功了，他救了自己的命也挽救了好多人的命。当初只是为自己的操劳成了为天下人的操劳，当初只为保全自己一条性命，成了为天下黎民百姓拼命，不仅把握了自己的命运也可以把握天下人的命运。

美化自己或美化别人，也是常情，都说爱美之心人皆有之。

为自己的行动可以美化成为家庭，为亲朋的行为就可以美化成为大众，出卖色相的可以是顾全大局，卖主求荣者可以是曲线救国，要饭的叫花子可以是贫贱不移，守财的有钱人可以是富贵不淫。

自从学会动脑筋以来，人类一直企图美化自己行为的动机，自我赞扬或相互赞扬，就能为平凡罩上光环，为庸俗披上神圣。

小儿辩日

——比无知更无耻的小人

编这个故事的是列子，作为道家的列子本意是要嘲弄儒家的圣人孔子无知，白痴也敢充圣人，搬块石头要砸孔圣人，没成想落下来却砸着了自己的脚。但这并不说明列子愚蠢，列子写了一个精彩的故事，还被选进了教科书，这只说明一个精彩的故事会拥有自己的生命力和独立的意识，刀锋所指，并不完全服从作者的意志。

〇一六

两个小孩问孔子，太阳什么时候远，什么时候近。

孔子说我还真没想过这个问题，平时只顾着关心人本身，太关心人的道德品质，没太注意日月星辰的自然现象。

一个小孩说太阳早晨大如盆，中午小如盘，当然是晨近午远。孔子听了说，你说的听起来的确很有道理。

另一个小孩说太阳早晨温如池水，中午热如沸水，当然是晨远午近。孔子听了又说你说的听起来也很有道理。

两个小孩不停地追问孔子到底谁说得对。孔子苦苦地思考了好一会儿，最后却无可奈何地摇摇头说，我真的不知道。

两个小孩就大声嘲笑孔子无知，什么圣人不圣人，连个太阳的远近都分不清，还好意思假充圣人。

孔子问那两个小孩自己争论明白了没有。

两个小孩说没有。

孔子说你们也不知道，为什么却只嘲笑我不知道。

两个小孩说我们是小孩，不知道没关系，你是圣人，圣人不知道当然可笑。

于是，孔子对他们说道，知之为知之，不知为不知，是知也。

一个小孩瞪大眼睛听着却只能摇摇头说听不明白，一个小孩叫骂着你不知道就不知道，什么乱七八糟的之乎者也。

孔子不是自封的圣人，是被世人尊为圣人，孔子被尊为圣人不仅仅是因为他的学识，更因为他的道德品质。孔子对人很谦虚，他说三人行必有我师。孔子学知识很勤奋，他说敏而好学，学而不厌。孔子对生命的意义很执着，他说朝闻道，夕死可矣。

无知，并不可笑，也不可耻。

就算圣人有所不知，也无损于圣人的崇高。

就算小人有所知，也不能改变小人卑鄙的本性。

小人，以为嘲弄圣人就能证明自己比圣人高明，可耻的是小人对自己的无知和自作聪明不以为耻，反以为荣。

编这个故事的是列子，作为道家的列子本意是要嘲弄儒家的圣人孔子无知，白痴也敢充圣人，搬块石头要砸孔圣人，没成想落下来却砸着了自己的脚。

但这并不说明列子愚蠢，列子写了一个精彩的故事，还被选进了教科书，这只说明一个精彩的故事会拥有自己的生命力和独立的意识，刀锋所指，并不完全服从作者的意志。

庄周梦蝶

——在梦想和现实之间寻找真实的自我

庄周说我要找到那个真实的自我，可我怎样才能待在半梦半醒之间不睡不醒。

人们都在辛勤劳动。

那个成天游手好闲的庄周又在花下睡着了。他做了一个梦，梦里的他变成了一只无忧无虑快乐的蝴蝶。

醒来的庄周茫然地看着这个充满痛苦和不幸的世界，不知道是蝴蝶在自己的梦里，还是自己在蝴蝶的梦里。

看着周围辛苦劳累的人们，庄周倒头又睡，重又回到美丽的蝴蝶梦里，不肯醒来。

再次醒来的庄周已经不那么痛苦了，因为他知道自己只不过是在一只蝴蝶的梦里，梦到一些做人的痛苦，等梦醒了，那些痛苦就没了。

世事如梦，梦如人生。

梦想和现实，都让人迷惑，分不清梦中的自己，或者现实中的自己，到底哪一个自己更真实，也许那个梦中的自己，自己心中的自己，更像真实的自己，也许那个真实的自己就在半梦半醒之间。

庄周说，我要找回真实的自我，可我怎样才能待在半梦半醒之间不睡不醒。

〇二〇

高山流水

——要被认可而不是要音乐

俞伯牙也许喜爱音乐，可他更喜欢被认可，如果没有认可，他宁可不要音乐，所以俞伯牙并不是真正地热爱音乐，音乐不过是他用来寻求认可和赞美的一种方法。

俞伯牙是个非常热爱音乐的人，他喜欢弹琴，到处演奏，却没人能听懂他的音乐。就算有人说琴声好听，可说出他在想什么，俞伯牙都会很失望，说在这世上他没有知音。

直到有一天，他遇到了一个叫钟子期的人，伯牙心里想着高山手指拨弄琴弦，子期听了说，那是巍然屹立的万仞高山。伯牙心里想着流水手指拨弄琴弦，子期听了说，那是澎湃不息的江河流水。

伯牙欣喜若狂，我终于找到知音了。

可惜，后来子期死了，伯牙伤心欲绝，说知音不在了，弦弹断了又有谁能听懂，山再高水再长又能向谁弹奏。就把琴摔得粉碎，再也不弹琴了。高山还在，流水还在，只是从此，在这个世界上就再也听不到俞伯牙那美妙动听的琴声了。

伯牙可能始终都不知道子期，子期也许根本不喜欢那些高山流水的声音，他更希望能听到冷月繁星、落日浮云的声音，可惜那个俞伯牙只会山重水复地把个高山流水弹个没完没了。

俞伯牙也许喜爱音乐，可他更喜欢被认可，如果没有认可，他宁可不要音乐，所以俞伯牙并不是真正地热爱音乐，音乐不过是他用来寻求认可和赞美的一种方法。

理解和认可的确是件很困难的事，所谓人心隔肚皮，谁也不能真的掏出心来给谁看看。为了觅知音，人们愿意不顾山高水远去跋山涉水，甚至一本满是闲言碎语的书，只要打着知音的名号，就能让许许多多需要知音却又没有知音的人趋之若鹜。就因为难，人们甚至不敢奢求，只求人生能得一知己足矣。

如果有了理解和认可，士就可以为知己者死，可以两肋插刀，可以割头换颈。如果没有理解和认可，士也可以以死明志，可以剖腹辩冤，可以抑郁而终。被理解是要付出代价的，有时是一把琴，有时是一把剑，有时是自己的一颗人头。

〇二三

如果人对理解的渴望已经到了比生命更可贵的地步，理解就成了一种可怕的需要，认可就成了一种可怕的动力，使一个人能够心甘情愿地为别人去死，也使别人能够无怨无悔地为你而死。

〇二三

刻舟求剑

——无奈地为记忆刻下痕迹

那些我们曾经拥有，曾经深爱的，一旦失去，一去不返，却又无法追回。我们能做的，也只能是在失落的地方为自己刻下一个留作记忆的记号，最后能拥有的也只能是那曾经拥有的记忆。

一个人带着自己珍爱的宝剑乘船过江，宝剑意外地掉入水中，那人在宝剑从船舷落水的地方刻了一个记号，有人笑他这样是无法找回宝剑的，刻舟的人问那你说我能怎样做，有人说你该现在跳到江里去捞你的宝剑。刻舟人说你不是要我去找宝剑，是想我去送命，我不想既丢了宝剑又丢了性命。

刻舟人既不能抱着自己的宝剑沉入江底，却又不能眼看着自己失去宝剑不做点什么，他可以做的也许只能是无奈地在船上刻个记号，即使不抱任何希望，也试图为自己曾经拥有过、珍爱过的宝剑做点什么。

刻舟人刻下的其实只是一个关于记忆的记号，一个无望的努力，不是求剑，只是为自己求一份无可奈何的安慰。

那些我们曾经拥有，曾经深爱的，一旦失去，一去不返，却又无法追回。我们能做的，也只能是在失落的地方为自己刻下一个留作记忆的记号，最后能拥有的也只能是那曾经拥有的记忆。写成文字、绘成图画、塑成雕像，拍照、留影、题字，在自己路过并能刻下记号的每一个地方刻下记号，从此经过，到此一游，特此留念。

就像那个刻舟人最后做的那样，指着自己在船舷上刻下的记号说，就是在这儿，我失去了那把曾经拥有的宝剑。

青蛇和白蛇

——救不救落难的美女蛇

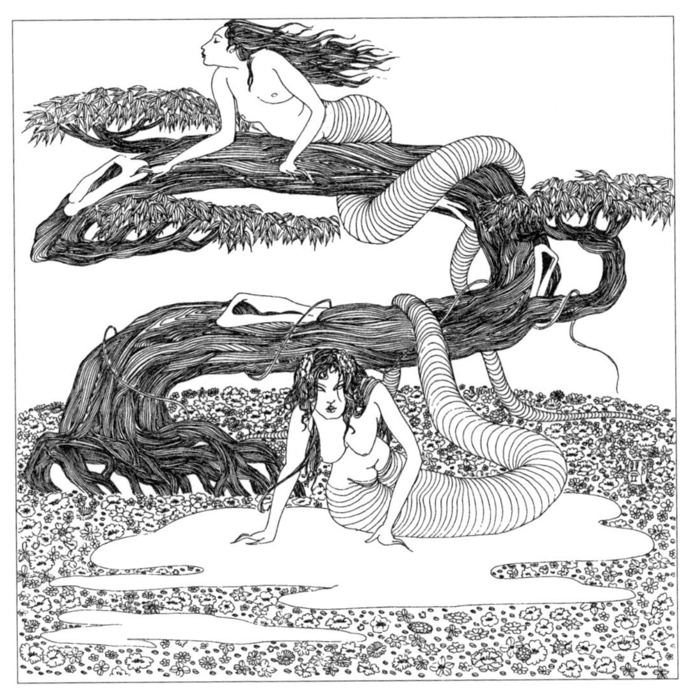

白蛇传的故事，说的是人性本善，即便是一条蛇，在其灵魂深处也会有善良美好的一面。农夫和蛇的故事，说的是人性本恶，即使对他有救命之恩，但其骨子里依然是以利己为第一位的。

有个书生，救了一条蛇，后来，蛇变成美女，和书生相爱，这个知恩图报的故事叫白蛇传。

有个农夫，救了一条蛇，后来，蛇苏醒过来，咬死了农夫，这个恩将仇报的故事叫农夫与蛇。

一条东方的蛇，一条西方的蛇。一样的蛇，不一样的蛇心。

嫁给书生，咬死农夫。

蛇有美丽的外表，温柔的身体。人们常被美丽和温柔诱惑，平凡的人们渴望着，能在平淡的生活中遭遇激情，禁不住英雄救美的冲动，怜香惜玉的柔情，拯救危难的侠骨。

人们说人是知人知面不知心，更何况是蛇面背后的蛇心，那颗被美丽外表包裹的内心，可能是似水的柔情，也可能是豺狼蛇蝎般的狠毒心肠。

白蛇传的故事，说的是人性本善，即便是一条蛇，在其灵魂深处也会有善良美好的一面。

农夫和蛇的故事，说的是人性本恶，即使对他有救命之恩，但其骨子里依然是以利己为第一位的。

英雄救美，美人爱英雄，可救美人的人不一定都是美人所爱的英雄，有可能救回浪漫的爱情，也有可能救回凶残的谋杀。

所以问题不是该不该救落难的美女蛇，问题得看是谁救，救的是谁。

牛郎织女

——难道你要我爱你满身牛粪的味道

牛郎问织女你为什么不爱我，织女说你要我爱你什么，爱你苦，还是爱你穷，爱你身上的草料味还是牛粪味，就算你要我爱你一无所有，你还有一头光吃草不干活的老牛。

牛郎是个放牛的苦孩子，除了一头老得没法耕地的老牛之外什么也没有。

牛郎长大了，男大当婚，女大当嫁，牛郎连晚上做梦都想娶媳妇，可没有女人愿意嫁给这个又穷又脏的老实人。

后来，那头老牛告诉他一个能弄到女人的办法，于是，色胆包天的牛郎，这个平日里老实巴交厚道的老实人做了件非常不老实也不厚道的事。牛郎到河边偷了一件正在洗澡的仙女的衣服，仙女没有衣服上不了天，只得和牛郎一起生活。

牛郎说织女我爱你，织女说你当然爱我，因为我是女人，因为我美丽，如果你在河边拿了另一件衣服，你也会爱上别的女人。牛郎问织女你为什么不爱我，织女说你要我爱你什么，爱你苦还是爱你穷，天底下穷苦的男人多的是，你要我爱你身上的草料味还是牛粪味，就算你要我爱你一无所有，你还有一头光吃草不干活的老牛。

后来，王母用天河隔开了牛郎和织女，织女重又回到了天上做仙女去了。

隔开牛郎织女的又岂止是王母在他们中间划出的那条宽阔的银河，更是他们天壤之别的出身和截然不同的经历。

穷和苦也许值得同情，但同情并不是爱情，就算爱一个人不需要理由，可要别人爱自己总得要一些理由，癞蛤蟆可以想要白天鹅，天鹅却不会平白无故地爱上癞蛤蟆。

天仙配董永

——穷困所需要的原本只是钱

女人走了，只留下个孤单的董永每天瞪大眼睛看着天空痴痴地发呆，嘴里喃喃自语，其实我要的只是钱。

董永是个忠厚老实的穷人，虽然有一片孝心，却无力让父亲安享天年，父亲总是盼着儿子娶妻生子，能够后继有人，传承香火。父亲带着无限的遗憾死去了，可董永却连安葬父亲的钱都没有，如果有钱该多好，从小到大，董永一直为贫穷而痛苦不已。做儿子的在父亲生前不能尽孝，如果再让死去的父亲抛尸荒野，实在是天理不容，董永只能卖身葬父。

有个有钱人出了一笔钱，才让董永的父亲入土为安。

董永只能凭自己的力气为富人做长工还债，也不知要干到哪年哪月才能还清。连做梦都不曾梦到，一个年轻美貌的女人竟然纠缠着董永，偏要给他当妻子。女人不仅温柔聪明，而且勤劳能干。有这样的女人甘愿做穷汉妻，既让人羡慕又让人嫉妒，如果贫穷能够换来美丽的爱情，那些富有的男人都恨不得破产当个穷光蛋。

女人勤劳地织布，一百天后，还了董永欠的债。女人告诉董永，我要走了，我原本是天上的仙女，被你的孝心所感动，下到凡间来帮助你的。这个故事叫百日缘，也叫天仙配。

感动了上天的董永却并没有被上天感动。女人走了，只留下个孤单的董永每天瞪大眼睛看着天空痴痴地发呆，嘴里喃喃自语，其实我要的只是钱。

没有钱的痛苦，只需要用钱来解决，同情不是爱情，帮助穷人，给他几个小钱，让他买块薄地把他爹埋了就行了，何苦给他爱情，又不能长久，那只会让他更痛苦。

窦娥冤

——比窦娥还要冤的是百姓

那些无辜受害的老百姓可是比窦娥还要冤。老天有眼，为窦娥鸣冤。可天，不是窦娥一个人的天，是天下人的天，天替窦娥做了主，谁又替天下百姓做主。

〇三二

窦娥被她的穷爹卖给了蔡婆婆家做童养媳，她爹赶考谋官去了。

后来，蔡婆婆的儿子死了，窦娥成了小寡妇。

寡妇门前是非多，于是就有个叫张驴儿的无赖，想要设计霸占窦娥，只是张驴儿没想到，没有毒死蔡婆婆，却把自己的亲爹给毒死了。

恶人一般先告状，张驴儿反咬一口，诬告蔡婆婆是凶手，官府的昏官严刑逼供，为了救蔡婆婆的命，窦娥自己主动认罪，甘心为蔡婆婆抵命。

窦娥冤，可窦娥高尚，舍己救人。

临刑前，窦娥指天发誓，死时血溅白练，六月降雪，大旱三年，以明冤屈。

冤气冲天，人怨天怒。

窦娥的遗言，与其说是誓言，不如说是诅咒。

窦娥的诅咒一一应验了，血溅白练，没有半点热血洒红尘。六月天降三尺雪，掩埋窦娥清白身。

没有人证物证，可以让老天做证。

接下来可就苦了窦娥的父老乡亲了，大旱三年，颗粒无收，家破人亡，流离失所。

有冤申冤，有仇报仇，可冤有头，债有主，不能为了申冤泄愤伤及无辜。

要怨就怨张驴儿，怨昏官，怨不得平民百姓，不是他们栽赃陷害，不是他们判的冤假错案，窦娥也不会含冤而死。

窦娥是自愿顶罪救蔡婆婆的命，为救蔡婆婆一人，却又伤害了那么多无辜的百姓。百姓挨饿，却不是心甘情愿，就算饿死千百人，也救不了窦娥一条命。

要申冤还得等她那个做了官的爹回来。

那些无辜受害的老百姓可是比窦娥还要冤。

老天有眼，为窦娥鸣冤。可天，不是窦娥一个人的天，是天下人的天，天替窦娥做了主，谁又替天下百姓做主。

落井下石

——我怎么会掉到井里了

看着不断砸向自己的石头，井里的人开始反思自己怎么会掉到井里的。可当旁边有人同情说，可怜的人怎么把自己掉到井里去了，落井的人却又立刻硬着嘴说，待在井里，我自己愿意，你管得着吗你。

〇三四

寒风狂疾，逆风而行，吹得人眼睛都难以睁开。

一个人干脆转过身闭上眼睛退着走路。另一个人努力地睁大眼睛，也许前面有井，闭眼的人说我知道，可也许前面没井。睁眼的人说你这样很危险，闭眼的人说我知道了，可我这样很舒服。睁眼的人说你要转过身睁开眼睛走路才安全。闭眼的人说，我说过了我知道，你那么啰唆，烦不烦。话刚说完，就掉到井里去了。

井外的人说，我都说过了，你那样走路实在是太危险了，你怎么就是不听。

井里的人说，我都掉到井里了，你竟然还来嘲弄讥笑我，一点同情心都没有。

井外的人喊你注意了，我要朝井里扔石头了。

井里的人破口大骂，你这个卑鄙小人，我都掉到井里了，你不救我还要落井下石。

井外的人叹了口气，唉，四周都没有绳子，只有些石头，我打算把石头推到井里，你顺着石头就可以慢慢爬上来。

说完就离开了。

后来，一群喜欢恶作剧的孩子果然跑来往井里扔石头，看着井里的人东躲西藏却又无处可逃的狼狈样子，哈哈大笑，幸灾乐祸。

因为生活平淡无聊，即便是观看别人的灾祸，也可以让生活不枯燥。

看着不断砸向自己的石头，井里的人开始反思自己怎么会掉到井里的。

可当旁边有人同情说，可怜的人怎么把自己掉到井里去了，落井的人却又立刻硬着嘴说，待在井里，我自己愿意，你管得着吗你。

王婆卖瓜

——你不喜欢我自己夸我就出钱请人夸

自卖自夸并不能轻易取得别人的信任，于是就要求助于其他人的判断，特别是那些在人们眼中诚实可靠的人。可这种人也是能够被收买的。于是在吃到瓜之前，想要知道瓜的好坏，甜不甜，鲜不鲜，实在是太难了。

因为人们往往有先入为主的习惯，所以王婆卖瓜时总是自吹自擂，自卖自夸，夸自己的西瓜大又甜，夸自己的西瓜最新鲜。

可自我评价是主观的，往往有失客观公正，所以买瓜的人就说，王婆你别再夸自己的瓜了，你不能自卖自夸。

王婆一瞪眼，难道你要我说自己的瓜不好，我又不是个傻瓜。

买瓜的人说，不是要你说你的瓜不好。

王婆就问那你说我该怎么说。

买瓜的人说，不是你自己夸，应该让别人夸你的瓜好，那才是真的好。

过了一段时间，王婆果然不再自卖自夸，倒是真的有好些人都在不遗余力地一个劲地夸王婆的瓜好。

王婆卖的瓜虽然好，可价钱也好，越卖越贵。

买瓜的人就问王婆，你的瓜怎么比别人的贵。

王婆说，因为别人的瓜没人夸，你们不让我自己夸，我只好出钱请别人夸。

自卖自夸并不能轻易取得别人的信任，于是就要求助于其他人的判断，特别是那些在人们眼中诚实可靠的人。可这种人也是能够被收买的。

于是在吃到瓜之前，想要知道瓜的好坏，甜不甜，鲜不鲜，实在是太难了。

贼喊捉贼

——谁也不知道谁是不是贼

那个默不作声的可能是贼，那个叫得最响的也可能是贼。捉贼，可连谁是贼都不知道，就更不知道该捉谁了。

做贼的当然不想被人发现，更不甘心束手就擒。

捉贼之所以要喊，是因为有风险，是为壮胆，通常都是做贼的心虚。

喊着捉贼，是为了让贼害怕，是为了便于捉贼，想要大家和自己一起来捉贼，也是为了区分捉贼的和做贼的。

开始是被偷的人喊捉贼，捉贼的人喊捉贼，后来，没被偷的人、不捉贼的人也都异口同声地喊捉贼，他们喊捉贼并不表示他们也要去捉贼，而是为了表示自己不是贼。

为了表明自己不是贼，结果弄得人人喊捉贼。

再后来，就连贼，也跟着一起喊捉贼。

贼之所以喊捉贼，是因为做贼的已经不心虚了，还要证明自己不是贼，结果捉贼的和做贼的都在喊捉贼，听起来到处都是贼，再看看每个人都喊得那么严肃认真，理直气壮，毫不心虚。

人人喊得义正词严，疾恶如仇，谁也不像是贼，也许，真的是天下无贼。

心虚做不好贼，容易露马脚容易被捉。所以，对贼而言，做贼不能心虚，还要学会喊捉贼。到最后捉贼的和做贼的都在异口同声地喊捉贼时，就谁也不知道究竟谁是贼了。

那个默不作声的可能是贼，那个叫得最响的也可能是贼。捉贼，可连谁是贼都不知道，就更不知道该捉谁了。

对牛弹琴

——反正是人也听不懂牛也听不懂

弹琴的人淡淡一笑说，反正都一样，牛也听不懂，人也听不懂，弹给谁听都一样，一样听不懂。弹给牛听，起码还不会被误解、被嘲弄。

一个人专注地对着一头牛弹琴。

有人走过去笑道，你弹琴给牛听，牛能听懂吗？

那人笑着说，牛大概是听不懂。

人们都围过来看那个奇怪的人，一个对着牛弹琴的人。

大家都在讽刺和嘲笑这个没头脑的傻子。

过了一会儿，弹琴的人扭过头来问道，你们听懂了吗？

那些嘲笑他对牛弹琴的人们只能摇摇头，无可奈何地说，我们也听不懂。

弹琴的人淡淡一笑说，反正都一样，谁也听不懂，我弹给谁听又有什么区别呢。

一样听不懂，弹给牛听，起码还不会被误解、被嘲弄。

或许，那个弹琴的人也许只是为了打发无聊的时间，或许，只是要表达自己无奈的情绪，至于是否有人听得懂，对弹琴的人来说实在无所谓。

| 第二章 |

还接不接着挖山

愚公移山

——人活着不只是为了挖山

看愚公坚定不移地奋力挖山，智叟说幸亏他只是不喜欢山，不是不喜欢我。人活着当然不是为了挖山，无论谁都不能把自己的理想强加给别人，即使是自己的子孙。

愚公试图用移山填海的办法搬走拦住门前出路的大山。

一锹一锹地挖，一筐一筐地挑，一天一天，除了挖山，还是挖山。

智叟说，山是死的，你是活的，山不能动，你能动，你不喜欢山，搬到山外去住就行了；我喜欢山，那些山泉、山花多美，还有那些飞鸟走兽，你把山挖掉了，让它们到哪里去住；况且那山太高太大了，凭你的体力和生命是挖不完的。

愚公满怀信心地说，我是挖不完，可我有没完没了的子子孙孙。

愚公的孙子说人活着不是为了挖山，你的希望不是我的理想。扔下锄头画画去了。

天帝说既然那个愚蠢的老头那么喜欢挖山，让力士再搬几座山给他，让他慢慢挖去。

看愚公坚定不移地奋力挖山，智叟说幸亏他只是不喜欢山，不是不喜欢我。

人活着当然不是为了挖山，无论谁都不能把自己的理想强加给别人，即使是自己的子孙。

生命诚可贵，人生因为短暂才显得格外珍贵。生命有限就应该凡事三思、量力而行。人之所以为人，不是因为繁殖，所有的动物都能像人一样繁殖子孙后代。人之所以区别于动物，不是因为体力，而是因为智力。

孺子可教

——教育的前提必须是接受教育

这个被写进了史书的故事，看起来有些莫名其妙，实际上也没什么高深莫测的，其中的奥妙只在于听话和服从。所谓孺子可教，不过是说要做一个顺从的听话的孺子。

很久以前的某一天。在泗水桥上上演了稀奇古怪得让人摸不着头脑的一幕场景。

桥上，一个陌生的老头在看到一个年轻人之后，突然把脚上的鞋脱下来给扔到桥下去了，然后让年轻人去捡鞋。年轻人有些不解，看了看老头，还是听话地去把鞋捡了上来。老头却得寸进尺，还要年轻人再把鞋给他穿上，实在莫名其妙，你又不是他爹，年轻人又抬头看了看老头，还是弯下腰给老头穿上了鞋，老头笑了，说明天早晨在这儿等我。

第二天早晨，年轻人上桥时见老头已经站在那儿了，老头训斥道，你怎么能让一个上了年纪的老人等你，明天早晨再来等我。

第三天早晨，虽然年轻人起了个早，可还是来晚了，又被老头训斥了一顿，说，明天早晨再来等我。

年轻人大概也是个有闲工夫的人，也不说什么，挨完骂转身就去了。

似乎大家有的是时间，就这么耐着性子玩下去。

第四天早晨，不，是半夜，鸡刚叫，老头就出现了，发现年轻人已经站在桥上了，老头笑了笑，说了一句，孺子可教也，拿出一本书来送给年轻人，连句以后拯救世界就靠你了也没说，就消失了。

年轻人把书拿回家认真学习，勤奋钻研，日后成为一个皇朝的开国元勋，这个年轻人叫张良，就是那个古怪的老头送他的那本神奇的书教会了他运筹帷幄、决胜千里之外的能耐。

这个被写进了史书的故事，看起来有些莫名其妙，实际上也没什么高深莫测的，其中的奥妙只在于听话和服从，教育的前提一定是肯受教育。

受教育的前提是听话，不问理由，管他合不合理都得听话，理解也要服从，不理解也要服从，连不合情理的话都得听，就更不用说合情理的话了。所谓孺子可教，不过是说要做一个顺从的听话的孺子。

孟母三迁

——有多少钱搬多少次家

孟轲的母亲的教育方式其实很简单，就是搬家，不停地搬家，一直搬到一个值得孩子模仿的好地方，让环境去决定孩子的成长。可不是每个妈妈都能像孟母那样有能力不停地搬家，也不是每个孩子都像孟轲那样见啥学啥。

很小的时候，孟轲的父亲就死了，孟轲的母亲把家搬到坟场附近，没过多久，孟轲就和周围的小孩子一起模仿起了下葬的游戏，吹吹打打。孟轲的母亲就把家搬到了一个集市旁边，没过多久，孟轲就又和周围的小孩子学着做买卖的样子，讨价还价。

孟轲的母亲就把家搬到了一所学校旁边，周围的孩子都上学念书，孟轲没人玩，成天在学校旁游荡，不久，孟轲就学着那帮学生一样摇头晃脑满嘴都是子曰诗云。

孟轲的母亲为家长们做了一个好榜样，要重视孩子的成长和教育，努力为孩子创造一个良好的学习环境。

孟轲的母亲的教育方式其实很简单，就是搬家，不停地搬家，一直搬到一个值得孩子模仿的好地方，让环境去决定孩子的成长。

可不是每个妈妈都能像孟母那样有能力不停地搬家，也不是每个孩子都像孟轲那样见啥学啥。

不是每个生活在坟场旁边的孩子长大了都只会埋死人，也不是每个生活在集市旁边的孩子长大了都只会做买卖。

如果都是孟母那样的妈妈，那么学校和官衙旁边就会人满为患，而那些田间和山间就都会荒无人烟。

书香门第也会出不学无术的无赖，清贫人家也能出满腹经纶的学者，这与他们住在哪里无关。

不要让那个不争气的孩子在长大后，还理直气壮地责怪自己的妈妈，为什么不把家搬到剑桥大学。

也不要让那些已经没有了织布机的妈妈们在无计可施之后气急败坏地去砸电脑和电视机。

孟轲的母亲是幸运的，孟轲后来成了了不起的思想家，被后人称为孟子，被儒家尊为亚圣，他的学说与孔子一起被称为孔孟之道。

环境虽然会影响到孩子的成长，可最终决定一个人成为怎样的人，不会是除人之外的任何东西，决定人的未来的是人本身，是求知求上进的心。

孔融让梨

——如果不是四岁，而是十四岁的时候让梨

人们记住了孔融，然后，人们忘记了，就是这个以幼时行孝而著称的孔融，最后却是以其不孝和大逆不道的罪名被杀。

吃梨的时候，年龄最小的小孩竟然把最大的梨让给了年纪最大的老人，却把最小的梨留给了自己。小孩说我人小，肚子就小，肚子小，吃的就少，当然应该吃最小的梨，小孩子说让梨是理所当然的。大人们却不是这样认为的，大人们说小孩子是谦让，是尊老敬老，更难能可贵的是小孩只有四岁。于是孔融四岁就知道让梨的行为被称赞为一种美德。

后来吃梨的时候，一个大孩子也让梨，可他却再没有孔融那样的好运气，人们对他的这种谦让完全视而不见，被当成理所应当的。

好吃的梨少吃了好几口，却连句好听的表扬都没有，大孩子委屈地说，我也和孔融一样让梨，你们为什么夸孔融而不夸我。大人们不以为然地说，那是因为孔融只有四岁，你都十四岁了，应该知道谦让了。

孔融让梨，要么是他自己不喜欢吃梨，要么就是他故意拿梨来讨好大人。大孩子愤愤地说，如此说来，表彰孔融让梨，就是承认小孩天生是自私的，一个人在应该自私的年龄，却表现出了无私的品质是一种不正常的举动。表彰孔融，其实是在表彰一种非正常行为，要么是傻得不正常，要么是聪明得不正常。

因为一部妇孺老少皆知的三字经，因为一句“融四岁，能让梨”，人们记住了孔融，记住了一个以孝著称的名字。然后，人们忘记了，就是这个以幼时行孝而著称的孔融，最后却是以其不孝和大逆不道的罪名被曹操所杀。

作为孔子的第二十世孙，孔融居然认为，父母于子无恩。孔融说，父母之于子女，譬如缶器，寄盛其中，父之于子，何当其亲，论其本意，实为情欲发耳，子之于母，亦复奚为，譬如物寄缶中，出则离矣。

狼又来了

——一定要痛打第一句谎言

如果人们真心实意地关心孩子就该想想孩子为什么说谎，是不是因为寂寞，是不是因为孤独，是不是需要人们的关心，是不是应该送给他一根竹笛，让他在放羊时吹奏牧羊曲。或者人们真心实意地关心那些羊，把那个说谎的孩子痛打一顿，虽然简单粗暴，却直截了当。

一个孩子为村里人在山上放羊。

孩子成天待在山上，除了羊就是草，除了草就是石头，实在无聊透了。

于是孩子跑到山顶上大喊狼来了，看着村里人扛着锄头和铁锹都跑到山上来，孩子觉得自己很重要，看着人们紧张惊慌的模样，孩子觉得很好玩。人们没有找着狼，发现自己上当受骗了，就责备小孩子不该说谎骗人，教育他要做一个诚实的人，然后下山去了。

做诚实的人一点也不好玩，成天对着那些无聊的羊无聊的草还有那些无聊的石头。没过多久，那个无聊的孩子又跑到山顶上喊狼来了。人们冲到山上又没找着狼，就又教育孩子要诚实，不要说谎，然后人们又下山去了。

后来，狼真的来了，孩子跑到山上拼命地叫着狼真的来了。可这回上过当的人们不再相信这个孩子说的是真的，没人愿意浪费时间和精力跑到山上和那个撒谎的孩子去瞎折腾了。

孩子哭喊着，嗓子都喊哑了，泪也流干了，却没有人来救他。狼咬死了孩子，又吃完了羊。人们失去了羊群，孩子失去了生命。人们就用这样一个凶残可怕的故事教育孩子不要说谎，说谎的人没有好下场。

其实这是个不该发生的悲剧，可悲的并不在于放羊的孩子说了谎，可悲的是人们对待说谎的态度。

只有当第一次说谎时就让说谎者受到应有的惩罚，才能有效地制止谎言。

如果人们真心实意地关心孩子就该想想孩子为什么说谎，是不是因为寂寞，是不是因为孤独，是不是需要人们的关心，是不是应该送给他一根竹笛，让他在放羊时吹奏牧羊曲，或者人们真心实意地关心那些羊，把那个说谎的孩子痛打一顿，虽然简单粗暴，却直截了当。

人们在开始时是虚情假意地说教，后来又麻木不仁怪罪孩子的屡教不改，结果是因为他们纵容了谎言，害死了孩子也害死了羊。

照雪聚萤

——也许可以换一种方法读书

既然要埋头苦读出人头地，却始终默默无闻不为人知，也许就可以换一种方式读书，就像萤火虫在白天平凡得看不见，只在黑暗中才能引人注目。读书可以白天读，也可以夜晚读，可以聚萤读，也可以映雪读，可以悬梁读，也可以刺股读，甚至还可以凿破邻居家的墙壁读书。只要把读书的形式和读书的内容完美地结合起来，就一定可以名利双收。

平凡的孩子想以读书来出人头地，穷孩子想以读书来改变自己的命运。就算读书不能当饭吃，最起码也能用精神充实一下物质的空虚。很多这样平凡的穷孩子，穷得连晚上读书用的灯油都没有，就捉萤火虫聚起来借着微弱的光读书，于是一个埋头苦读了好多年都不为人所知的苦孩子，一下子引人注目，成了被大家谈论传扬的人物。

同样是读书，不过是换了一个照明的工具，一个平凡的孩子从此不再平凡，这个孩子叫车胤。

一个死心眼的孩子，就真的跑去捉萤火虫读书。要想夜晚用萤火虫读书，只能白天去捉很多萤火虫，白天的萤火虫实在太普通了，很难找很难捉，好不容易捉了很多萤火虫聚在一起，发出的光却依然昏暗，如果真这样读书，用不了多长时间早晚弄成盲人，怕以后有了灯也不能读书了。

其实，无论这个聚萤的故事是否真实，是否可信，这都是一个很好的故事，激励了许多读书人奋发向上、走出困境。

既然要埋头苦读出人头地，却始终默默无闻不为人知，也许就可以换一种方式读书，就像萤火虫在白天平凡得看不见，只在黑暗中才能引人注目。读书可以白天读，也可以夜晚读，可以聚萤读，也可以映雪读，可以悬梁读，也可以刺股读，甚至还可以凿破邻居家的墙壁读书。只要把读书的形式和读书的内容完美地结合起来，就一定可以名利双收。

悬梁刺股

——一种可怕的读书人

不要痛苦地读书，也不要读书之后的痛苦。不要加害别人，也不要加害自己。如果爱书，就做个快乐的读书人。如果不爱书，就做个不读书的快乐人。

读书应该是有用的，能够开卷有益，可以如饥似渴。

读书应该是快乐的，能够废寝忘食，可以乐在其中。

读书应该是一种享受，能够百读不厌，可以得意忘形。

当然，这都是对爱读书和会读书的人而言，对于那些不爱读书却又出于名利的目的，不得不读书的读书人来说，就只能是一种折磨和煎熬，如受酷刑，如吃黄连的苦读，他们的读书之窗被称为寒窗，他们的求学之舟被叫作苦舟。

都是为了那些不得不读的书和那些不得不懂的学问，想睡也不睡，不想读也读，就要为自己画地为牢，对自己惨无人道。为了让自己能够读书求知而不是睡觉休息，就可以用绳子把自己的头发系吊在房梁上，痛得如扯发剥皮；就可以用铁锥猛刺自己的大腿，血流不止。读书的痛苦竟然如同惩罚罪大恶极的囚犯。

夜深人静，有人头悬梁，有人锥刺股，断续传来的惨叫声、呻吟声，惊吓着无知的小孩，后来孩子们知道了，原以为的野蛮人其实是文明的读书人，孩子们本能地害怕着，怕他们在悬梁刺股都没用之后，会把自己绑在老虎凳上为自己灌辣椒水。

后来孩子们长大了，却又把他们当作榜样，拼命苦读。

对这些痛苦的读书人而言，更大的痛苦还在苦读之后，既没找到颜如玉，也没找到黄金屋，那种痛，只怕是刀砍斧劈，绳绞火烧也难以解除。

可怕的读书人，更可怕的是这种读书人一旦学有所成，然后学而优则仕，一旦出人头地大权在握，这些对自己的身体都毫不在乎的人，又怎么会在乎他人的生命。

敢对自己下毒手的人，更能对别人下毒手。

从痛苦中挣扎出来的人，更能漠然地置别人于痛苦之中。

不要痛苦地读书，也不要读书之后的痛苦。

不要加害别人，也不要加害自己。

如果爱书，就做个快乐的读书人。

如果不爱书，就做个不读书的快乐人。

苏秦纵横

——自相矛盾却能战无不胜的知识

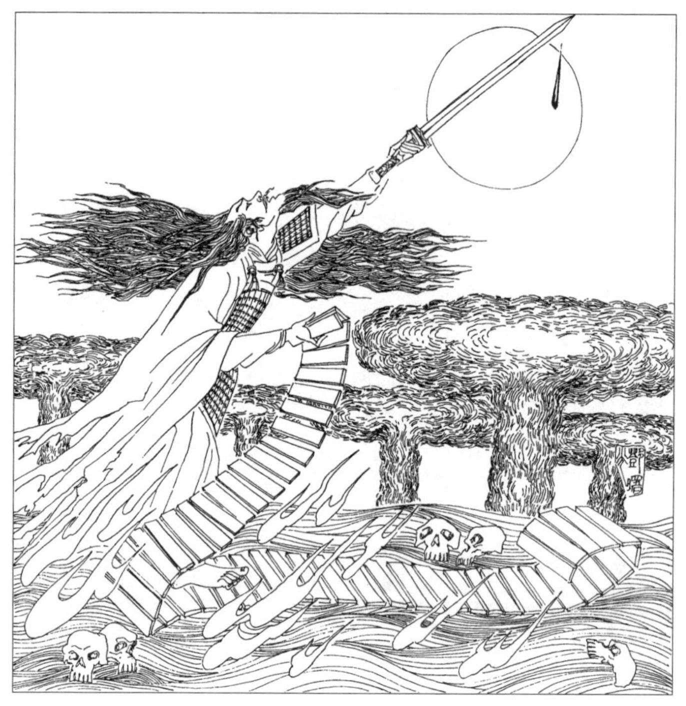

苏秦用知识改变了自己的命运，也改变了天下人的命运。如同大禹治水时铸成的那根镇水之宝，威力无穷，还能攻守自如，既能是平安天下、造福天下的定海神针，也能是孙悟空手中扰动天下、大闹天宫的如意金箍棒。

那个用铁锥自刺其股发奋苦读的苏秦，带着他的满腹知识，更带着他强烈的野心和宏伟的抱负来到了秦国，给秦王讲纵横之术，说只要用连横的办法就能争取六国亲秦，然后各个击破一一兼并，天下归秦，人民安乐，可惜秦王不喜欢这个想用知识换荣华的穷光蛋。于是，苏秦又带着他的满腹知识，带着他更加强烈的野心和抱负游说六国，给那些燕、赵、齐、楚、韩、魏的国王们讲纵横术，说只要用合纵的办法就能联合六国对抗强秦，然后七分天下七国鼎立，人民安乐。

苏秦当然是个有志有识之士，苏秦要通过掌握改变天下的命运来改变自己的命运，从饥寒交迫到锦衣美食，从卑躬屈膝到趾高气扬，从一个卑微低贱的布衣到高高在上不可一世的六国宰相。

苏秦用知识改变了自己的命运，也改变了天下人的命运。苏秦的纵横之术虽然关系天下安危，但苏秦关心的并不是天下人的安危，他所关心的只不过是自己的荣辱安危。天下是分是合，国家是兴是亡与他无关，知识只不过是他用来实现欲望和野心的工具，一件能为你杀他也能为他杀你的工具。

读书人能靠读书获取知识和力量，再靠知识和力量获取财富和权力，当然是读书人的幸运，可如果这种力量只为谋一己之私而不择手段，置天下兴亡、百姓安危于不顾，就是天下人的大不幸。不幸的是苏秦从一个贫困清寒的读书人到神气威风的六国纵约长的故事，成了许许多多读书人的榜样和理想，激励着一代又一代的读书人发奋苦读。

知识是一种力量，如果无知的人只能以自己的七尺之躯血溅五步，那么有知的人就可能让很多人白骨遍野血流成河，如果无知的人只能声嘶力竭地呼天抢地，那么有知的人就能翻山倒海燃起遍地狼烟。

知识的力量是无穷的，如同大禹治水时铸成的那根镇水之宝，威力无穷，还能攻守自如，既能是平安天下、造福天下的定海神针，也能是孙悟空手中扰动天下、大闹天宫的如意金箍棒。

孟宗哭竹

——是顺其自然还是违背自然

看着地上破土而出的竹笋，那个叫孟宗的孝子破涕为笑，感恩苍天有眼，另一群孝子却嚷着上天不公。瞬间长空万里，天鹅翱翔，瞬间又狂风呼啸，飞雪飘零，瞬间又是烈日高照，骄阳似火。看着这乱套了的大自然，人们诅咒着这该死的天气。

一个母亲生病了，想吃新鲜的竹笋，想吃竹笋没错，没什么不对的，问题是时间不对，冬天里冰天雪地根本不可能有竹笋。

尽管如此，她的那个孝顺的儿子还是顶着寒风漫山遍野找竹笋。

根本就不是长竹笋的季节，没有竹笋就是没有竹笋，到了长竹笋的季节，竹笋就是雨后的春笋，到那时，你不想让它从地里钻出来都不可能。找遍了所有的竹林也没能找到一棵笋苗，那个无知的孝子还是不肯死心、不肯罢休，坐在雪地上看着那些竹子放声号啕大哭，哭诉着我妈妈要吃竹笋，直哭得伤心欲绝，直哭得天昏地暗，死去活来。

如果竹子有心，会为之动容，如果上天有眼，会看到一片孝心，如果上天有神灵，也一定会被他的孝心所感动。

于是天上的神决定成全这个孝子的一片孝心，暂时先把这自然界的规律更改一下，让冬天的竹子长出竹笋。

突然又跑出一个孝子来，哭得比前一个更伤心，边哭边嚷，我妈妈她想吃西瓜。跟着又跑来一个，在后面大声哭嚎着，我爸爸想要吃天上的天鹅肉。

面对这样一群孝心可嘉的孝子，慈悲的天神傻了眼。

看着地上破土而出的竹笋，那个叫孟宗的孝子破涕为笑，感恩苍天有眼，另一群孝子却嚷着上天不公。

瞬间长空万里，天鹅翱翔，瞬间又狂风呼啸，飞雪飘零，瞬间又是烈日高照，骄阳似火。

人们一会儿冻得要死，一会儿又晒得要死，在水深火热中被弄得死去活来。看着这乱套了的大自然，人们诅咒着这该死的天气。

卧冰求鲤

——何苦用不人道的方式去追求孝道

要破冰捉鱼，可以用斧头砸冰，可以堆火化冰，何苦要用这种极端残酷的方式去实现孝心。养儿育女，母慈子孝，都是因为尊重生命，都是天经地义的天伦之乐。孝，是一种人道，何苦用这种不人道的方式去追求孝道。

寒风呼啸，冰天雪地。

一个孩子竟然赤身裸体地趴在冰上，冻得瑟瑟发抖，面无人色。路过的人惊奇地问，你是不是脑子有毛病，找死也该找个痛快的死法。孩子说我不是找死，是要用我的体温融化冰块，下到水里捞鱼。看着这个呆头呆脑的孩子，人们哭笑不得，快起来吧，馋嘴的傻小子，现在根本不是捞鱼的时候。孩子固执地说，可我妈妈要吃鲤鱼。

鲤鱼味道不错，母亲要吃鲤鱼也没错。母亲对孩子有养育之恩，孩子对父母有报答之情，也都没错。

孩子说，我要孝顺我的母亲，让她吃到鲤鱼。

路人说，有病，你妈贪吃得连儿子的命都不要了。

一个无理取闹的母亲和一个百依百顺的孩子，据说孩子的孝心莫名其妙地感动了上天感动了鲤鱼，冰块自己裂开，鲤鱼从水中跳起，儿子把鲤鱼拿回家去满足了那位贪吃的母亲的愿望。

据说这个故事还真有其人其事，那个儿子叫王祥，如果说连无知的鲤鱼都怕王祥冻死，宁肯舍己救人。那个为了吃鲤鱼而置儿子的生命于不顾的母亲简直连条鱼都不如。

要破冰捉鱼，可以用斧头砸冰，可以堆火化冰，何苦要用这种极端残酷的方式去实现孝心。养儿育女，母慈子孝，都是因为尊重生命，都是天经地义的天伦之乐。孝，是一种人道，何苦用这种不人道的方式去追求孝道。

郭巨埋儿

——不能穷凶到只剩下一片孝心

老虎虽毒，尚且不食其子。就算郭巨是个充满巨大孝心的大孝子，却更是个残酷恶毒无情无义的父亲。面对贫困时，不是想通过创造来改善自己的生存环境，而是用杀子埋儿的方法来减少开支。扭曲的灵魂，以一种丧心病狂的方式行使所谓的道德，并为之披上伦理的外衣，是不道德的。

郭巨很穷，穷得连自己都吃不饱，可还上有老下有小还有个老婆要养活，为人子，为人父，为人夫，身为一家之主，就理应承担一家人的生活。

郭巨实在是太穷了，节衣缩食，还是不能让一家人吃饱吃好，孩子饿得嗷嗷乱哭，老婆饿得面黄肌瘦。看着生养自己的母亲饿得皮包骨头，郭巨心里无比痛苦，他做了一个无比痛苦的决定，杀死自己的儿子，这样就能让母亲吃上一顿饱饭了，他告诉孩子的母亲说，儿可再生，母不能复得。然后就一手提着锄头，一手抱着儿子，要去活埋自己的亲骨肉。

老虎虽毒，尚且不食其子。就算郭巨是个充满巨大孝心的大孝子，却更是个残酷恶毒无情无义的父亲。

面对贫困时，不是想通过创造来改善自己的生存环境，而是用杀子埋儿的方法来减少开支。

如果上天果真有眼，就该对他天打雷劈。

掘地三尺，竟然有一坛金灿灿的黄金出现在郭巨面前，更不可思议的是坛上还此地无银地写着，天赐孝子郭巨，官不可取，民不得夺。除了死心塌地相信有鬼有神的人，谁都会怀疑这坛黄金来得蹊跷。

扭曲的灵魂，以一种丧心病狂的方式行使所谓的道德，并为之披上伦理的外衣，是不道德的。

嗟来之食
——生命与尊严哪一个更重要

虽然人们不知道他的名字，但人们记住了他的事迹。他用自己的生命告诉人们，不管怎样，命是自己的命，自己的命，自己做主，什么是尊严，自己判断。因为是坚持自己，无论是为天下黎民苍生，还是只为了一句不怎么好听的话，都是死得其所。

齐国的富人黔敖，指着身旁的食物，朝那些饥饿的人们傲慢地喊着，嗟，来食。饥饿的人们蝗虫一样蜂拥而至。

富人没想到，在饥民们的一片感恩和颂扬声中，居然会有一个饿得要死的人，昂首站在那儿，一身傲骨，硬气地说，我宁可饿死，也不吃你这嗟来之食。

刚才还在歌功颂德的人们，好像突然意识到，原来自己没有被尊重，于是就有人指责黔敖对穷人的侮辱和蔑视。

富人说，我施舍，是因为我尊重生命，不是因为我尊重贫穷，尊重那些连自己都无法养活的人。

那个把面子看得比生命更重要的人终于饿死了，并最终赢得了一些贪生怕死者的尊重。

生命与尊严到底哪个更重要，有人看重生命，苟且偷生，却活得轻如鸿毛。有人视死如归，宁死不屈，却死得重如泰山。也有人忍辱图强，顽强生存，等待峰回路转，绝处逢生，枯木逢春，等待有朝一日能够山鸡变凤凰，在时来运转时，洗尽耻辱。

可惜，那个饿死的人没有留下姓名，不是曾受胯下之辱的大将军韩信，也不是那个卧薪尝胆怀恨复仇的越王勾践。

虽然人们不知道他的名字，但人们记住了他的事迹。他用自己的生命告诉人们，不管怎样，命是自己的命，自己的命，自己做主，什么是尊严，自己判断。因为是坚持自己，无论是为天下黎民苍生，还是只为了一句不怎么好听的话，都是死得其所。

不食盗食

——不能因曾经的恶行而否定救人的善行

爱旌目不惜牺牲生命也要维护自己的清白，坚持自己的原则，其精神固然可嘉，其行为却愚蠢粗暴，自己丧命不说，还阻止了一颗从善的心。当一个人能理解和宽容时，他所宽容的不仅是别人，也是自己。给他人一个从善的机会，也给自己一个生存的机会。

经过长途跋涉，那个叫爰旌目的东方人又累又渴跌倒在了人迹罕至的路上。一个路人见此情形，就取来食物和汤水，喂过三次之后，爰旌目睁开了眼睛，看着这个救了自己的命的人，爰旌目没有说一句感恩的话，却张口就问你是谁。那人说我是丘，是狐父这儿的人。

爰旌目说你就是人们所说的那个叫丘的强盗。丘说是的，我就是人们所说的那个强盗。爰旌目勃然大怒，那你为何还要救我。丘大为不解，这和我救你有何关系。爰旌目恨恨地说道，我是仁义之人，不能吃强盗之食。说罢，用力呕吐，丘满腹委屈地说道，我是强盗，我的食物又不是强盗；我是强盗，我又不是让你做强盗。爰旌目还在拼命地想把食物吐出来。吐不出来，咳咳地伏地而死。

有人说放下屠刀，也能立地成佛。有人说救人一命，功德无量。可面对爰旌目这样顽固的仁人志士，强盗有理同样也说不清了。爰旌目不仅不给自己一个活命生存的机会，也不给别人一个改过自新的机会。无论一个人曾经犯过什么不可饶恕的过错，当他伏下身去，低下头来，不计得失地全力去救一个陌生人，无论之前他干过什么，在那一刻，他是仁慈的，在救赎别人的同时，也在救赎自己，不能因为他此刻的善行而否定他曾经的罪恶，同样，也不能因为他曾经的恶行而否定他此刻的善行。

丘也许曾经真的是罪大恶极，但在他救人的那一刻他绝对是善的，爰旌目也许真的是仁义之人，但他面对救命恩人却反目成仇时，却是恶的。虽是以仁义的名义，却是将一个想要从善的人逼回到恶，只能继续为恶，一生为恶。

看着死去的爰旌目，丘实在想不明白自己一片救人的好心怎么反而把人给害死了。看来哪怕是救人这样的善事也不是谁都有资格做的。丘叹了口气，也许我该找别人来救他。

爰旌目不惜牺牲生命也要维护自己的清白，坚持自己的原则，其精神固然可嘉，其行为却愚蠢粗暴，自己丧命不说，还阻止了一颗从善的心。

当一个人能理解和宽容时，他所宽容的不仅是别人，也是自己。给他人一个从善的机会，也给自己一个生存的机会。

大鹏与小雀

——大鹏焉知小雀之乐哉

燕雀焉知鸿鹄之志。鸿鹄又焉知燕雀之乐哉。或许，对燕雀们来说，可以试着去理解鸿鹄远大的抱负和理想，对鸿鹄来说，也可以试着去理解燕雀们的守贫与认命。天空之大，一定可以容得下大鹏的垂天之翼和冲天理想。草林虽小，却也可以容得下燕雀们那些小小的自由和欢乐。

那个叫陈胜的穷苦农夫，告诉那群和他一起干活的农夫说，苟富贵，勿相忘。如果有一天，谁富贵了，发达了，可不要忘记了曾经在一起受穷的穷朋友。

陈胜的话引来了一阵嘲笑声，他们都说，别做梦了，冥冥中早就注定了每个人的富贵和贫穷，都是穷命，还是趁早打消了你的富贵梦吧。

有鸟叫鹏，背若泰山，翼若垂天之云，一飞冲天九万里，绝云气，负青天。那些小小的燕雀不仅不会赞美羡慕，反而会叽叽喳喳地讥笑和嘲讽，哈哈，我们腾跃而上，在枝枝杈杈间自由地跳跃，在蓬蒿之间快乐地飞行，是多么的快乐啊，一飞冲天，这家伙到底要干啥啊，天上可是啥也没有，没有花花草草，连只小虫子都没有。

看着一群自甘认命的农夫，陈胜说，王侯将相宁有种乎，燕雀焉知鸿鹄之志哉。

后来，这个不认命的穷农夫在大泽乡一声怒吼，揭竿而起，打起伐无道，诛暴秦的大旗，大号张楚，向大秦帝国宣战，统率千军万马纵横驰骋，整个大秦帝国为之震颤和恐慌，最终为之崩溃。

那时，这个在百万军中出生入死浴血奋战的英雄，大概也早就忘了他的那些穷朋友，穷兄弟，早将那些穷农夫忘到九霄云外了。

许多年以后，陈胜早已战死在了沙场，和他当初一起种地的农夫却看着自己的满堂儿孙露出知足常乐的笑容。

鸿鹄之志，又何苦道于燕雀。

燕雀焉知鸿鹄之志。鸿鹄又焉知燕雀之乐哉。

或许，对燕雀们来说，可以试着去理解鸿鹄远大的抱负和理想，对鸿鹄来说，也可以试着去理解燕雀们的守贫与认命。天空之大，一定可以容得下大鹏的垂天之翼和冲天理想。草林虽小，却也可以容得下燕雀们那些小小的自由和欢乐。

与狐谋皮

——诚恳的愚蠢总比欺骗和暴力好

当欲望强烈得无法遏制时，人们很容易丧失理智，甚至明知没有结果还要努力去做。好在这个与狐谋皮的人还能坚持另一种清醒与理智，不欺骗，不强求，不巧取豪夺，而是始终保持一个文明人应有的诚实与磊落，虽然愚蠢，却总比虚伪的欺诈和野蛮的暴力要好得多。

狐狸的皮毛既光滑又柔软，用狐狸的皮毛做衣服，既漂亮又保暖。

冬天到了的时候，就有人想着给自己做件狐狸皮的衣服过冬。屋后的山林里就住着狐狸，于是那人跑到山上去找狐狸。

看着那个冷得瑟瑟发抖空着两只手要进山去找狐狸要皮的人，大家都笑他愚蠢，想要狐狸皮，应该带把猎枪，实在不行，也该弄个铁夹子夹上肉去给狐狸下个套。

那人说，用枪太野蛮，我不想别人野蛮地对待我，我也不会野蛮地对待别人，用陷阱不诚实，我不想别人欺骗我，我也不想欺骗别人。

人们说，那你根本用不着进山去。

那人说，可我也不想放弃自己的愿望。

于是那个既坚持自己的原则又不愿轻言放弃自己的人就进山找狐狸去了。

结果可想而知，狐狸还没等他把话说完就逃得无影无踪了。

看着那人空手而归，人们都嘲笑他异想天开，竟然痴心妄想地与狐谋皮，实在是太愚蠢了，太不理智了。

当欲望强烈得无法遏制时，人们很容易丧失理智，甚至明知没有结果还要努力去做。好在这个与狐谋皮的人还能坚持另一种清醒与理智，不欺骗，不强求，不巧取豪夺，而是始终保持一个文明人应有的诚实与磊落，虽然愚蠢，却总比虚伪的欺诈和野蛮的暴力要好得多。

与狐谋皮的人坦然地说，狐狸不愿意，那就算了。

狐狸被他的诚实感动了，我的皮现在还不能给你，但等我死了以后，我会让我的儿子把我的皮送给你。

父子抬驴

——想一想驴是怎样想的

无论赶驴骑驴还是抬驴，面对的是驴，就该想一想驴是怎样想的，想一想驴的感受，或者想一想如果你是驴你会怎么想。走自己的路，也让驴自己走路。真正无辜的是那头驴，无论被赞扬还是被批评，错了可以再改，改了也许还会错，大不了失去一头驴，还能再买，可驴却为此付出了生命的代价。

父子俩赶着驴去赶集，路人嘲笑他们傻，放着驴不骑却和驴一起比走路。老子想了一下，让儿子骑驴，自己赶驴，有人责备儿子不孝顺。儿子想了一下，让老子骑驴，自己赶驴，又有人责备父亲不慈爱。老子和儿子一起想了一下，于是父子都骑在了驴身上，可路人，说他们父子俩心狠，不爱护驴。

虽然父子俩所做的决定都直接关系到驴的处境，可他们做决定时却根本没有考虑驴的承受能力和驴的需求，只在乎人们对自己的看法，取决于别人对他们的评价，取决于是否能表现聪明与善良。

驴大声嘶叫着，人们看到一对父子抬着一头驴赶路，驴四脚朝天痛苦艰难地被捆绑在一根大木棒上，那对累得直喘粗气的父子俩还在告诉那些路人们，看，我们对驴多好。

过河时，那对父子实在抬不动那头沉重的驴，驴掉到河里淹死了。父子俩傻傻地看着在河里挣扎的驴，一脸的无辜和委屈，我们所做的都是为了驴好，都是为了让大家满意，怎么会这样。

无论赶驴骑驴还是抬驴，面对的是驴，就该想一想驴是怎样想的，想一想驴的感受，或者想一想如果你是驴你会怎么想。走自己的路，也让驴自己走路。

真正无辜的是那头驴，无论被赞扬还是被批评，错了可以再改，改了也许还会错，大不了失去一头驴，还能再买，可驴却为此付出了生命的代价。

老马识途

——老马只能识旧途，走老路

如果旧时的老路是一条死路，那匹识途的老马只会让寻找出路的人重又陷入绝境。如果不是想走回到从前的老路上，就算实在无路可走，那么宁肯信一匹不识途的小马，也许他能为人们找到一条摆脱困境的出路，一条通往未来的新路。

一个村落失去了水源，为了生存，人们就去寻找水源，可他们在寻找的途中却迷了路。

一群战士丧失了阵地，为了维护战士的尊严，他们就去寻找战场，可他们在寻找的途中却迷了路。

迷了路就要找路，可人们却找不到他们所需要的方向，于是有经验丰富见多识广的老人说，老马能够识途。

老马的确能够识途，可他能够记得的只是已经走过的来时路，却找不到那不曾走过的将来的路。

如果相信那匹识途的老马，人们只会回到那已经失去水源的村落，等着被渴死，战士只会回到那已经沦陷的战场，等着被屠杀。

如果旧时的老路是一条死路，那匹识途的老马只会让寻找出路的人重又陷入绝境。

如果不是想走回到从前的老路上，就算实在无路可走，那么宁肯信一匹不识途的小马，也许他能为人们找到一条摆脱困境的出路，一条通往未来的新路。

三个和尚

——不怕渴死自己就怕便宜了别人

三个和尚没水吃，归根结底是缺个方丈。三个和尚都是和尚，就要讲平均，讲平等，如果有了住持方丈，和尚们就不可能再去和方丈讲平均，讲平等了。

一个和尚挑水吃，两个和尚抬水吃，三个和尚没水吃。

一个和尚去挑是给自己吃，付出的体力是自己的，得到的水也是给自己喝的。

两个和尚抬水吃，付出的体力相同，得到的水也是平分的。

三个和尚就麻烦了，如果让一个和尚去挑水，另两个就会坐享其成，如果让两个和尚去抬水，剩下的那个和尚就会不劳而获，对挑水或抬水的和尚来说就是不公平。

三个和尚就没水吃了，要是四个五个，乃至八个九个，成百上千个和尚该怎么办，只怕要没饭吃，没衣穿，没房住了。和尚多了又要讲公平和平等，怕是经还念不好，反而先把和尚给饿死了。

让不劳而获的人坐享其成是不公平，追求公平总是没错，于是大家不运水，这样就公平了。问题是这样谁也没水吃。虽然都忍饥挨渴平等了，死了当然也是公平的。

大家不怕累，就怕不一起受累，不怕渴，就怕不一起渴，甚至可以不怕死，就怕不一起死。这就是一些人追求的所谓平均平等。

可渴死了，命却是自己的。要解决的问题，当然是要建立一个轮换挑水的制度。之后还需要定下先后顺序，谁先谁后，大概又是一个问题，所以不仅需要制度，还需要一个能够确保制度执行的方丈或者住持，当然，也不能让所有的和尚都当方丈，可以通过选举解决，谁能德高望重主持公道就听谁的，实在不行通过打架解决也行，谁力气大听谁的。

三个和尚没水吃，归根结底是缺个方丈。方丈不可能和其他的和尚平等，可毕竟比一群和尚眼瞅着山下的水被活活渴死强。

三个和尚都是和尚，就要讲平均，讲平等，如果有了住持方丈，和尚们就不可能再去和方丈讲平均、讲平等了。

叶公好龙
——因为有距离，才有美感

叶公不是不喜欢龙，叶公只是不喜欢在如此近的距离看到如此真实的龙而已。因为有距离才会产生美感，因为有距离，才会显得神秘，才会有想象的空间，才会允许有无数种可能。一条真实的龙伫立在眼前就消失了这种距离感，神秘感和美感就荡然无存了。

知道叶公的人，都知道叶公喜欢龙，叶公家里门上雕的，墙上挂的，桌上摆的，甚至是床头雕刻的到处都是龙。

虽然叶公喜欢龙，可很少有人真正见过龙，所以叶公家里的龙都是人们按照传说，发挥自己的想象设计出来的。

因为喜欢龙，叶公的名气很大，后来连龙都知道了。

龙就去拜访这个无比热爱他的人，于是叶公就见到了浑身是鳞，挥着枯爪尖指，张开血盆大口，口中还滴着黏稠的涎液，散发着一种难闻腥味的家伙。

终于看到了真龙，叶公不但没有满怀激动地冲上去拥抱这个他日思夜想梦寐以求的龙，反而是吓得惊声尖叫，仓皇而逃，关门闭窗，躲到床脚瑟瑟发抖，面无人色。

看到叶公一副胆战心惊的狼狈样，龙大失所望地叹了一口气说，看来叶公好龙，不过是徒有其名，叶公并不是真的喜欢龙。

叶公不是不喜欢龙，叶公只是不喜欢在如此近的距离看到如此真实的龙而已。因为有距离才会产生美感，因为有距离，才会显得神秘，才会有想象的空间，才会允许有无数种可能。一条真实的龙伫立在眼前就消失了这种距离感，神秘感和美感就荡然无存了。

许多人说热爱故乡的时候，是因为远离故乡。许多说热爱自然，也是因为远离了自然，倒是那些生活在平静自然中的人们，心中又无限地渴望着繁华热闹的都市。许多人怀古，是因为生活在现代，如果真的回到古代，只怕谁也受不了。

两块石头

——是机遇还是能力

每个人都会关注未来，可决定自己未来的，不仅是能力和努力，还会有机遇和运气。每块石头都不会惧怕疼痛，石头是否被刻成佛像，或者被刻成其他的什么东西，都与石头自身的愿望和努力无关，石头的命运是掌握在雕刻家手中的。

很久以前，在同一座山上，有两块相同的石头。

后来，一块石头被雕刻成佛像，被众人敬仰膜拜。

另一块石头，还是原来的模样，默默无闻，无人问津。

再后来，一块石头遇到了另一块石头。

那块还是石头的石头说，当初我们都一样，为何现在却是如此不同。那块被雕刻成佛像的石头说，那是因为，从前那个雕刻家来找石头刻佛像的时候，你害怕一刀一刀地刻在身上的疼痛，而我，不在乎痛苦，只关心未来，是当初我们关注的不一样，才会有今天的不同。

说这个故事的人，一定是个靠机遇偶然成功的幸运者，是想说明成功与失败两者之间的关键在于，一个关注想要的，一个关注惧怕的。这个立意不错，错的是这个故事不能说明这个立意。

那块石头，对着被刻成佛像的石头哈哈大笑，你还真的就不知道你是谁了，人们崇拜的是佛，不是你。

那块自以为付出过努力，承受过痛苦的石头痛苦地叫嚷，可我当初挨了那么多刀，受了那么多苦啊。

那块依然平凡的石头平静地说道，让我们如此不同的，不是谁怕不怕痛，谁关不关注未来，是机遇，是雕刻家选择了你，没有选择我，仅此而已。

生活中，越是那些靠运气成功的人，反而越是喜欢强调自身的努力，越是不愿意承认那只是机遇。

那块靠运气被刻成佛像的石头还会不屑一顾地说，看，我是如此受人尊重，你是如此被人瞧不起，你有什么资格和我谈什么机遇和能力。

那块还是石头的石头说，可悲啊，你看你，既不是一块真实的石头，又不是一尊真实的佛，其实，你什么也不是，我，起码我还是一块真实的石头。

每个人都会关注未来，可决定自己未来的，不仅是能力和努力，还会有机遇和运气。每块石头都不会惧怕疼痛，石头是否被刻成佛像，或者被刻成其他的什么东西，都与石头自身的愿望和努力无关，石头的命运是掌握在雕刻家手中的。

黄粱一梦

——经过了生死并不是看破了红尘的理由

活着，不是为了一个结果，而是为了一个过程。梦会醒，可梦里的经历却舍不得忘记，是过程，而不是结果，让生命鲜活、充实和精彩。滚滚红尘是对生命的奖赏，不是惩罚。就算是说破了天机，也别看破红尘。

枕着那个道士送的枕头，卢生酣然入睡。

醒来的卢生在自己破旧的家里，过数月，时来运转，娶个富人家如花似玉的小姐做老婆，喜出望外，第二年，中进士，第三年，做知州，开河道，造福一方，百姓颂扬，皇上喜欢。在外寇入侵时，卢生又能挺身而出，保家卫国，建功立业。卢生却又为此招来小人和奸臣的妒忌，一时间，谣言四起，指其图谋不轨，同党都被处死了，他却格外幸运，因有太监作保，减免死罪，发往荒蛮之地。

皇帝圣明，皇恩浩荡。过数年，皇帝为其平冤昭雪，封燕国公，为中书令，有五子，五子皆成才，为国中望族。晚年的卢生上书皇帝，回顾了自己悲喜起伏的一生，唏嘘感慨，不胜感恩。

死去之后卢生就醒来了，卢生看见了送给自己枕头的道士还在旁边，旁边蒸着的黄粱依然未熟，那些荣华富贵不过都是一场梦而已。卢生怅然失意，得失生死不过如此，最后醒来都是一场空，于是看破红尘，随姓吕的道士出家了。

经过了，梦醒来，都不是看破红尘的理由。

是生命的过程，而不是生命的结果，让生命充实，有意义。

梦，终归会醒，却不能因此否定梦的价值。

人，终归会死，却不能因此否定生命的意义。

活着，不是为了一个结果，而是为了一个过程。

梦会醒，可梦里的经历却舍不得忘记。

是过程，而不是结果，让生命鲜活、充实和精彩。

滚滚红尘是对生命的奖赏，不是惩罚。

就算是说破了天机，也别看破红尘。

据说，那个姓吕的道士叫吕洞宾，是要为蓬莱仙岛上的一株蟠桃树寻找一个看树人，卢生后来就在那棵不知何年何月才会结果的蟠桃树下年复一年地扫着落花，那些神仙告诉卢生说，别着急，这树终究有一天会结出果实。

花开了又落了，卢生活得像棵树。

还接不接着挖山

如果生而为愚公的子孙，是幸运的，因为根本就用不着为生命意义之类极端难缠的问题费心，甚至在未出生之前，生命的全部价值就已经被愚公确定为移山。其命运也就安排好了，就是挖山，不停地挖山。

要用多少人的生命和时间为代价才能实现移山的目的，这个暂且不管，但我怀疑我不会像愚公自以为聪明的那样去质疑移山的可能，不一定愚公的子孙都喜欢挖山，这应该是很简单明了的道理。如果生而为愚公的子孙，又是极其不幸的，因为自己一生的方向没得选了。

所以，我质疑并篡改了愚公移山这个寓言。终于有一天，愚公的一个不肖子孙扔下了手中的锄头，拿起了画笔，要描绘他眼中的一片山清水秀，他还说，人活着不是为了挖山的。

文字，犹如搬去一座山，一阵轻松，之后，我却又开始慢慢感到沉重，沉重得超过了一座山的积压。

愚公以自己的一生为代价，只是为了让自己的后世子孙能够有朝一日不再被大山所围困，能够有一条坦途可以通向遥远广阔的外面世界，这是一个无比美好的愿望，一个无私奉献的理想。

放下锄头，等于是否定了前辈的一切努力和方向，为之所流淌的心血和汗水都将成为徒劳。

只有拿起锄头，不停地挖下去，直到把山移走为止。愚公及愚公的子孙们所做的一切才会有意义。只有挖山，才能让先辈的付出和努力有价值。

前人是为后人挖山，后人又是为前人挖山，谁都没有为自己挖山，谁都是高尚的、无私的。

扔下锄头，对山来说，意味着失败和投降，对人来说，意味着背叛，背叛列祖列宗，背叛那些赋予生命和养育自己的人。

愚公的子孙从扔下锄头的那一刻起，将无法辩解自己究竟是懦弱还是勇敢，而心理上背负的压力，将会比横亘在眼前的巍峨绵延的群山还要沉重和漫长。

否定了前人的价值和意义，并不意味着自己就一定可以找到属于自己的真正的价值和意义。

接着挖山，就算穷一生之力还是挖不完，却也能告慰先人，激励后人。在历史的长河中，个体的人是渺小的，但渺小的个体可以依托于一个群体，在整体的利益和成功中证明自己的价值。

放弃挖山，就算成就个人的价值和意义，却依然会愧对先辈，也会为后人抱憾。

想起两句名言，一句是，忘记是自由的开始。这话有道理，如果总是惦记着前人和从前，无疑是不自由的，也是不痛快的。在树下乘凉时，想起前人栽树的艰辛，在井边喝水时想起前人挖井的苦难，都让人沉重不快乐。只有忘记，才能自由而快乐地游走，不牵挂。另一句是，忘记历史意味着背叛。这话说得也有道理，所有的人都知道，背叛是不好的，是可耻的。以可耻的背叛为代价来换取高贵的自由，是不好的。

聪明的后人也许会选择性记忆，选择性遗忘，玩自欺欺人的把戏。想要不忘记的自由，对愚公的子孙来说几乎是不可能的。要解决这个问题，这笔账就要一直算到愚公头上，愚公真正的愚蠢和无知并不在于他为自己树立了一个挖山的理想，而是把这样一个理想扩大成为一个群体的理想，并强加给后人。

己所不欲，勿施于人，己所欲，勿强施于人，即使是自己的子孙也不行。

当决定拿起锄头为后人挖山时，愚公是高贵的。当愚公说子子孙孙都要挖山时，愚公是将另一座山压在了子孙的肩头，而这，是用锄头挖不去的山。

挖山，还是不挖山，自由，还是不自由，背叛，还是忠诚，这是一个问题，一个巨大的问题。

| 第三章 |

那些会说话的野兽

朝三暮四

——既然是猴子就只能被人耍

反正就那七个橡子，可是任人摆布和自己做主的感觉却是大不相同。猴子们觉得老头是尊重猴子的，能够认真接受猴子们的意见，这种感觉实在是好极了。

〇九二

有个叫狙公的老头养了一群猴子，猴子每天把采到的橡子交给老头，老头再把橡子分给猴子。

一天，老头对猴子们说，今后，每个猴子每天早上吃三个橡子，晚上吃四个橡子。

猴子们龇牙咧嘴，愤怒地叫嚷着，不行，不行。

老头说，别急，我们可以商议，终归是猴子吃橡子，我一定会尊重你们的意见的。

猴子们七嘴八舌乱糟糟地争吵了半天也没争出个结果。

于是，老头说，既然大家都不喜欢朝三暮四，就改成朝四暮三，早上吃四个，晚上吃三个。

这下，猴子们同意了，又都兴高采烈地采橡子去了。

拒绝了朝三暮四，那是老头强加的规矩，接受了朝四暮三，可是猴子们自己选的。其实猴子们蛮聪明，白天干活，多吃些，晚上睡觉，少吃点，还可以用饱吃不如饿来安慰一下自己。反正就那七个橡子，可是任人摆布和自己做主的感觉却是大不相同。

猴子们觉得老头是尊重猴子的，能够认真接受猴子们的意见，这种感觉实在是好极了。

老头正在为自己的智慧暗自得意，却见一只猴子又蹿了回来，指着老头大叫着，拿我们猴子当猴耍，朝三暮四，朝四暮三，不都是七个橡子吗，七个橡子吃不饱，你个死老头别拿猴子不当人。

老头说，可就算我能每天给你八个九个，就怕你也吃不下去。猴子笑，难道你是怕我撑死了不成。

老头说，不是我怕撑着你，是我怕别的猴子揍你，那些猴子要么把你抢得一个不剩，要么把你给打死了，每个猴子每天都是七个，这很公平，我能给你，别的猴子也不会答应。

那只自以为聪明的猴子非常沮丧，就在他垂头丧气正准备离开的时候，又被老头给喊住了，如果你能帮我收橡子分橡子，我可以每天多给你两个橡子，这样，别的猴子也就没什么好说的了。

猴子点头答应了，然后叹了口气，看来，是猴子就注定要被人耍的。

猴子捞月

——得到了快乐的经历

就因为他们无知，他们天真，他们才会拥有了一个如此浪漫的夜晚。每个夜晚都平凡，平凡得记不起来了。许多年以后，那些无知的猴子们还在津津乐道那捞月的一夜。

一只猴子看到井里明晃晃的一轮月亮，惊叫着，不好了，月亮掉到井里了。

对猴子们来说，月亮不能吃不能喝，又不能拿在手上玩，可如果月亮真的掉到井里，夜空中再也不会有圆圆缺缺美丽的月亮了，这森林一定会少很多情趣。于是猴子们一个个抱成串垂下井去捞月亮。最下面那只猴子用手一捞井里的月亮，急得都哭了，不好了，月亮被我给抓碎了。

猴子们伤心极了，可一抬头，月亮竟然还好好地挂在天上。

一个聪明的猴子后来知道了这事，就说一群无知的傻猴子，白忙活了大半夜，猴子捞月不过是竹篮打水一场空。

捞月的猴子的确无知，不知道井里的月亮其实是天上的月亮映在水里的影子。因为无知，才会劳而无功，因为天真，才试图去挽救水中的月亮，要去触摸那无法触摸到的美丽，就因为他们无知，他们天真，他们才会拥有了一个如此浪漫的夜晚。

每个夜晚都平凡，平凡得记不起来了。许多年以后，那些无知的猴子们还在津津乐道那捞月的一夜。

杀鸡儆猴

——只要不被捉到就用不着害怕

猴子们明白死当然可怕，可也明白了只要不被捉住，就没什么可怕的。鸡之所以被杀，不是因为鸡该死，是因为能力差，飞不高，跑不快，还不会上树。

人们在田里辛勤地劳动，可鸡和猴子经常到田里来糟蹋庄稼，轰走了，再来，打跑了，还来，赶也赶不走，骂也骂不走。

为了对付这些可恶的破坏者，人们想出了一个办法。

当猴子再来破坏庄稼时，就把鸡捉来杀掉，鸡被杀死时无比痛苦，哀求、悔过，惨叫着我再也不敢糟蹋粮食了，可依然没有逃过被杀的命运，猴子们远远地看着可怜的鸡挣扎着死去，吓得目瞪口呆，魂飞魄散。

原来破坏庄稼的后果是如此可怕。吓得那些贪生怕死的猴子们再也不敢轻举妄动。

鸡比猴子的破坏性要小，可猴子比鸡要难捉得多。于是杀来杀去老是杀鸡，也没杀着猴子，猴子们明白死当然可怕，可也明白了只要不被捉住，就没什么可怕的。

鸡之所以被杀，不是因为鸡该死，是因为能力差，飞不高，跑不快，还不会上树。

猴子下山

——是经历让生命充实，而不是目的

生命可以没目的，却不能没有经历。生命中所遇到的，就是生命的目的。生命中所经历的，就是生命的价值。

一群猴子生活在山上。

一只猴子要到山下去，猴子们都说，山下有块玉米地，要他带些玉米上山，可以美美地吃上好几天。

猴子下山去了。在山下，猴子果然看到了一块玉米地，猴子冲进玉米地里美美地饱餐了一顿，又摘了好些玉米捧在怀里；继续走，遇到了一片桃林，猴子冲进桃林里，扔了手中的玉米，美美地吃了一顿桃，又摘了好些桃在怀里；继续走，遇到了一块瓜地，猴子冲进瓜地里，扔了手中的桃，美美地吃了一顿瓜，又摘了一个大西瓜抱在怀里；继续走，遇到了一只漂亮的兔子，猴子冲过去要捉兔子，再也顾不得怀里的西瓜了，扔了西瓜，撒腿就追，兔子蹦，猴子跳，跑着跑着，兔子不见了。

天黑的时候，猴子两手空空手里连颗玉米粒都没有。

猴子筋疲力尽地回到山上，所有的猴子都嘲笑那只一无所获的傻猴子，都说做事不能没目的。如果做事没有目的，就会一事无成。那只猴子坦然地两手一摊，活着不是为了成事，我没有了玉米，可我有经历。

生命可以没目的，却不能没有经历。

生命中所遇到的，就是生命的目的。

生命中所经历的，就是生命的价值。

想起在山下的经历，那只猴子笑了，我吃过玉米，还吃过桃，我尝过西瓜，我还追过兔子，这一天，我很快乐。

乌鸦和狐狸

——精神与物质各得其所

乌鸦和狐狸，美言换美食，物质换精神，一场双赢交易，都是心甘情愿，当然不能说谁骗了谁，或者说谁被谁骗了。

树上是一只吃饱了的乌鸦，嘴里含着一块肉。

树下是一只饿得发慌的狐狸，腹中空空。

饥饿的狐狸不断赞美那只长得难看叫得难听的乌鸦，说她长得美丽叫得动听，于是乌鸦的嘴中肉成了狐狸的腹中食，于是狐狸又赞美乌鸦善良，能舍己为人，助人为乐。

另一只自作聪明的鸟飞过来告诉乌鸦，说乌鸦上了那只狡猾的狐狸的圈套，自己的美食被狐狸骗走了。

乌鸦却说，你说的不对，不是狐狸骗走了那块肉，是我好心赏他的，如果我不想给他，我可以先把肉放在树枝上，再唱歌给他听。

吃饱了的乌鸦渴望的是赞美，把精神看得重于物质。

饥饿的狐狸渴望的是食物，把物质看得重于精神。

也许还能说是乌鸦用一小块肉骗取了狐狸的许多赞美。

乌鸦和狐狸各取所需，各有付出，也都各有回报，都得到了自己看重的东西。

乌鸦和狐狸，美言换美食，物质换精神，一场双赢交易，都是心甘情愿，当然不能说谁骗了谁，或者说谁被谁骗了。

狐狸吃葡萄

——用一个又一个谎言掩饰谎言

自欺欺人的确比战胜困难容易，不过说一句既不伤自己，也不损人的谎话而已。可是，只要用一个谎言开始，就要用一个又一个谎言维护一个又一个谎言，没完没了的谎言就淹没了开始的真相。没完没了地自欺和欺人，实在累自己也累别人。

葡萄高高地挂在架上，狐狸跳了半天也没够着葡萄。

看着那些诱人的葡萄，狐狸不说自己吃不到葡萄，却说葡萄是酸的，还没熟呢。

一阵风吹过，吹落了熟透了的葡萄。

狐狸说不是自己要吃葡萄，却说有葡萄不吃是浪费，糟蹋了葡萄。

吃到了葡萄的狐狸，不说葡萄是甜的，却说葡萄果然是酸的，但酸葡萄其实也很好吃。

吃不到葡萄时，狐狸说葡萄酸是自欺，可以用来安慰自己，吃到了葡萄的狐狸，还说葡萄是酸的，却是为了欺骗他人，而他说谎的目的，居然是为了维护自己诚实的形象。

为了诚实而欺骗。

要想诚实其实也容易，如果从一开始就承认自己的无能，就可以既不自欺也不欺人。可事实上，许多人在面对失败、挫折和不如意时，不肯承认自己的无能为力，而是选择了说一个谎言，编一个理由，找一个借口。

自欺欺人的确比战胜困难容易，不过说一句既不伤自己，也不损人的谎话而已。

可是，只要用一个谎言开始，就要用一个又一个谎言维护一个又一个谎言，没完没了的谎言就淹没了开始的真相。

没完没了地自欺和欺人，实在累自己也累别人。

狐假虎威

——谁比谁更可怜

可怜的不是上当的老虎，即使它不够聪明，却有足够的本领和权威；可怜的也不是虚荣的狐狸，即使它不够强大，它却有足够的智慧和魅力去利用强者，为自己谋取利益和地位。其实真正可怜的永远只能是那些弱小的动物，在强者面前显得软弱，在智者面前显得愚昧，更可怜的是那些弱者明明知道真相，却又实在无能为力。

一只狡猾的狐狸昂首挺胸，神气地走在前面，一只上当的老虎威风凛凛，庄严地跟在后面，那些弱小的动物又能怎么样，即使它们比狐狸更有力量，比老虎更聪明，也只能俯首帖耳趴在地上表示它们的尊重和敬畏，满怀恐惧地等狐狸和老虎傲慢地走过去，才敢抬起它们卑微的头。

动物们都说，那只可怜的狐狸没什么本事，不知羞，还以为别人怕的是它；还有那只可怜的老虎，被蒙在鼓里，连自己被狐狸骗了都不知道，真是愚蠢。

其实，可怜的不是上当的老虎，即使它不够聪明，却有足够的本领和权威；可怜的也不是虚荣的狐狸，即使它不够强大，它却有足够的智慧和魅力去利用强者，为自己谋取利益和地位。

其实真正可怜的永远只能是那些弱小的动物，在强者面前显得软弱，在智者面前显得愚昧，更可怜的是那些弱者明明知道真相，却又实在无能为力。

井底之蛙

——要那么大的天没用

对一只井底之蛙而言，有井口那么大个天的确足够受用了。如同对一个口渴的人，给他一碗水也就足够了，就算给他一条大河，他也只需要一碗水。如同对一个困倦的人，给他一张床就足够了，就算给他整个大地，他也只能占据一张床的空间。

那只一直生活在井底的青蛙一直以为天只有井口那么大，当它跳到井口，看到好大好大的一个天，青蛙说鸟要那么大的天能飞，我又没有翅膀，我要那么大的天有什么用呢。说完，就又跳回井底去了。

有翅膀的鸟可以享受海阔天空自由飞翔的快乐，没有翅膀的青蛙可以享受在一池浅水里蹦蹦跳跳的快乐。

井口大的天空一样有阳光、月光和星光照耀，一样有白云飘过，一样有雨滴和雪花落下。

对一只井底之蛙而言，有井口那么大个天的确足够受用了。

如同对一个口渴的人，给他一碗水也就足够了，就算给他一条大河，他也只需要一碗水。

如同对一个困倦的人，给他一张床就足够了，就算给他整个大地，他也只能占据一张床的空间。

龟兔赛跑

——靠运气还是靠实力

把胜利和成功完全寄希望于对手的犯错和失误，总指望着兔子在路上睡着了，实在有些不靠谱。

那只不自量力的乌龟经不住嘲笑，居然答应要和兔子比比看，看谁跑得更快，根本用不着比赛，谁都知道乌龟和兔子究竟谁跑得快。

可是，可是谁也没想到的结果，乌龟竟然赢了兔子，一匹比黑马还黑的黑马，实在是太黑了，因为那只骄傲的兔子在比赛时竟然，天哪，怎么会是这样，兔子竟然在比赛时睡着了。

人们常给孩子讲这个几乎不可能的故事，孩子们竟然也会信以为真，如果问孩子们要做乌龟还是做兔子，孩子们一定讲当然做乌龟，还以为骄傲的兔子一定会在比赛时睡大觉，谁都学会了以结局的胜败去衡量和评论英雄。

上天眷顾，那只不够有本事的乌龟却有足够的幸运。

生活中的确有人愿意做乌龟，想靠运气靠侥幸和生活赌一把，没准儿还真能在树下捡到一只撞死的兔子。把胜利和成功完全寄希望于对手的犯错和失误，总指望着兔子在路上睡着了，实在有些不靠谱。

有些时候，有些事情，靠赌气和勇气，加上无法预料的运气，的确可以解决一些问题，比如棋逢对手，旗鼓相当。

更多的时候，更多的事情，是靠赌气和勇气，就算再加上运气也解决不了任何问题，比如以卵击石，螳臂当车，蚂蚁撼树，实力悬殊。

如果那只跑得不够快的乌龟够聪明，也许该提出和兔子比游泳，或者赌潜水，看谁在水里待的时间长，说不定那只骄傲的兔子还真答应了。

一一〇

猫头鹰搬家
——声音不改看法能改

如果非要从唱歌的角度来看猫头鹰，的确不怎么可爱，可它不是歌手，它是猎手。虽然猫头鹰的叫声没能改变，但人们已经改变了对猫头鹰的看法，对待猫头鹰，要看它会不会捉老鼠，而不是听它的声音是否悦耳动听。

二一

猫头鹰，长着一张猫一样的脸，昼伏夜出，叫声怪异，又称夜猫子，很不讨人喜欢。俗话说，听到夜猫子叫，准是没好事。人们避之唯恐不及，被视为不祥之物。

猫头鹰痛苦地生活在一片谩骂声中，长期面对厌恶的眼光，实在是忍无可忍，猫头鹰终于再也忍受不了，决定要搬家了。

一只讨人喜欢的鸟告诉正在搬家的猫头鹰说，人们讨厌你，是因为你那讨厌的叫声，如果你不改掉你那难听的声音，无论你把家搬到哪儿都一样让人讨厌。

猫头鹰无可奈何地说，我又不是百灵鸟，我靠捉老鼠过日子。

那只让人喜欢的鸟想让猫头鹰留下，不是因为它喜欢猫头鹰，而是因为有猫头鹰的存在，才更能显出自己的可爱。

猫头鹰问，那你说我该怎样才能讨人喜欢。

那只可爱的鸟说，虽说你长得是有些怪异，可也不是太难看，只要你的叫声不那么难听，你的爪子不那么尖利，人们一定会喜欢你的。

猫头鹰苦恼地说，老鼠害怕我的叫声，讨厌我的叫声，是因为我要捉老鼠，吃老鼠，真不明白，人为何也要讨厌我的叫声，我又不捉人，不吃人。如果没有了尖利的爪子，你叫我怎么捉老鼠。

那只可爱的鸟不耐烦地说，捉老鼠，捉老鼠，你就不能不捉老鼠，难道你认为捉老鼠比讨人喜欢要重要吗?

虽然猫头鹰自己也不知道究竟要把家搬到哪儿去，可它还是孤独地飞走了。

很久很久以后，猫头鹰到了一个很远很远的地方，在那里，人们把它称为人类最好的朋友、庄稼可爱的卫士，就连猫头鹰那难听的叫声都被称为正义的呐喊声。

如果非要从唱歌的角度来看猫头鹰，的确不怎么可爱，可它不是歌手，它是猎手。虽然猫头鹰的叫声没能改变，但人们已经改变了对猫头鹰的看法，对待猫头鹰，要看它会不会捉老鼠，而不是听它的声音是否悦耳动听。

一一三

天鹅美梦

——注定不能实现的梦可能比没有梦更可悲

谁都愿意相信，只要有梦，就能美梦成真。可谁都知道，那只与众不同的丑小鸭原本就是一只小天鹅，是被遗落在鸭群里的，它只能长成天鹅，因为它根本无法长成一只鸭子。

一个小家伙生活在一群鸭子中，只因为和其他的鸭子长得不一样，就理所当然地要被鸭子们称作丑小鸭。

在鸭子们的嘲笑和冷落中，那只所谓的丑小鸭历经了千辛万苦，最终变成了一只美丽的白天鹅。

谁都愿意相信，只要有梦，就能美梦成真。可谁都知道，那只与众不同的丑小鸭原本就是一只小天鹅，是被遗落在鸭群里的，它只能长成天鹅，因为它根本无法长成一只鸭子。这些，与它是否有做一只天鹅的梦想，与它是否经历丑小鸭的苦难完全无关。

如果真有一只相信梦的丑小鸭就此怀抱着美丽的梦想，注定只是一个无法实现的梦，结果无论怎样，都只能是由丑小鸭慢慢长大，慢慢变老，变成丑老鸭。有这样的梦，也许比没有梦更可悲。

面对不美的现实，还能有一个美好的梦想让人们躲开，面对不美的自己，还能有一个美好的梦想让人们坚强。如果一无所有到只剩下一个美梦让人们拥有，实在无法判断究竟是一种不幸，还是一种幸运。

一一四

披着狼皮的羊

——是因为善良得不到应有的尊重

就连邪恶都想给自己披上善良的外衣，反而是那些弱小却要将自己打扮成一副凶残的模样，羊披上狼皮，是因为弱小得不到应有的保护，善良得不到应有的理解，反而是邪恶得到了不应有的尊重。

狼披上羊皮冒充羊，混在羊群中，不是因为羊比狼好看，而是为了生存，因为饥饿，是为了吃羊。而羊披上狼皮，冒充狼混在羊群中，不是因为狼比羊好看，更不是为了吃羊，只是为了让自己那些弱小善良的同类害怕自己，享受被敬畏的快乐。虽然披上了狼皮，羊却不能像狼一样吃羊，只能在饿得发慌时偷偷吃点草充饥。

狼披上羊皮扮善良虽然可怕，却是出于谋生的需要。

羊披上狼皮只是为了在弱小的同类面前要威风，既可耻又可悲。

羊披上狼皮，很累，很难受，也得不到物质上的好处，只是为了寻求一种精神上的满足。

就连邪恶都想给自己披上善良的外衣，反而是那些弱小却要将自己打扮成一副凶残的模样。

羊披上狼皮，是因为弱小得不到应有的保护，善良得不到应有的理解，反而是邪恶得到了不应有的尊重。

老鼠嫁女

——失败的美人计和破灭的和平梦

如果不能投其所好，弱者对强者连献媚拍马、投降乞和的资格都没有，和谈可以在强者和强者之间，可以在弱者和弱者之间，如果没有实力对对方构成威胁，和谈，谈何容易。

老鼠能爬梁上房，能钻墙打洞，的确很有本领，猫可能在很多地方真的不如老鼠能干，可猫能捉老鼠，就凭能捉老鼠这一条就足以让猫成为老鼠心目中的最强者和最了不起的大英雄。

面对强敌，可以逃跑，可以殊死战斗，当然也可以和谈，可以化敌为友。聪明机智的老鼠当然知道，与其和强者为敌，不如和强者交友，为了自己的生存，为了寻求和猫之间的和平，老鼠绝对有不惜一切代价的诚意。老鼠要把自己最美丽、最宝贵、最可爱的女儿嫁给猫做妻子，就是人类古老的和亲通婚，一条人类战无不胜、攻无不克的美人计。

老鼠和平的好心却没有得到应有的好报，那只在老鼠们眼中最漂亮最可爱的小老鼠像打狗的肉包子一样一去不返，只不过做了猫的一顿平常午餐。留给老鼠们的只是破灭的和平梦和痛失至爱的悲伤与悔恨。

老鼠只能无奈地面对残酷的现实。如果不能投其所好，弱者对强者连献媚拍马、投降乞和的资格都没有，和谈可以在强者和强者之间，可以在弱者和弱者之间，如果没有实力对对方构成威胁，和谈，谈何容易。

老鼠们追求和平的精神让人感动，美丽的小老鼠勇于牺牲的精神也让人感动，但它们却没能感动那只冷漠的猫。在人类中连残暴的君王、勇猛的英雄都难过的美人关，一只平常的猫竟然毫不犹豫地过关斩美人。

不是猫冷漠，也不是猫不懂爱情，是美丽可爱的小老鼠对凶残可恶的猫没有魅力和吸引力，不是小老鼠不美，是不一样的审美标准，就像花再美，也不会有人愿意娶一朵花为妻。在一只老猫的眼中，老鼠中最美的一只老鼠，也比不上猫中最丑的那只猫可爱，甚至还不如一条吃剩的鱼更有诱惑力。

一一八

狗拿耗子
——一个见义勇为者的悲剧

就因为一条狗相信自己拿耗子是为了维护房子的正义，使原本平安和谐的房子充满了不满和抱怨。里面住着一个苦恼心烦的主人，一只不务正业失职的猫，一条多管闲事痛苦的狗，还有一群吉凶难料不知所措的老鼠。

一一九

房子里住着人、猫、狗和耗子。房子是人的房子，人是猫和狗的主人，其实在耗子眼中它也生活在房子里也应该是房子的主人，但在人眼中耗子钻墙打洞啃东西损害了房子，所以就用猫对付耗子这个房子里的破坏者，用狗对付外来的破坏者。一切平安和谐。

耗子慢慢多了起来，主人责备猫，猫解释说它已经竭尽全力了，可老鼠实在太多，猫又太少。主人觉得猫说得有道理就理解了猫。

看猫费了很多力却捉不了那么多耗子，狗不能眼看着耗子危害房子而无所作为，就行动起来帮猫拿耗子。狗的见义勇为为主人保护了房子，为猫分担了义务，得到了人和猫的赞扬，只有耗子说狗拿耗子多管闲事。

因为有狗帮着拿耗子，猫就懒散了，主人就责备猫，猫就抱怨狗；狗拿耗子消耗的体力多了，吃得就多了，狗就抱怨主人给自己吃得太少，主人就抱怨狗吃得太多；狗拿耗子精力分散了，看门就会偶有失误，狗拿耗子不专业，就会时常损坏东西，主人就责备狗，猫就挖苦狗，主人为了减少损失就减少狗的食物，狗就抱怨主人不公正，不理解，抱怨猫光吃不干才长得胖乎乎的扮可爱。

就因为一条狗相信自己拿耗子是为了维护房子的正义，使原本平安和谐的房子充满了不满和抱怨。里面住着一个苦恼心烦的主人，一只不务正业失职的猫，一条多管闲事痛苦的狗，还有一群吉凶难料不知所措的老鼠。

一条被主人饿得发慌的狗，一条瘦骨嶙峋不肯后退的狗，一条为拿耗子被弄得浑身是伤的狗，一条身上流血眼中流泪的狗。

一条见义勇为的狗因为坚信正义就义无反顾地坚持着狗拿耗子的痛苦行为。

一三〇

屋顶上的羊

——是一个不正常的位置让一只羊在狼面前趾高气扬

一只无能的羊，最好的办法就是让自己成为一只有主人的羊，把羊毛、羊奶全部奉献给主人。说不定哪天主人心情好的时候，就把自己给弄到屋顶上去，只有这样，可能才会有机会在一只狼面前抖一下威风。

三一

一只站在屋顶上的羊看到下面走过一只狼，不仅没有被吓得仓皇逃窜，却以一种无比傲慢的语气喊住了狼，然后，羊以一种居高临下的姿态开始向狼叫骂，大声地训斥和谴责狼的种种恶行。天哪，怎么会是这样，一只羊居然敢用这种语气和一只狼说话。

狼愤怒了，张开血盆大口，挥舞着利爪，向羊咆哮着，一切都无济于事，狼只能瞪着一双狼眼看着屋顶上气势汹汹的羊干着急。

等羊骂够了，狼才无可奈何地摇摇头说，你没有资格和我这么说话，你之所以能用这种口气和我说话，不是因为你是羊，而是因为你在屋顶上，不是因为你的勇敢和能干，而是你所处的位置，给了你在我面前逞强的机会。

羊说你不服就上来比试比试，然后又大声地嘲笑狼的懦弱无能，居然上不了屋顶。

狼的确上不了屋顶，狼知道自己甚至不能靠近屋子，因为那只卑鄙的羊一定会用屋顶上的砖头砸碎自己的狼头。

那只狼垂头丧气地走了，留下那只还站在屋顶上自鸣得意的羊，以为自己战胜和征服了一只狼，还在尽情享受着侮辱了一只狼的快感。

狼走的时候还在纳闷，一只羊居然在屋顶上。狼百思不得其解，羊怎么会在屋顶上呢，这不正常，羊不应该在屋顶上，羊应该在草地上，草地上的羊见了狼应该被吓得瑟瑟发抖。太不可思议了，论牙齿没有我的尖利，无论是智力还是体力，无论是勇敢还是坚强，一只健壮的羊都永远无法对抗一只受伤的狼，一只羊竟敢肆意地侮辱了一只狼，这不公平，这个世界实在是太荒唐了。

这的确不怎么正常，可对于一只无论如何也斗不过狼的羊来说，一只聪明的羊最好的办法就是要不惜一切代价把自己弄到屋顶上去，到屋子的主人面前讨好卖乖，温顺听话，把自己身上的羊毛、羊奶全部奉献给主人，做一只有主人的羊，让主人可怜自己，保护自己。说不定哪天主人心情好的时候，就把自己给弄到屋顶上去，只有这样，可能才会有机会在一只狼面前抖一下威风。

小马过河

——知识会比尝试和经验更安全更有效

这种摸着石头过河的方式实在是很危险，就算小马鼓足勇气下到河里，心里依然是没底，既慢又危险，能过得了河，也可能会像去年的那只小松鼠一样淹死在河里。

一二三

无论是背麦子到对岸的磨坊里去，还是到对岸去看望生病的外婆，反正小马要过河。

到了河边，从来没有过过河的小马很害怕，不敢下河，于是跑回去问老马，问这问那，河水深不深，水流急不急，自己过不过得去，老马只是说，去吧，下到河里去试试看，你就会知道的。

小马在河边遇到小松鼠，小松鼠说千万别过河，河水太深了，你会淹死的，去年就有只比我还大的松鼠淹死在了这条河里。于是小马回去告诉老马，老马还是说，你去试试看，你就会知道河水究竟深不深，自己到底过不过得去了。

小马又来到河边，这次小马遇到了一头老水牛，老水牛说，过吧，别怕，淹不死你的，河水实在是太浅了。

小马已经来回跑了两趟了，它不想再徒劳地跑回去听老马再讲那些你去吧，下到河里去吧，试试河水深不深，你就会知道你自己到底过不过得去了的话了。

最后，小马鼓足勇气下了河。

原来，河水既不像松鼠说的那么深，也不像老牛说的那么浅。

老马的意思是说，只有过河才会知道河的深浅，只有通过自己的尝试和实践才能获得对事物的正确认识和判断。

松鼠和老水牛都只是从自己的角度看问题，对同一条河的深浅的判断却是大相径庭。

老马、松鼠和水牛，都对小马过河提出了自己的意见，可都没有从河和小马的角度看问题，问题是小马要过河。

每匹小马都要学会过河，可也都要重复小马的经历，因为老马当初就是这么过河的。其实，对于老马来说，应该告诉小马的是，在不同的季节河水会有不同的深度，还有小马的高度、河的流速和小马的体重，这才是小马真正需要了解的。对小马来说，就要通过对比松鼠和水牛的话做出自己的判断。

来回地奔跑，只会浪费体力和时间，只有把经验变成知识，才能有效地减少重复，少走弯路。

小马这种摸着石头过河的方式实在是很危险，就算小马鼓足勇气下到河里，心里依然是没底，既慢又危险，即使能过得了河，也可能会像去年的那只小松鼠一样淹死在河里。

老虎学艺

——留一手再留一手一直留到一手也没有了

从老虎开始，猫不再收别的动物做徒弟，老虎也不收别的动物做徒弟，猫和老虎都只把自己的本事教给自己的孩子。

很久以前，森林里生活着一只笨笨的大块头叫老虎，那时候，老虎还不是什么百兽之王，个头虽大，空有一身蛮力，却没什么本事，不懂得格斗的技巧。所以常常遭到其他动物们的嘲弄和欺负，老虎无比痛苦。

于是老虎下定决心，就去拜师学艺。老虎找到了猫，拜猫为师，猫的块头虽小，能耐却不小。

猫很同情这个和它长得很像的大块头，就教会了老虎奔跑跳跃，又教会了老虎腾挪躲闪，又教会了老虎扑踏撕咬。

为了不再受人欺负，老虎发愤图强，勤学苦练，终于练成了一身好本事，能够胜人一筹，出人头地了。

终于有了一身能耐的老虎不再被欺负了，可是老虎却仗着自己的本事开始欺负森林里所有其他的动物。老虎觉得，只有让别人痛苦，自己才能感到痛快。威猛凶残的老虎让动物们闻风丧胆，望风而逃，见了老虎都是胆战心惊。

最后，老虎居然挥舞着利爪冲到教会它本事的猫面前，它要证明自己是这森林里本领最强的，是天下无敌的。

如果没本事没技巧，光有大块头和力量是不中用的，但是有着同样的本事和技巧，大块头和力量就成了可以决定胜败的关键。就算猫有无与伦比的技巧和机敏，却没有老虎的大块头，也没老虎的力气大，面对老虎只能是无可奈何地逃跑。

猫爬到树上去了，幸亏猫在教老虎的时候留了一手，没有教老虎爬树，老虎只有蹲在树下看着树上的猫干着急。

猫虽然教老虎学会了各种各样的本事，却没有教老虎学会尊重自己的老师。

教徒弟要留一手，这样徒弟就永远超不过师傅，等徒弟熬成了师傅，教徒弟的时候再留一手，所有的技术只能是一代比一代差。

想让技术一代比一代强，徒弟别把师傅当对头。就不能教会了徒弟饿死了师傅，却应该是教会了徒弟，要让师傅吃得更饱更好。教武艺，还要教武德，学本事，还要学尊师。

从老虎开始，猫不再收别的动物做徒弟，老虎也不收别的动物做徒弟，猫和老虎都只把自己的本事教给自己的孩子。

在森林里，老虎不知道尊重其他任何比它弱小的动物。可是所有的弱小动物都知道尊重老虎，它们称它为百兽之王。

兔子拔萝卜

——分萝卜的时候兔子越少越好

拔萝卜的时候，兔子越多越好，分萝卜的时候，兔子越少越好。

小白兔白又白，爱吃萝卜和青菜。

一只小白兔发现了一个大萝卜，可萝卜太大了，拔呀拔呀拔不动。看到一条狗从路旁经过，兔子就喊狗过来帮忙，可狗对萝卜不感兴趣，狗要去找骨头，看到小鸟从天上飞过，兔子就喊小鸟过来帮忙，可小鸟对萝卜也没兴趣，小鸟要去找虫子，看到羊从旁边经过，兔子又喊羊过来帮忙，羊倒是过来了，可羊啃光了萝卜叶子就又去找青草了。终于有一只兔子从旁边经过，马上跑过来帮着一起拔萝卜，两只兔子拔呀拔，可还是拔不动。后来又来了一只又一只兔子，好多只兔子拔呀拔，终于把萝卜拔起来了。兔子多了力量大，看着这大大的萝卜，兔子们快乐极了。

那个发现萝卜的兔子现在又有了新的发现，那些来帮忙拔萝卜的兔子一个个瞪大发红的眼睛，贪婪地露出两颗大板牙对着又大又红的萝卜馋得直流口水。

第一只兔子说萝卜是它发现的，最后那只兔子说要是没它谁也拔不动萝卜。既然是一起劳动，当然也要一起享受劳动的成果。看着大萝卜被一群兔子们分食，再看自己分到的小得可怜的一块小萝卜，那个发现萝卜的兔子痛苦地想着，要是没有这么多兔子来帮忙，大萝卜就都是自己的，一个冬天都用不着担心挨饿了。

一群兔子到处寻找，它们不是去找萝卜，而是去找拔不动萝卜的兔子。它们终于找到了一只拔不动萝卜的兔子，可那只自私的兔子拔不动萝卜也不让兔子们来帮忙，那只贪心的兔子虽然力气不够却足够聪明，拔不动就不拔了，它开始围着萝卜刨土，把土慢慢刨开，那个大大的萝卜就露出来了。大家都没有萝卜，它自己却有那么大一个萝卜，这也太不公平了，兔子们急红了眼睛干着急。

拔萝卜的时候，兔子越多越好，分萝卜的时候，兔子越少越好。刚才还在感激不尽谢谢大家帮忙的那只兔子，此刻正气急败坏地揪着自己的长耳朵大骂自己是个大笨蛋，又拼命地打自己的脚爪子，这么简单的办法怎么就没想到。有能力就自己干，请人帮忙就别舍不得分人东西。手不够用，就用脑子，力气不够，就多花时间。

小猫请客

——己所欲，勿强施于人

古代的所谓圣贤讲推己及人，当然不错，但不能就此想当然地以为，自己喜欢的别人一定会喜欢，先贤因为少说了一句话，结果坑害了许多的后来人。己所不欲，勿施于人，还必须补充一句，己所欲，勿强施于人。

一三二

猫，还有兔子和牛，是朋友，它们常在一起快乐地玩耍。猫过生日的时候，热情地邀请兔子和牛到自己家里做客，还为它们精心准备了丰盛的食物。

猫用一堆死鱼招待兔子，用一堆死耗子招待牛。

猫热情地要兔子和牛吃这些死鱼和死耗子。

兔子和牛不肯吃，猫说这都是它最喜欢吃的食物，味道美极了。

兔子和牛都一脸的厌恶，扭过头去使劲地呕吐。

猫生气了，说这都是我自己舍不得吃的，因为把你们当成我最好的朋友，才拿出来与你们分享，你们一定得吃。

猫一再地坚持，让兔子和牛也生气了，我们好心来为你庆祝生日，你竟然弄出这么一堆烂鱼死耗子来羞辱我们。

猫愤怒地掀翻了桌子，一地的死鱼和死耗子。猫把兔子和牛赶了出去，还把带给它的礼物也扔了出去，一地的烂草和萝卜。

猫、兔子和牛翻脸了。

曾经相互喜爱的朋友反目成仇，一场期待已久的欢乐聚会弄得不欢而散。

兔子和牛都走了，猫痛苦极了，它怎么也没想到自己的一番好意换来的却是指责和背叛。

古代的所谓圣贤讲推己及人，当然不错，但不能就此想当然地以为，自己喜欢的别人一定会喜欢，先贤因为少说了一句话，结果坑害了许多的后来人。

己所不欲，勿施于人，还必须补充一句，己所欲，勿强施于人。

自己喜欢和追求的东西，别人不一定非得去喜欢和追求，而别人不喜欢这些东西，也并不代表就是自己的仇人、敌人。

表面看来，吃肉的不该和吃草的做朋友，猫也许该和狗做朋友，因为它们才志趣相投，有共同的爱好和追求，都喜欢吃肉，可实际上，就因为它们有共同的爱好，它们才是真正的竞争对手，永远难以成为伙伴和朋友。

螳螂捕蝉

——管他还有什么在后面

在我们的后面，永远还有后面，最后都会归于一个结果，都被无情的命运捕住，但我们不能因为满怀被捕的忧虑和恐慌，就压抑自己捕蝉的欲望，放弃捕蝉，不去享受捕蝉的快乐。

一三四

树上有只蝉，树上还有只螳螂。

天上飞着一只黄雀，天上还飞着一只老鹰。

树下站着庄周，树下还站着看林子的人。

螳螂捕蝉的时候，庄周无比悲哀地说，螳螂不知道还有黄雀在后面要捕杀它。

螳螂如果知道后面有黄雀在等着伺机捕杀它，它就该放弃捕蝉，赶紧逃命。如果螳螂在捕蝉的时候不是注意盯着前面的蝉，而是不停地回头看后面有没有黄雀，那它不会被黄雀捕到，可它自己永远也捕不到蝉。

蝉盯着眼前的树枝，不知身后有螳螂。螳螂盯着眼前的蝉，不知身后有黄雀。黄雀盯着眼前的螳螂，不知身后有老鹰。老鹰盯着眼前的黄雀，不知身后还会有什么。

那只螳螂说，管他后面有什么，反正我要捕蝉。

能前可攻，退可守，进退自如，万无一失最好，机不可失，时不再来，不是所有的事情都允许我们有时间去瞻前顾后，前思后想地去布置周密。

在我们的后面，永远还有后面，最后都会归于一个结果，都被无情的命运捕住，但我们不能因为满怀被捕的忧虑和恐慌，就压抑自己捕蝉的欲望，放弃捕蝉，不去享受捕蝉的快乐。

黔驴技穷

——最后一招喊冤

那头蠢驴到了一个完全陌生的环境，既不知道去了解对手也不想法保护自己，实在不行跑到村子里帮人们拉磨也能借机保住性命，那只老虎不怀好意地在身边溜达了那么长时间，竟然还没有意识到危险。

有个多事的人，不惜跋山涉水把一头驴从贵州运到了四川，弄得四川那只从没见过驴的老虎很是紧张，怎么来了这么个庞然大物。

老虎虽然勇猛，可面对这样一个完全不知底细的大块头还是很慎重。

为了怕那头驴突然扑过来吃自己，老虎先是躲着驴不让驴发现自己，远远地察看，它发现驴竟然趴在地上啃草，于是老虎又靠近了一些，驴看见老虎叫了一声，声音洪亮，嗓门比老虎还要大，老虎吓了一大跳逃得老远，却又不走，继续观察，后来发现这家伙除了嗓门大以外什么都一般，于是老虎就上前去挑衅驴，又是冲又是撞，又像是闹着玩，又像是来真的，驴被旁边这个家伙弄得没办法安心吃草，实在是忍无可忍了，就使出它的绝招——用后蹄猛踢老虎，老虎一闪，驴转过身还是用后蹄踢，老虎摇摇头笑着说，黔驴技穷，技止此耳，就这么点本事你还跑到我的地盘上来玩，跳起来一个饿虎扑食将驴扑倒在地，谁知那头驴倒在地上还高声喊救命又喊冤。

驴叫，你为什么咬我。

虎说，你为什么踢我。

驴叫，你为什么撞我。

虎说，你为什么叫那么大声，吓了我一跳。

驴叫，你为什么在我身边转悠。

虎说，你为什么从贵州跑来吃四川的草。

驴叫，你为什么欺压我。

虎说，就因为我比你强。

驴叫，凭什么你比我强，这不公平。

虎说，难道你认为让一头蠢驴把一只老虎给咬死吃了才算是公平。

老虎不仅有勇，而且有谋。那头蠢驴到了一个完全陌生的环境，既不知道去了解对手也不想法保护自己，实在不行跑到村子里帮人们拉磨也能借机保住性命，那只老虎不怀好意地在身边溜达了那么长时间，竟然还没有意识到危险。

老虎一口咬断了驴的脖子，也咬断了驴的最后一招。

九头鸟
——实则是愚蠢的精明和算计

虽是绝世聪明，九头鸟却过着痛苦不堪的生活，这种追求利益和处理利害关系上的精明并不是真正的聪明。既能满足小我，又能成就大我；既能独善其身，又能顾全大局，拥有获得快乐和幸福的能力，才是真正的智慧。

传说在古老而遥远的孽摇山中，有一种长着九个脑袋的鸟，能眼观六路，耳听八方，察觉他人无法察觉的危险，防患于未然，发现他人无法发现的利益，捷足先登。任何时候都不会吃亏上当。面对任何人任何事都能集思广益万无一失，九个头上下其口，让人防不胜防，所以人们都说九头鸟绝顶聪明。

就算是再怎么迟钝愚蠢的人一眼也能看出九头鸟的精明，和九头鸟相处，谁都会担心上当受骗，结果谁也不愿意和九头鸟打交道。九头鸟既无敌人，也无朋友，它的聪明才智根本就派不上用场，只能孤独地在天上飞来飞去。看着别的鸟一群一群地聚在一起叽叽喳喳热热闹闹，九头鸟的九个头发出几声冷笑，只有一群傻瓜才会相互容忍各自的愚蠢。好在自己就有九个脑袋，可以相互谩骂，也能自我表扬，成天叽里呱啦倒也不寂寞。

脑袋虽有九个，翅膀却只有一双，为了决定往哪儿飞，九个头吵得不可开交，一个个自作聪明争得面红耳赤，恼羞成怒时就满嘴污言秽语，最痛苦的莫过于找到了精美可口的美食，没有丝毫欢乐和喜悦，九个头为了争食打得头破血流。

虽是绝世聪明，九头鸟却过着痛苦不堪的生活，其中一颗冷静的头在痛苦地思索之后理智地说道，我们有九个头却拥有一个共同的身体，无论哪张嘴吃了都进了同一个肚子，只要肚子饱了，哪颗头也不会感到饥饿。另一颗聪明的脑袋直摇头，不对，填饱的是同一个肚子，但品尝美味的却是不同的嘴。

九头鸟够精明，却不明白一个简单的道理，在这个世界上并不是凡事都能用利害和得失来计算的，比如感情，比如快乐。

这种追求利益和处理利害关系上的精明并不是真正的聪明。既能满足小我，又能成就大我；既能独善其身，又能顾全大局，拥有获得快乐和幸福的能力，才是真正的智慧。

鹤立鸡群

——那个与众不同的家伙不过是最丑陋的一只鸡

一只鹤如果敢于站到一群鸡中，其结果一定是被那群鸡给打断了腿。鸡窝里如果真的出现了一只金凤凰，早晚会被那群鸡拔光了毛。

一只美丽而高傲的鹤亭亭玉立在一群鸡中，格外与众不同，只要不是瞎了眼，无论是谁一眼就能看出那只鹤的高雅与不俗。

可在鸡群中的鹤，不仅不会得到认可和赞美，反而被当成了最为丑陋的一只鸡。

在鸡的眼中大家都应该是鸡，鸡有足够的理由认为那只鸡长得奇丑无比，身上的羽毛除了白色就是几根黑色的大羽毛，实在是太单调，至于头顶上的那块红斑怎么也比不过公鸡头上的鸡冠漂亮。最可恶的是竟然长那么长个脖子还长那么长个嘴，既不中看也不中用，自己危险不说，还弄得大家都觉得不安全，在食物面前，等鹤优雅地低下它那长长的脖子时，鸡早已经把食物吞到肚子里去了，在鸡眼中的鹤，就连捕食这样最根本的生存能力也比鸡差远了。

一只鹤敢于站到一群鸡当中去的结果一定是被那群鸡给打断了腿。

最让鸡受不了的就是那双畸形的长腿，让鹤以一种居高临下的高傲姿态俯视着一群鸡，实在是丑陋难看至极，是可忍孰不可忍。

只有看着那只被打断了腿的鹤，鸡的心里才会感到舒服和快乐。在这个鸡占绝大多数的鸡的世界里，根本就不应该有鹤，那只高贵的鹤虽然勇猛，可鸡实在是太多了，在这个世界上只有鸡才是最值得骄傲自豪的，不仅美丽而且勤劳勇敢地打败了自命清高自以为了不起的鹤。

鹤本来就不属于鸡群，它属于蓝天，如果偏要不明智地跑到鸡群里去站着只能是自取其辱，鸡的小肚鸡肠根本就不可能容得下一只鹤。

并不是鸡愚蠢得真的看不出鹤的美丽和高雅，也不是鸡不想拥有那种美丽和高雅，与其让一群鸡忍受做不了鹤的痛苦和艰难，不如团结起来打断鹤的腿来得更为简单，然后把鹤推到水里，让它变成连一只落汤鸡都不如的瘸腿鹤。

众人推墙，墙倒众人推，谁都可以自豪地说是自己打败了那只鹤，谁都可以昂着头走到那只瘸了腿的鹤面前去踢它一脚，然后不屑一顾地说，让你的高贵见鬼去吧。

要漂亮大家都漂亮，要丑陋大家都丑陋，千万不要如此的与众不同。就像那只不幸的小鹅在鸭群里只能是只丑小鸭。

鸡窝里如果真的出现了一只金凤凰，早晚会被那群鸡拔光了毛。

青蛙求王

——宁可用自己的苦难去成就王的伟大

青蛙们宁愿自己受苦受难，也要沉浸在王的威严中感受神圣和伟大而不愿自拔。做小人物并不可悲，能够自在快乐平安地活着，可悲的是心怀自己根本无法实现的光荣与梦想，更可悲的是牺牲自己的幸福去成全大人物的壮举，还为此而津津乐道、沾沾自喜。

森林里的猴子经常跑到池塘边来玩，还满怀崇敬地向池塘里的青蛙们讲述它们的狮子王如何英勇善战，如何威风凛凛。

看到猴子们眉飞色舞神气活现地赞美着它们神圣伟大的狮子王，青蛙们又是羡慕又是忌妒。它们自己很平凡很平庸，成天蹦蹦跳跳的就知道痛苦地在一口浅浅的池塘里呱呱乱叫，因为它们根本就没有王。

于是青蛙跑到神那儿，请神给它们派一个王。

看着这些自己找不自在的青蛙，天神随手扔一块木头下去给青蛙们做王。

青蛙开始还很尊敬它们的木头王，不久发现它们的王就像块木头，丝毫没有让它们值得骄傲的地方。

青蛙又跑到神那儿抱怨它们的王太死板。

天神又随手扔了一条鱼给它们做王，可不久，它们又跑到神那里，神问又怎么了，青蛙七嘴八舌地说那条烂鱼温柔得像个保姆，一点威严也没有，更不用说像狮子王那样英勇了。让这样一个没用的东西做王，一点光荣感和自豪感都没有。青蛙们不停地抱怨神不公平，于是，神很神圣地派出了一只鹭鸟给它们做王。

这次它们的王的确没再让这些青蛙失望，任何敢轻视和冒犯王的青蛙都将被吃掉，青蛙们不能鼓着眼睛看王，在王面前永远只能低着头，每只青蛙都必须向王唱赞歌，就是在夜里也要赞美它们的王。为了不让王把青蛙全吃完，那些可怜的青蛙只能拼命地繁殖。繁殖，并且活下去，是青蛙们的头等大事，也是青蛙向王表示忠诚的最好方式，具有至高无上的意义。

青蛙们这回可以很光荣地向猴子们炫耀它们的王是如何神奇了，它们的王不仅有尖利的嘴可以消灭敌人，还能在天空中自由地飞翔。

因为自己的平庸和渺小，就去崇敬强者，甚至不惜用自己做牺牲品去成全强者，还自以为在强者的伟大里能够蕴含着自己的光荣。青蛙们宁愿自己受苦受难，也要沉浸在王的威严神圣中，不愿自拔。

做小人物并不可悲，能够自在快乐平安地活着。可悲的是心怀自己根本无法实现的光荣与梦想；更可悲的是牺牲自己的幸福去成全大人物的壮举，还为此而津津乐道、沾沾自喜。

老鼠和狮子

——是适者，而不是强者生存

在任何恶劣艰苦的环境里，老鼠都能不择手段不顾一切地活下来。在这个世界上并不是真正的强者生存，更不是高贵者生存，而是适者生存。也许，这个世界真的会像老鼠所说的那样，只要活着，就是最大的胜利，也许，这个世界终将会成为被老鼠所占据和主宰的世界。

森林里的动物们聚在一起讨论着在这个世界上究竟是谁的繁殖能力最强。动物们一致认为老鼠是这个世界上最了不起的母亲，一年能生育上百个孩子，老鼠最有能耐，本领最大。认为只有老鼠才配做这森林的主人，做所有动物的王。

于是，得意忘形的老鼠就跑到狮子面前，神气活现地问狮子一年能生几个孩子，狮子低头看了老鼠一眼，回答说，一个。老鼠一听笑得前仰后合，亏你好意思说得出口，只生一个。狮子眯起眼睛冷冷地说道，可那是一头狮子。

老鼠抬头看着面前高贵威严的狮子，不禁心惊肉跳，再也笑不出声了。是的，老鼠生的孩子再多，也不过都是些老鼠。狮子生的孩子再少，也是狮子。

老鼠小心翼翼地问狮子，你不会生气咬死我吧。看着瑟瑟发抖的老鼠，狮子不屑地说，别把狮子当成了猫，是狮子就该去捕捉强壮的野牛和矫健的羚羊，就算饿死，一头狮子也绝不会不顾尊严地去捕食一只老鼠。

看着面前这头骄傲的狮子，老鼠长舒一口气，鼠目里重又燃起光芒，都说老鼠是鼠目寸光，可狮子的眼光也不见得长远，如果不是那些多事的人类成天嚷着要生态平衡，保护着濒临灭绝的狮子，狮子们大概早被捕杀拿来作了装饰，被用来炫耀人类的勇敢。狮子看起来勇猛有力，可你们的能力却并不适应这个世界，早晚有一天狮子会被灭绝，这世界终归是老鼠的世界。

一只小小的老鼠竟敢在一头高大的狮子面前高谈阔论能力和生存。狮子痛苦地怒目圆睁，举起了它那撕筋断骨的利爪。老鼠魂飞魄散，吓得趴在地上苦苦地哀告求饶，狮子挥了挥爪子，滚，一派王者之风。贼眉鼠眼的老鼠立刻抱头鼠窜，瞬间逃之夭夭。

其实，老鼠说得不错。老鼠回去告诉它数也数不清的子子孙孙说，虽然老鼠永远都不会有狮子的强壮和勇敢，可在数量上老鼠永远都比狮子多，就算有那些可恶的猫捉老鼠，可老鼠生得快，生得多，再说现在的那些猫，老鼠鄙夷地说，都已经娇滴滴地跑到人类家里去做宠物去了，别说让它们捉老鼠，就是捉只蚂蚱它们都怕弄脏了自己光滑的皮毛。

老鼠具有强烈的繁殖欲望和顽强的生存能力，只要能够活下去，老鼠可以去偷去盗吃腐烂变质的食物，住在阴暗潮湿的臭水沟里，在任何恶劣艰苦的环境里，老鼠都能不择手段不顾一切地活下来。在这个世界上并不是真正的强者生存，更不是高贵者生存，而是适者生存。也许，这个世界真的会像老鼠所说的那样，只要活着，就是最大的胜利，也许，这个世界终将会成为被老鼠所占据和主宰的世界。

狮子和羚羊和孩子

——应该是一个强者和弱者共同生存的人类社会

自己活，也让别人活，强者生存，也让弱者生存。人生如梦，不好，太虚无，人生如戏，也不好，太虚假，人生如战场，也不好，太冷酷。如果可以，我愿意人生如歌，如舞蹈，可以是忧伤的哀歌，孤单的独舞，也可以是愉快的合唱，欢乐的群舞。

日出唤醒清晨，大地光彩重生。

辽阔美丽的草原从沉睡中苏醒，又迎来了新的一天，风吹草低，看见羚羊，还看见狮子。

每个早晨，老狮子都在告诉小狮子说，孩子，快跑，记住，你一定要学会奔跑，要跑得快些再快些，如果你跑不过那只跑得最慢的羚羊，你就会被饿死。

远处，老羚羊也在重复着昨天的话，告诉那些小羚羊，孩子们，快跑，你们一定要学会奔跑，要跑得快些再快些，你必须比跑得最快的狮子还要快，不然，你就会被吃掉。

羚羊和狮子都在拼命地奔跑着。总是有被吃掉的羚羊，总会有被饿死的狮子。

日复一日，年复一年。

我听不懂狮子的语言，也听不懂羚羊的语言，我不知道狮子和羚羊们是否真的说过那些真实而残酷的话，但我能听得懂人的语言，我知道人们写下这个充满意味的故事来教育他们的孩子，把人生看作一场你死我活的残酷竞争和战场。

弱肉强食是野蛮的，也是真实的，是羚羊和狮子的法则，却被人们引为人类社会的法则，优胜劣汰。

那只被吃掉的羚羊用不着抱怨狮子的凶残，抱怨什么不公正，要怨就怨自己跑得不够快。那头被饿死的狮子也不用抱怨羚羊，要怨也只能怨自己跑得不够快。

除了自己跑得不够快之外，在这个充满生机又充满杀机的大草原上，没有任何人需要为它们的生命负责，为它们的死亡负责。

狮子和羚羊的故事，在人的身上上演成了另一个老虎和人的故事。两个结伴在森林中的旅行者遇到了一只老虎，其中一个飞快地抢走他们唯一的一双跑鞋穿在自己的脚上，另一个不解地问，难道你认为你可以跑得过老虎吗？

穿上跑鞋的那人回答他说，不，我跑不过老虎，也用不着跑得比老虎还快，我只要跑得比你快就行了。

快跑。要跑得快些再快些。

这两个残酷的故事好像都是从国外引进来的，教育我们的孩子要学会竞争。与其类似，中国也有个原生版的故事，叫狗撵兔子，一只狗疯狂地追逐一只兔子。可跑到最后，兔子不是被狗咬死的，狗也没给饿死，双方都是跑得累死的。

我愿意那个抢走跑鞋的人把跑鞋放回去，然后说，让我们一起来对付目前的困境，想办法脱离危险。

自己活，也让别人活，强者生存，也让弱者生存。

不是狮子，也不是羚羊，是人。

那个天真的孩子在说，人生如梦，不好，太虚无，人生如戏，也不好，太虚假，人生如战场，也不好，太冷酷。如果可以，我愿意人生如歌，如舞蹈，可以是忧伤的哀歌，孤单的独舞，也可以是愉快的合唱，欢乐的群舞。

小虫爬壁

——是毅力还是智力

我就是那只固执的小爬虫，只是在不停地爬呀爬呀，结了一个破网，至于读者从中悟出了什么，与我无关。

一五二

这个故事有好几个版本。

有说是小爬虫爬壁，墙很滑，小爬虫爬到一定的高度就掉下来了。掉下来了，再爬，再掉下来，再爬，周而复始，爬墙不止。

有说是蜘蛛结网的，蜘蛛在一个过道上结网，破了再结，结了再破，破网不止，结网不息。

有说是屎壳郎推粪球上坡的，上到一定的高度就滚下来，再推再滚，反复不辍。

前面的小爬虫爬墙，蜘蛛结网，屎壳郎推粪，都会被几个人看到。

第一个进退两难的人见此情形，感悟到，人生也是如此，小虫尚且有此毅力和恒心，不放弃，况且人。然后能坚持自己的事业，取得成功。

第二个也正在进退两难的人，见此情形，感悟到，人生也是如此，奔波寻找，最终总是徒劳，然后放弃，心情豁然开朗，退一步海阔天空。

第三个也正在进退两难的人，见此情形，感慨道，人生也是如此，执于一端时而不见其他，钻进了牛角尖，天下之大，何处不可结网，何处不可攀登，然后改变策略，取得成功。

后面还有的故事不止此一个版本，一说一个积极快乐的人，见此感悟生命的无能和弱小，自此消极而悲伤。一个原本消极悲伤的人，在见过爬虫之后，感悟毅力与坚持，自此上进而快乐。

还有一个版本说，在见过爬虫之后，积极者更积极，向上者更向上，消极者更消极，悲观者更悲观。

愚蠢不值得称赞，可毅力却值得称赞。有时人们会因为被表面的毅力所迷惑，而忽略了其实质的愚蠢。毅力可嘉，愚蠢可怜，对那些愚蠢的，要讲智力，对于聪明的，要讲毅力。

爬虫始终还是那个爬虫，可答案却是因人而异，甚至是截然不同的，有因此而更加固执和坚信自己的，也有因此而怀疑和改变自己的。

爬虫的坚持者说是因愚蠢而导致的毅力。

人当然不是爬虫，也不是蜘蛛，更不是屎壳郎，人的智力会超过它们，毅力也会超过它们。

爬者无意，看者有心。我想打个比方，我就是那只固执的爬虫，结了一个破网，至于读者从里面读出什么，可能是千差万别的，我只是在不停地爬呀爬呀，至于读者从中悟出了什么，与我无关。

| 第四章 |

谁为我们的愚蠢埋单

永远正确的老头

——先有了永远正确的结论再有永远正确的理由

可是，对于那个根本无力改变老头的老太婆来说，她只能先给自己一个老头是永远正确的结论，再给自己的结论找理由。反过来，也一样，如果先有一个老头永远错误的结论，就算老头拿一堆青草换回一匹马，老太婆一样也能找出老头做错了的理由。所以，老头做什么，怎么做，结果如何，都不重要，重要的是老太婆怎样看待老头。

乡下的农舍里住着一对老夫妻，这对老夫妻有一匹马，老头觉得马已经没多大用处了，就决定把马赶到集市上去换点更有用的东西。

一路走，一路换。老头先拿马换了一头牛，又拿牛换了一只羊，然后，老头用羊换了一只鹅，再然后，老头拿鹅换了一只鸡，最后，老头用那只鸡换了一篮子苹果。

最后，老头提着一篮子苹果进了一家酒馆喝酒，老头向人们炫耀他的经历，在座的两个有钱人听了之后哈哈大笑，他们大声嘲笑老头的愚蠢，断言老头回去后准会被老太婆狠狠地骂一顿，可老头无比自信地扬言说，老太婆不仅不会骂他，还会给他一个甜蜜的吻。

于是两个有钱人就和老头打赌，跟着老头到了老头的家。

老头告诉老太婆说，他拿马换了一头牛。

老太婆连声说好，对极了，我们家有牛奶喝了。

老头说他又拿牛换了一只羊。

老太婆又是连声说好，对极了，比起牛奶来，羊奶要好得多。

老头说他又拿羊换了一只鹅。

老太婆又是连声说好，对极了，我们家有鹅蛋吃了。

老头说他又拿鹅换了一只鸡。

老太婆又是连声说好，对极了，比起鹅蛋来，鸡蛋好吃多了。

老头说他又拿那只鸡换了一篮子苹果。

老太婆兴奋地尖叫了起来，好极了，对极了，刚才我想到邻居家借一个苹果都没借到，可现在，我们可以做果酱了，我们家老头子永远都是对的，永远不会让人失望。老婆子说着就抱着老头给了他一个甜蜜的吻。

老头回过头得意地看着那两个目瞪口呆的富人。

天哪，就算老头再拿苹果换回一堆青草，老太婆也会毫不犹豫地给老头一个甜蜜的吻。

两个富人大受启发，感慨地说，他们老是在走下坡的路，可他们总是快乐的。

于是，富人输给了老头一袋金子。

富人说，这事值一袋金子。

可是，对于那个根本无力改变老头的老太婆来说，她只能先给自己一个老头是永远正确的结论，再给自己的结论找理由。

反过来，也一样，如果先有一个老头永远错误的结论，就算老头拿一堆青草换回一匹马，老太婆一样也能找出老头做错了的理由。

所以，老头做什么，怎么做，结果如何，都不重要，重要的是老太婆怎样看待老头。

愤怒和指责都改变不了老头愚蠢的举动。坦然接受并欣然赞美，会让自己快乐。这是老太婆的智慧。

可是，老太婆的智慧，只会让老头越来越愚蠢，越来越固执，也越来越自以为是。

看来，老头和老太婆既获得了快乐，又获得了金子，也证明了老头永远都正确，皆大欢喜。可是，生活中，我们可能永远都不会遇到一个闲着没事的富人，愿意为我们的愚蠢来和我们打赌，还要输给我们一袋金子，补偿甚至奖赏我们的损失，来为我们的愚蠢埋单。

渔夫金鱼老太婆

——不好的好人、不老实的老实人和不笨的笨蛋

金鱼自以为惩罚了贪得无厌的老太婆，却又根本没能报答老头的救命之恩。那条神奇的金鱼最终失望了，那些老实人总是太笨，而那些不笨的人又太不老实了。在没有遇到那条神奇的金鱼之前，贫穷和善良的人们只能依旧过着他们平凡并且平安的日子。

海边的破房子里住着渔夫和老太婆，平安地过着贫穷的日子。

有一天，渔夫捕到了一条神奇的金鱼，金鱼为了保命承诺渔夫只要放了它就会有求必应，渔夫放了金鱼却什么也没要。渔夫告诉了自己的老太婆，老太婆从要一个洗衣盆开始，到一座新房，到做贵族，做女王，做女皇，直到要做让金鱼服侍的海上女霸王。

最后，金鱼生气了，渔夫和老太婆失去了他们要来的一切。

金鱼知恩图报并且信守诺言，看起来当然是个好人。但金鱼应该回报的是渔夫，可它的每一个回报，只是让倒霉的渔夫更悲惨、更危险，从被骂被打到被关押，甚至差一点被砍了头。金鱼的回报不是诚心为渔夫好，只是要证明自己好而已。

渔夫无可救药地爱着那个不怎么爱他的老太婆，并以老太婆的快乐为自己的幸福。所以他才一次又一次地跑到海边向金鱼行礼，为自己的爱人请求一个比一个更昂贵、更无理、更无耻的利益和地位。

其实好心的金鱼根本用不着同情这个口口声声说自己可怜的老实人，他不过是把机会当作石头搬起来砸自己脚的笨蛋。他所做的一切归根到底还是为自己，不然他怎么从不为那些可怜的穷邻居要点什么。贪心的老太婆利用渔夫对她的爱和服从，不断地为自己谋取财富和权力，可她聪明得过了头，得意忘形地竟然要金鱼来服侍她。那条神奇得能操纵一切的金鱼，可以容忍老太婆欺辱任何人，却绝不能容忍老太婆将威风凌驾于自己之上。于是金鱼一划尾巴游走了，一切看似又回到了从前。

金鱼自以为惩罚了贪得无厌的老太婆，却又根本没能报答老头的救命之恩。它也无法夺走老太婆曾经荣华富贵的经历，就像回到家的旅游者永远不会失去一路上的风景和感受。

用破洗衣盆洗衣的老太婆常说自己曾经的荣华。用破网打鱼的老头常怨恨自己是个笨蛋，后悔没有向金鱼为自己要富贵，让老太婆当上贵妇人，从此过上幸福快乐的日子。

让好心人知恩能报，让老实人好心有好报，让受苦的人苦尽甘来。

那条神奇的金鱼最终失望了，那些老实人总是太笨，而那些不笨的人又太不老实了。

在没有遇到那条神奇的金鱼之前，贫穷和善良的人们只能依旧过着他们平凡并且平安的日子。

皇帝的新衣

——那个愚蠢狂妄的小丑根本就不配坐在皇帝的宝座上

那个说皇帝没穿衣服的小孩，并不是因为诚实，也不是因为勇敢，而是因为无知，不知道对着一个掌握着生杀予夺的国王指手画脚地评头论足是大逆不道，是可能掉脑袋的，不知道说出真相的危险。当无知者无畏的时候，无知就会成为一种可怕的力量，这种力量有时会比智慧更直接，更具杀伤力。

那个喜欢臭美的皇帝花了许多钱财，只落了件看不见的新衣。

皇帝没有足够的勇气承认自己上当受骗，却有足够的勇气和狂妄光着身子，到街上昂首挺胸地巡视他的领地，向臣民们展示自己并不漂亮的裸体，还要以此检查他的人民是否聪明，说不聪明的人就会看不见。

所有的聪明人都看到了，也都知道，皇帝的所谓新衣其实就是光着屁股没有衣服，但所有的聪明人都说那件根本不存在的衣服漂亮极了，因为他们的确是一群聪明的人，知道识时务，知道保身的明哲，有这样的臣民，实在是皇帝的幸运。

如果皇帝能像爱自己一样爱他的臣民，真该给所有的聪明人发一件和皇帝一样的新衣。

那个说皇帝没穿衣服的小孩，并不是因为诚实，也不是因为勇敢，而是因为无知，不知道对着一个掌握着生杀予夺的国王指手画脚地评头论足是大逆不道，是可能掉脑袋的，不知道说出真相的危险。

当无知者无畏的时候，无知就会成为一种可怕的力量，这种力量有时会比智慧更直接，更具杀伤力。

那个真正诚实并且勇敢的聪明人在大声喊，那根本就不是什么皇帝，那只是一个傻瓜，他根本就不配坐在一个国王的宝座上，那根本就不是一群人民，那只是一群懦夫，一群睁着眼睛说瞎话的骗子，一群趋炎附势、随声附和的可怜虫。

美丽的金苹果

——要爱情可拿什么保卫我的爱情

王子面临的不是选美女，而是在为自己选择一个未来，在权力、智慧和爱情当中做出选择。英俊的王子选择了美丽的爱情，爱情的确美丽，美丽得如同蝴蝶的翅膀，也像蝴蝶的翅膀一样脆弱，浪漫的王子选择了浪漫的爱情，却没有选择保卫爱情的智慧和勇气。

海洋女神忒提斯和珀琉斯举行婚礼时，没有邀请纠纷女神，可不管别人请不请，愿不愿意，纠纷女神不请自来，还带来一个美丽的金苹果。

那个注定要惹起纠纷的苹果上写着“献给最美丽的女人”。

智慧女神拥有智慧，权力女神掌握权力，爱情女神掌管爱情，但她们都不知足，其实女人真正渴望拥有的是美丽，就算是超凡脱俗的女神也一样不能免俗。

就连宙斯都难以做出判断，宙斯把这道难题交给了特洛伊英俊的王子珀里斯。

年轻的王子要在她们当中做出公正的选择，其实王子面临的不是选美女，而是在为自己选择一个未来，在权力、智慧和爱情当中做出选择。

面对女神们许下的诱人的诺言，最终，王子为自己选择了美丽浪漫的爱情，爱情女神承诺要把世上最美的女人给他做妻子，作为回报他就将金苹果判给了爱情女神。

爱情女神兑现了自己的承诺，王子在出使希腊时，得到了斯巴达国王艳丽绝世的海伦王后和她的爱情。与此同时，王子也为自己的爱情，还有自己的城邦迎来了十万希腊勇士的征讨。十年的战争和厮杀，直到一个叫俄底修斯的希腊人想出了木马计，之后的事，就变得简单了，也粗暴了。

木马屠城，敌人杀死了英俊的王子，杀死了王子的父王，还杀死了全城的男子。

王子再也看不到他那美丽的爱人了。王子美丽的爱人重又回到斯巴达国王的怀抱。

英俊的王子选择了美丽的爱情，爱情的确美丽，美丽得如同蝴蝶的翅膀，也像蝴蝶的翅膀一样脆弱，浪漫的王子选择了浪漫的爱情，却没有选择保卫爱情的智慧和勇气。

王子在中箭倒下的那一刻也许在想，如果能够重新选择，他也许会首先为自己选择拥有保卫爱情的能力。

莎乐美的爱情

——你不要我为你死，你就要为我而死

一个囚徒的高贵和骄傲却是发自他灵魂深处的不容置疑，不容别人侵犯的真诚与尊严。美丽的舞蹈能换取一个人的性命，却不能换取一个人的爱情。国王的权力可以剥夺一个人的性命，却不能剥夺一个人的尊严。

一六八

莎乐美当然有资格骄傲，因为她是高贵而且美丽的公主，美丽得人见人爱，却又高贵得让人高不可攀。能被许多人爱和追求，对一个平常的女人来说是件骄傲的事，但对骄傲的公主来说却不过是件平常的事。从众多的爱慕者中爱上一个爱自己的人当然是件容易事，也是一件许多平凡女人都会做的平凡事，但骄傲的公主当然不能是一个普通的平凡女人。

公主不爱任何一个爱自己的人，却固执地爱上了一个不爱自己的人，一个国王的囚徒，一个被称作先知约翰的人。约翰的确是个值得爱的男人，他不仅英俊而且正直，不仅智慧而且勇敢。

美丽的公主疯狂地爱上了不爱她的先知。她甚至说要救他，愿意为他去死，却被先知拒绝了。

可怜的公主最后只有一个小得可怜的请求，只求能吻一吻自己所爱的人的嘴唇，依然被拒绝了。

聪明的先知当然知道，如果满足一个要求就会有下一个要求。

为了换取国王的一个承诺，伤心的公主为国王跳起了美丽的舞蹈，然后向国王要了自己爱人的那颗英俊的人头。

骄傲的公主终于吻到了那张冷冰的嘴唇。

能够转化成仇恨的爱不是真正的爱情，只是一种极端自私的占有欲望，自己得不到的，宁可毁掉，也不愿别人得到。

高贵和骄傲的，不只是身份和容貌，更是身份和容貌背后的那颗心。

公主的骄傲只是她的美貌，高贵是她的地位。

而一个囚徒的高贵和骄傲却是发自他灵魂深处的不容置疑，不容别人侵犯的真诚与尊严。

美丽的舞蹈能换取一个人的性命，却不能换取一个人的爱情。

国王的权力可以剥夺一个人的性命，却不能剥夺一个人的尊严。

加拉蒂雅

——还不如把这个美丽的女人变成雕像

为一个完美的身体塑造一个完美的性格和灵魂，这可是连上帝都不能做到的事情。听着那个美丽的女人在自己的耳边没完没了地唠叨着衣服、首饰、食品、房子、孩子，还没完没了地追问你到底爱不爱我，雕塑家不禁在心中祈祷，还不如让这个美丽的女人变成一座沉默的雕像。

在每个人心里，都会给自己虚构和描述一个自己所渴望的完美爱人。然而茫茫人海，滚滚红尘，却又往往找不到那个自己最爱的人。

一个叫匹格马龙的雕塑家，就按照自己心中的那个完美的形象雕刻出了一个女人，并且深深地爱上了她，一座美丽的雕像，被取名叫加拉蒂雅。雕塑家在心中暗自祈祷，如果这个美丽冰冷的雕像能拥有生命就好了。

后来，雕像竟然真的复活了，和雕塑家相爱了。似乎从此以后，他们就应该过上幸福和快乐的日子了。

那个叫加拉蒂雅的女人，除了美丽，还有对生活的热爱和要求，除了爱情，还有对生活的种种抱怨和不满。

现在，那个自由的雕塑家几乎是给自己找了一个苛刻的主人，这也不许，那也不让，出门要经过允许，回来晚了要挨骂。

雕塑家可以按自己的设想雕刻出一个完美的容貌，却忘了，或者知道，但无法做到，为一个完美的身体塑造一个完美的性格和灵魂，这可是连神都无能为力，连上帝都不能做到的事情。

听着那个美丽的女人在自己的耳边没完没了地唠叨着衣服、首饰、食品、房子、孩子，还没完没了地追问你到底爱不爱我，雕塑家不禁在心中祈祷，还不如让这个美丽的女人变成一座沉默的雕像。

青蛙王子

——不是每只青蛙都会变成王子

变成王子的青蛙，一定是那只王子变成的青蛙。真正的青蛙永远都不可能变成一个王子。美丽的女孩最终没能把青蛙变成王子，自己却被变成了一只可怜的青蛙，和另外一只青蛙长相厮守。

一七二

传说中，有个英俊的王子被邪恶的巫师诅咒，变成了一只丑恶的青蛙，只有爱，才能破除魔咒，因为爱有无穷的力量。

如果有美丽的女子勇敢地亲吻青蛙，平凡的青蛙就会变成非凡的王子。

一双长在额头上的大圆眼，一张咧到后脑勺的大嘴巴，一根长刺一样的尖舌头，一身涂满黏液的绿皮，吻一只青蛙，算了吧，想想都让人觉得恶心，呕吐。

没人愿意亲吻一只青蛙。

亲吻青蛙需要勇气，爱让人勇敢，至于青蛙能否变成王子，却要靠运气。并不是每只青蛙都会变成王子。

变成王子的青蛙，一定是那只王子变成的青蛙。

勇敢善良的女孩因为相信爱情的魔力，一千次一万次痴情地亲吻着那只青蛙，可青蛙依然还是一只丑陋的青蛙，女孩始终没能找到自己心中的那个白马王子。

真正的青蛙永远都不可能变成一个王子。

试图去改变一个人，是可悲的，更可悲的是，没有改变别人，自己却被别人改变了。

别去改变别人，也别被别人改变。

美丽的女孩最终没能把青蛙变成王子，自己却被变成了一只可怜的青蛙，和另外一只青蛙长相厮守。

白雪公主

——爱美，即使是爱一个美丽的白痴

爱美，即使爱的是一具美丽的尸体，一个漂亮的白痴。美丽的诱惑总是那么让人无法抗拒。所以，女人在面对那面魔镜时，谁也不会问这世界上，谁最有智慧。王后如果翻转一下那面魔镜，魔镜也许会告诉她说，世界上王后最聪明。

在白雪公主长大之前，那面魔镜一直告诉王后说，这个世界上王后最美丽。

后来，白雪公主长大了。

当魔镜告诉王后说，白雪公主才是这个世界上最美丽的女人时，那个忌妒王后痛苦得比要她的命还要痛苦。

美丽是女人的天性，也是女人的天敌。

王后既然不能让自己长得再美丽些年轻些，就只能杀死比自己更美丽的美人。

为了躲避狠毒的王后，白雪公主在卫士的帮助下躲进了森林和七个小矮人生活在一起。

七个小矮人告诉白雪公主，不要和陌生人说话，不要接受陌生人的礼物，无论那些礼物多么美丽诱人。

白雪公主接受了陌生人送给她的一把精致的梳子，一梳头就昏倒了。七个小矮人救活了她，责备她不听话。白雪公主很难为情，答应他们下次不会了。

可下次她又从陌生人那儿接受了一条漂亮的头巾，于是又昏倒了。七个小矮人费劲地将她救活，责备她太傻，白雪公主很难为情，答应他们下次再也不会了。

可下次她又从陌生人那儿接受了一个美丽的苹果，爱美和贪心总是女人最大的弱点。她咬下苹果时又昏倒了，可这次，那些小矮人却再也没有本事将她给救活过来了。

无知并不代表纯洁，轻信也不能代表善良，无知和轻信只能代表愚蠢和白痴。

七个小矮人把美丽的白雪公主装进了一个水晶棺里，好让他们能欣赏一具美丽的尸体。

后来有个英俊的王子来到了森林里，就发疯般地爱上了那具美丽的尸体，还发誓说要娶她为妻，小矮人说那是一具尸体，王子说我不管，小矮人说那是一个白痴，王子说我不在乎。小矮人说是不是脑子有毛病，王子说你们别管。

爱美，即使爱的是一具美丽的尸体，一个漂亮的白痴。美丽的诱惑总是那么让人无法抗拒。

就连神也会格外眷顾美丽的人，后来水晶棺被打翻时，美丽的白雪公主吐出了那块有毒的苹果，就神奇地复活了，和那个痴心的王子过上了幸福而快乐的生活。

对女人来说聪明不重要，重要的是美丽。

爱也不重要，最重要的是被爱。

所以，女人在面对那面魔镜时，谁也不会问这世界上，谁最有智慧，王后如果翻转一下那面魔镜，魔镜也许会告诉她说，世界上王后最聪明。

海的女儿

——真爱无言也无须言

那沉默着的美人鱼满怀深情地凝望着，永远地孤独地依偎在海边的岩石上，不仅是那美丽的故事，不仅是矗立的雕像，是爱，不能磨灭，永不消散。只有一言不发的爱情，才能让爱的声音在时间的长河中响彻世界。只有不被接受的爱情，才是真正的付出。只有死去的青春，才能真正永恒。

海的女儿是条善良可爱的美人鱼，她救了一个落水的王子，美人鱼能唱动听的歌却不能用人类的语言表达自己的爱情，有漂亮的尾巴能在水中自由地游弋，却没有人类的双腿能在陆地上行走。美人鱼爱上了英俊勇敢的王子，巫师能把她变成用双腿走路的人类，可代价是她失去动听的声音。

忍着剧痛，美人鱼沉默着一步步地走向自己爱人的身边。

王子却误以为是那个路过的公主救了他，还和公主相爱了。

一条孤独的鱼，无法说出自己的爱情。

巫师给了她一把锋利的刀，只要杀死王子，就能恢复尾巴重回大海的怀抱。美人鱼没有把刀插向那个她爱着的人的胸膛，却把刀扔进了大海，而她自己的生命则化成水珠化成泡沫，连灵魂都消散了。

生命脆弱得如同大海中的浪花，爱情虚无得如同浪花中的泡沫。

美人鱼不在了，可她的爱还在。

爱，真正的爱不需要诉说，无须表达，哪怕不被接受，不被理解，都无怨无悔地付出，直至付出生命。那沉默着的美人鱼满怀深情地凝望着，永远地孤独地依偎在海边的岩石上，不仅是那美丽的故事，不仅是矗立的雕像，是爱，不能磨灭，永不消散。

只有一言不发的爱情，才能让爱的声音在时间的长河中响彻世界。只有不被接受的爱情，才是真正的付出。只有死去的青春，才能真正永恒。

科芬垂王后

——到底能不能看王后的裸体

就因为看了一眼王后的裸体，从此以后就什么也看不见了，别说不穿衣服的女人的身体，就连穿衣服的女人也看不见了。这实在是太过分了，可没人同情他。大家都认为这很公平，因为大家谁也没看，似乎是如果看了，不瞎眼才是不公平的。

科芬垂的王后为了让国王给老百姓减税，竟然威胁国王说要在正午的时候赤身裸体地骑着马在科芬垂的大街上游行。国王居然同意了，国王同意的原因当然不是因为让他的臣民们欣赏一下王后美丽的裸体，而是出于不能被王后要挟的想法，不然每当王后说要脱衣服，国王就要减税，总有一天会给穷死。还有，就是他料定王后只是一时任性赌气说的气话，只是说说而已，其实她不敢。于是在和王后打完赌之后，就又放心地数钱去了，等数钱数累了，就安心地睡着了。

对于自己的身体，王后是矛盾的。一方面，她认为这身体是自己的，自己有权力决定穿衣服或者不穿衣服，有权力决定自己的身体让国王或者百姓看见。另一方面，她认为这身体并不属于自己，而是属于国王，她脱光衣服让百姓看见自己的裸体，是冒犯和羞辱了国王，而不是自己。一方面，她认为这身体是美丽的，她才要展示给大家看，这美丽是应该公开的；另一方面，她又认为这身体是可耻的，她才会以此来要挟国王，要让国王出丑。

对于身体，特别是王后的身体，科芬垂城中的百姓也是矛盾的，一方面出于好奇，他们热切地渴望着，另一方面出于尊重，他们又刻意地回避着。他们认为身体是美丽的，是可以欣赏的，另一方面，他们又认为观看身体的行为是下流的，可耻的。

王后是勇敢的，不管是光荣还是可耻的身体，她都脱光衣服骑着马出现在了街上。

因为有为民请愿这样理直气壮的理由，王后的这种极端行为，显得高贵神圣。如果没有了这个前提，王后的行为就会显得荒淫和可耻。而这，都与身体自身无关。

当裸体的王后骑着马缓缓地走在科芬垂的大街上，她却发现，整条街上空空荡荡，连个人影也没有。不管是该不该看，百姓们都关上了门和窗户。

至于原因，有两个不同的说法，一种说法是科芬垂的百姓自觉地关闭了门窗，一种说法是因为国王的命令。

只有一个叫汤姆的裁缝实在是忍受不住想看一下王后的裸体的欲望，管他什么道德，管他什么命令，反正他是从门缝里看了。当然他不会自己说出来，不然要么百姓会鄙视他，要么国王会惩罚他，之所以让人知道了，是因为后来他的眼睛瞎掉了，人们认为那是上天对他冲动的惩罚。

就因为看了一眼王后的裸体，从此以后就什么也看不见了，别说不穿衣服的女人的身体，就连穿衣服的女人也看不见了。这实在是太过分了，可没人同情他。大家都认为这很公平，因为大家谁也没看，似乎是如果看了，不瞎眼才是不公平的。

蛤蟆的油

——越是可耻的反而越是恬不知耻

就连那个让人目不忍睹的东施姑娘都会捂着胸口皱着眉头以为自己看上去很美，人都难得有自知之明，况且是蛤蟆，蛤蟆是不会以人的眼光来判断自己的美丑的。生活中，倒是越可耻的，越是恬不知耻。越高尚的，越是常怀愧疚之心。

一八二

在日本的深山里生活着一种古怪的蛤蟆，奇丑无比，还比别的蛤蟆多长了几条腿，传说这种蛤蟆身上的油，也就是蛤蟆流出的汗，有治疗疑难杂症的神奇作用。

蛤蟆虽丑，可为了它身上那点神奇的汗，人们还是翻山越岭地去捕捉这讨厌的蛤蟆。

太美和太丑的东西总是特别引人注目，蛤蟆好找，腿虽然多，却没有人的两条腿跑得快。蛤蟆好捉，可想让蛤蟆流汗就不那么容易了，骂不出汗，打不出汗，就是杀了它也不出汗，追得漫山遍野乱蹦乱跳，人和蛤蟆都折腾得大汗淋漓，也找不着那些掉在地上摔成八瓣的蛤蟆油。于是，自作聪明的人们终于想到了一个绝妙的办法，把一面镜子放到蛤蟆面前，瞪大一双蛤蟆眼，看到镜子里面的自己竟然是如此丑陋不堪，实在是无地自容，蛤蟆不禁羞愧难当吓出一身汗来。

不过是人们一厢情愿地自作聪明罢了。

生活在深山里面的蛤蟆，看到的除了蛤蟆还是蛤蟆，人们天真地以为蛤蟆有强烈的羞耻心，会为自己的丑陋而汗颜，可深山老林里的蛤蟆孤陋寡闻，从未见过如此自以为美丽的人类，又如何能分辨什么美丑。蛤蟆又没受过教育，又如何会以美为荣以丑为耻。

从人类的角度看蛤蟆多长了几条腿，从蛤蟆的角度看人就少长了几条腿，人的眼睛虽然漂亮，可再怎么瞪也没蛤蟆的眼睛大。就连那个让人目不忍睹的东施姑娘都会捂着胸口皱着眉头以为自己看上去很美，人都难得有自知之明，况且是蛤蟆，蛤蟆是不会以人的眼光来判断自己的美丑的。

生活中，倒是越可耻的，越是恬不知耻。越高尚的，越是常怀愧疚之心。

看到镜中的自己，蛤蟆的确出了一身汗，可那是因为看到了人类，蛤蟆突然发现自己竟然是如此美丽，恍然大悟，人们为何要千辛万苦地来捉自己，怪只怪自己过分美丽，都是美丽惹的祸。那只在人们眼中应该感到羞愧的蛤蟆看到镜中的自己，不禁得意地欣喜若狂，一阵心惊肉跳般的惊喜，暗自庆幸，幸亏自己长得不像那些涂脂抹粉扭捏作态还不知羞耻的人一样丑陋难看。

达摩克利斯之剑

——在死亡的阴影下寻找生命的阳光

人在生时已明确而强烈地意识到死亡和毁灭的可怕，并将在死亡巨大阴影的笼罩下竭力寻找生命的阳光和精彩，在痛苦中寻求幸福和快乐，在恐惧中寻求勇敢和高贵。不能因为必有一死，就放弃和逃离生命，有死，才使生命显得可贵，有危险，才使王位让人敬畏。达摩克利斯逃下了王位，而那个真正的国王，狄奥尼西奥斯依然无惧无畏，勇敢而庄严地端坐在高高的王位上。

古希腊有个英俊的国王叫狄奥尼西奥斯，统治着一个富庶的城邦叙拉古，年轻的国王住在豪华的宫殿里，里面有价值连城的宝贝还有美丽绝伦的女人，还有随时准备听候差遣的奴仆。

地位、权力、财富、美女、荣誉，应有尽有。

看着这一切，国王的一个叫达摩克利斯的朋友总是情不自禁地流露出无比羡慕的眼光，不停地对国王说，你真是天底下最幸福最快乐的人，拥有人们想要的一切。国王听多了就腻了，国王告诉他的那个朋友说，如果你真的以为我是世界上最幸福的人，如果你愿意，我们可以交换一下位置。

天哪，不会吧，怎么会这样，权力和财富的诱惑实在是太大了！管他为什么会这样，达摩克利斯迫不及待地穿上华丽的王袍，戴上高贵的王冠，坐在了国王的宝座上，面对美貌佳人，美味佳肴，当他举起手中的美酒时，却忽然发现自己的头顶上有一把用一根马鬃倒悬着的利剑，寒光闪闪，几乎触到自己的头皮。

达摩克利斯的身体僵住了，笑容消失了，脸色煞白，浑身颤抖，再也不想什么美人美酒了，只想立刻跳下王位，逃出王宫，越远越好。

国王说，怎么样，你害怕那把随时都会掉下来的利剑，随时都悬在王国的宝座上，悬在我的头顶上，那根细细的线，随时都会被什么人或者什么事给斩断，那些满怀野心的大臣，那些心存不甘的百姓，还有周围那些想要称王称霸，扩张领地的国王，责任和权力同在，风险与权力同在。

惊魂未定的达摩克利斯忙说，我知道了，请您回到您的宝座上去吧，我要回家。

从此，达摩克利斯格外珍惜自己的生活，再也不敢羡慕王座上的国王了，可国王宝座上的那把利剑却以他的名字来命名，叫达摩克利斯之剑。

叫达摩克利斯之剑似乎不太确切，应该叫王位上的利剑更准确。

那把和权力、财富如影随形的利剑，是无形的，不会是实体，达摩克利斯抬头看见的那把利剑，十有八九是国王刻意布置，用来吓唬达摩克利斯的，人们常被欲望冲昏了头脑，根本无视利益背后潜在的危机。只有把一种无形的危险转化为一种看得见的威胁，才会使人真正地感到恐惧。

其实，在每个人的头顶上都悬着一把脆弱的系于一线的无形的利剑，只是，那把剑下的，不一定非要是王位、权力和财富，而是生命，那是一把死亡之剑。

人在生时已明确而强烈地意识到死亡和毁灭的可怕，并将在死亡的巨大阴影笼罩下竭力寻找生命的阳光和精彩，在痛苦中寻求幸福和快乐，在恐惧中寻求勇敢和高贵。不能因为必有一死，就放弃和逃离生命。有死，才使生命显得可贵；有危险，才使王位让人敬畏。

达摩克利斯逃下了王位，而那个真正的国王，狄奥尼西奥斯依然无惧无畏，勇敢而庄严地端坐在高高的王位上。

斯芬克斯之谜
——遵照自己的规则杀死自己

斯芬克斯自己跳崖死了。斯芬克斯为猜谜制定了一个严酷而可怕的规定，不仅针对猜谜的人，也针对出谜的自己。在人面前，斯芬克斯是强大的，他有能力吃掉猜不出谜底的人，他同样有能力吃掉即使猜出了谜底的俄狄浦斯，或许还可以像往常一样，装作谁都不曾猜出谜底的样子，继续和过路的人玩猜谜的游戏。

一八八

斯芬克斯是个鸟翼人面狮身的怪物，让这个怪物引人注目的还不是他奇怪的长相，却是他出了一个奇怪的谜语，一种动物早晨四条腿，中午两条腿，下午三条腿，在腿最多的时候最软弱。

现在几乎所有的人都知道答案，斯芬克斯说的这个动物就是人。可当时的人却都不知道这个简单的谜底。

一个怪物想出来的一个奇怪的谜语，也没什么奇怪的。奇怪的是这个怪物却给猜谜设置了一个奇怪而残酷的规则，猜不出谜底，会被斯芬克斯吃掉，猜出谜底，斯芬克斯死。

这个规则，一下子就把这个人要认识人自己的问题弄成了一个你死我活的问题。

这个规则是斯芬克斯强加给路人的，许许多多的人因为猜不到谜底而死，死得很冤枉。

人之所以猜不出这个谜底，是因为人是人。如果是从一只鸟、一头狮子，一个怪物的角度来看，大概很容易猜到谜底。

如果这个谜语是问：有着狮子的身体，鸟的翅膀，却长着一张人的脸，是个什么。大概所有的人马上就会猜出谜底，一个怪物，斯芬克斯。人的一生很短暂，短暂得如同一天，很多人甚至来不及思考，就已经死掉了，所以，有的人终其一生也没有认识自己。就算不认识人自己，也从不思考什么是人，人是什么，人一样可以活着。

可是在斯芬克斯眼中，人不应该不认识自己，不认识自己的人不配在世上活着。

直到一个叫俄狄浦斯的人走到斯芬克斯面前，高声地说出了谜底，人，这才为人类消灭了这个斯芬克斯灾难。

俄狄浦斯成了挽救人类的英雄。

斯芬克斯更是个英雄，他遵守了规则，而不是再制定一个规则，在人们知道了什么是人之后，再出一个谜题，人是什么。因为俄狄浦斯虽然回答了什么是人，却没有告诉我们人应该是什么。

没有了斯芬克斯，斯芬克斯消失了，没有谁会再遇到那个奇怪而严厉的斯芬克斯了。

斯芬克斯跳崖而死。

斯芬克斯为猜谜制定了一个严酷而可怕的规定，不仅针对猜谜的人，也针对出谜的自己。

在人面前，斯芬克斯是强大的，他有能力吃掉猜不出谜底的人，他同样有能力吃掉即使猜出了谜底的俄狄浦斯，或许还可以像往常一样，装作谁都不曾猜出谜底的样子，继续和过路的人玩猜谜的游戏。

威尼斯商人

——用规则本身而不是用正义感去战胜规则

坏人夏洛克是孤独的，法庭上，从法官到观众，几乎都是安东尼的支持者，他所拥有的全部力量来自规则，来自他手中的一纸合约。

莎士比亚的名著《威尼斯商人》让我们记住了一个叫夏洛克的名字，这个名字通常被看成是贪婪、狡诈和残忍的商人的代表。然而在舞台上，这一切的昭示又都是那么的明目张胆，在我看来，这实则是一个关于规则的故事。

好商人安东尼为了帮助朋友向坏商人夏洛克借了一笔钱，夏洛克提出不要利息，和安东尼达成了一个古怪阴险的协议，如果借款人如期不能还贷，要听凭债权人在身上割下一磅肉。

高利贷者夏洛克宁可放弃自己的利益，却要定下这么一个损人不利己的合约，是因为好商人安东尼平时借款给别人是不收利息的，这严重地威胁到夏洛克和他所处的高利贷行业的生存，危害高利贷行业的整个规则。

由此可以看出的是当时威尼斯的法律，其一，高利贷者的行业和利益是得到认可和保护的；其二，无论怎样荒谬的协议，只要是当事人认可的，都是合法的。

至于说夏洛克的暗算，其实是明算，无论是谁，一眼就能看出其不怀好意的险恶用心，我们可以回过头来看看这种阴谋得逞的可能性，说实话，夏洛克得逞的机会渺小得可怜。

可是无巧不成书，慷慨的富商安东尼竟然因故没法按时还贷。

于是好商人安东尼和坏商人夏洛克一起走上了法庭。夏洛克是孤独的，法庭上，从法官到观众，几乎都是安东尼的支持者，所有的人都厌恶夏洛克的残忍，不忍看到安东尼牺牲，恨不能干脆把夏洛克给干掉算了，大权在握的公爵，观众的情感和道义支持，全都站在安东尼一方，而坏人夏洛克可谓是势单力薄，简直就是单枪匹马地在孤军奋战，但是在法庭上，他却占据着绝对的优势，所凭借的不是人多，不是权力，也不是他的财富，他所拥有的全部力量来自规则，来自他手中的一纸合约。

故事的最后，莎士比亚还是给出了一个让观众皆大欢喜的圆满结局，正义最终战胜了邪恶，夏洛克阴谋破产，连他的财富也失去了。

最终挽救安东尼的，不是来自伯爵的权力，也不是来自观众正义的呼声，而是规则本身。那张恶毒的协约居然在说到割肉时没有说到流血，还严格地界定了一磅肉，是这个近乎可笑荒唐的漏洞挽救了安东尼，挽救了善良。

公鸡和宝石

——源自无知的傲慢和狂妄

公鸡的所有傲慢和狂妄，实则源自它的无知和愚蠢，只知道宝石不能吃，却不知道宝石可以换回许多吃的东西。因为无知，那可以改变命运的机会被白白扔掉了。

一只骄傲的大公鸡，反正大家都这么说，在公鸡前面通常加上骄傲两个字，我不知道公鸡有什么好骄傲的，是它头顶上天生的红冠，还是那翘得老高的大尾巴，还是真以为太阳是被它叫出来的。

一只骄傲的大公鸡在草地上忙碌着，不停地用爪子在草丛里扒来扒去，用嘴在地上啄来啄去，不停地寻找，它当然不是在寻宝，它只是想找几粒小孩子吃饭撒下的饭粒，或者找到一两只不怎么会飞的小虫子，可它居然发现了一块宝石，看着面前这块闪烁着耀眼光芒的宝石，公鸡居然还是无动于衷，昂起了高傲的头，眼中充满了鄙夷，不屑一顾地说，对别人来说，你可能是个了不起的宝贝，可对我来说，你却是毫无用处，一文不值，在我眼中你根本比不上一粒麦子，与其让我得到世界上所有的宝石，还不如给我一粒麦子。

说罢，那只骄傲的公鸡傲慢地走开了。

那颗宝石却没有因为公鸡的嘲笑和侮辱而有丝毫的暗淡，依然散发着耀眼的光芒。

公鸡的所有傲慢和狂妄，实则源自它的无知和愚蠢，只知道宝石不能吃，却不知道宝石可以换回许多吃的东西。

另一只公鸡走来了，看到了宝石，马上两眼放光，如获至宝，因为那的确是宝。公鸡用宝石去交换钱，又用钱去交换吃的，当别的公鸡还在起早贪黑地在草地上寻找食物的时候，那只公鸡却已经拥有了它一生都吃不完的麦子和各种食物。

那只曾经遗弃宝石的公鸡还在草地上忙碌地寻找着，它终于找到了一条又肥又大的虫子，可它不能吃，它要把那条虫子谦卑地衔到那只富有的公鸡面前，去换回多一点的食物，回去给自己的母鸡和小鸡。

因为无知，那可以改变命运的机会被白白扔掉了。

不会飞的鹰

——是现实把本能变成了遥不可及的梦想

很多时候，我们以为的本能可能会在环境里被遗忘，如果不是那个人将鹰带到山顶朝下扔，那只忘记了飞翔，忘记了天空，忘记了自由，忘记了自己本能的鹰，大概至死都以为自己是一只鸡。甚至连梦里都不敢梦到自己能够在天空里自由地飞。

高山之巅的鹰巢里的一只小鹰在很小的时候被人捉了带下山养在家里，那人把小鹰放在鸡笼里和一群鸡养在一起，小鹰成天和小鸡一起啄食、嬉戏，日出而作，日落而息。

小鸡长大了，会生蛋，会打鸣，小鹰也长大了，羽翼丰满了，可它还以为自己是一只鸡，是只不会打鸣、不会生蛋的鸡。

人要把鹰训练成一只猎鹰，可那只鹰却像只鸡一样，只会扑腾翅膀怎么也飞不起来了。

人想尽一切办法都无济于事，那只鹰就是不会飞。

最后，那个绝望的人把鹰重又带回到山巅，然后把它扔了出去，那只鹰像块石头似的僵硬地直直地坠落了下去。

在这个故事里，在最后生死攸关的关键时刻，那只鹰拼命地拍打着翅膀，终于飞起来了。

雄鹰展翅，一飞冲天，这是一个美好的结局。

鹰终归是鹰，哪怕是从小生活在鸡群里也还是鹰。

可这个故事更可能是另一种结局，那只鹰很有可能会摔死在悬崖下的石头上。

一只死心塌地地认定自己是只鸡，一只根本不相信自己会飞的鹰，可能还没有来得及想明白自己究竟是不是一只鹰就已经摔得粉身碎骨了。

很多时候，我们以为的本能可能会在环境里被遗忘，如果不是那个人将鹰带到山顶朝下扔，那只忘记了飞翔，忘记了天空，忘记了自由，忘记了自己本能的鹰，大概至死都以为自己是一只鸡。

在平凡的生活中很难有置于死地的时刻，其实，那只是再简单不过的一种本能。

生活中，没人会把我们推下悬崖，别人不敢，我们自己也不会。就像那只绝处起飞的鹰，在它飞起来之前，飞翔对它来说是个无法企及的梦，甚至连梦里都不敢梦到自己能够在天空里自由地飞。

知识可以改变命运，知识并非一定改变命运，但起码可以做到，当幸运之神到来时，不会充耳不闻，傲慢地关上门，把机会拒之门外。

断尾巴的狐狸

——向最短的，而不是最长的看齐

想在长短不一中求一致，最可行的办法就是向最短的看齐。我没有，你们也应该没有，自己得不到的，别人也不应该拥有。于是，断尾巴的狐狸就开始绞尽脑汁不厌其烦地四处游说别的狐狸也把自己的尾巴给弄断。

狐狸都有一条大大的尾巴，至于狐狸们是否认为自己的尾巴漂亮，我不知道，我只知道狐狸的皮毛值钱，之所以老被猎人惦记不是因为身上的肉，它身上的那点肉少得可怜，却和它漂亮的大尾巴，还有那一身皮毛有关。我还知道狐狸的尾巴是辨认狐狸的重要特征，不然很难把狐狸和一条瘦狗区分开。人们所谓的狐狸尾巴露出来了，是说露馅了，阴谋被识破了。

一只倒霉的狐狸却把尾巴弄断了，大概是不幸遇到了猎人布下的夹子或陷阱，为了逃生迫不得已的壮士断臂。

没了尾巴既不影响狐狸的吃喝，也不影响狐狸的智力，老实说，那条大大的尾巴平时也没有用处，与其说是个装饰，还不如说是个累赘。

那条断尾巴的狐狸显然没有那种断自己的尾巴让别人去看吧的豪气和自信，并没有因为自己的与众不同而得意，内心无比痛苦。就因为别的狐狸的尾巴都没断，看到别的狐狸都有长长的毛茸茸的大尾巴就觉得特别别扭，而别的狐狸看自己的眼神也好像很不对劲，似乎自己已经不是一只狐狸，而是一条狗。

有人千方百计地标新立异，怕平凡，怕自己和别人一样，也有人无论如何都要随波逐流，怕孤单怕自己和别人不一样，那只断尾巴的狐狸属于后者。

要和大多数保持一致没什么不对，可那狐狸想到的不是如何把自己的尾巴变长，而是要把别人的尾巴变短。

想在长短不一中求一致，最可行的办法就是向最短的看齐。

我没有，你们也应该没有，自己得不到的，别人也不应该拥有。

于是，断尾巴的狐狸就开始绞尽脑汁不厌其烦地四处游说别的狐狸也把自己的尾巴给弄断。

伊索并没有说那只狐狸是如何游说别的狐狸的，我替那只断尾巴的狐狸想了一下，大致有以下几个理由，第一，短尾巴比较好看，没有尾巴最好看，这条太主观，没什么说服力。第二，长尾巴中看不中用，没什么实用价值，短尾巴可以跑得更快，是一种进步，代表着先进，也就是类似于中国古代的赵武灵王搞胡服骑射，为了进化，为了狐狸种族的千秋大业，大家都应该提高觉悟，统一认识，忍痛断尾，这条不错，就是理论高度实在太高了点，怕那些狐狸们难以接受。第三，短尾巴更利于伪装成狗，不用担心露出了狐狸的尾巴，混到鸡群里吃鸡，混到羊群里吃羊，这条应该比较有诱惑力。

大概那只断尾巴的狐狸没有我狡猾，或者是别的狐狸更狡猾，或者更自私更直接，你的尾巴断了是你自己的事，干我啥事。

由此还可以得出一个结论，就是那只断尾巴的狐狸在狐狸群中没什么权力，不是狐狸王，也不生活在中国，不然，用不着那么些废话，留尾不留头，留头不留尾，理解要执行，不理解也要执行，一声令下，立马解决。或者，可以更简单，只要对着那些长尾巴的狐狸皱一下眉就够了。楚王好细腰，楚国的百姓就要把自己饿得随风摇曳；越王好勇，越国的百姓就要把自己撑成虎背熊腰，打得遍体鳞伤，每张脸上都刀疤纵横，宁可缺胳膊少腿，宁可饿死，也要让王高兴，让王喜欢。

不知大尾巴的狐狸应该庆幸或者还是应该悲伤，或许它们错过了一次进化的机会，幸亏那只是一只普通的狐狸。

孩子和蝎子

——透过蚂蚱的眼睛看孩子

人不可能像那只蝎子一样坦诚，直接告诉那些自己不喜欢的人说，别靠近我，我会伤害你。生活中，人们在任何人面前，总是在尽一切努力标榜着自己的善良和诚实。

二〇二

城墙边的草地上，一个天真顽皮的小孩子正在快乐地玩耍着。

小孩捉了许多蚂蚱，高兴极了。

小孩看到一只蝎子，以为还是一只蚂蚱，就伸手要去捉。蝎子翘起尾巴上的毒刺说，你还是看清楚，赶快放弃你的妄想，你想捉我可没那么容易，你不仅捉不到我，还会失去你已经捉到的蚂蚱。

小孩吓哭了，大叫着，坏蝎子，逃得老远。

后来，大人告诉孩子说，蚂蚱是好的，蝎子是坏的。

讲这个故事的伊索告诉我们说，要注意分清好人和坏人，对好人和坏人要区别对待。

别惹蝎子。

人们对于好和坏的判断，大人和小孩的意见是高度一致的，都是从自我的角度看问题做判断，凡是任我们捉弄，讨我们欢心的，就是好的。凡是抵抗我们的意志，让我们不开心的都是坏的。

换个角度。

透过蚂蚱和蝎子的眼睛看世界，孩子就不是人类眼中的活泼可爱了，孩子是坏的。

在一只蚂蚱的眼中，蝎子是可爱的，有着人类所没有的坦诚，那个小小的孩子不学就会，似乎是天生的，知道隐藏起自己的真实意图，面带天真地微笑，轻手轻脚靠近蚂蚱，然后乘其不备，突然拍下小手，把蚂蚱捉住，还拧断了蚂蚱的腿。

人不可能像那只蝎子一样坦诚，直接告诉那些自己不喜欢的人说，别靠近我，我会伤害你。

生活中，人们在任何人面前，总是在尽一切努力标榜着自己的善良和诚实。

站在人群中，甚至站在那些劣迹累累的罪犯面前，大声地问，有贼吗，有坏人吗，没有人会答应，更不会有谁承认自己的不善良，不诚恳，就是站在审判台上的双手浸满平民鲜血的战犯都在百般抵赖，大声地申辩自己无罪。

在诚实方面，人类似乎远比不上那只恶毒的，不讨人喜欢的蝎子。

在一只蚂蚱面前，那只诚实的蝎子远比那些口蜜腹剑的人类要可爱得多。

| 第五章 |

大概是摸到大象的屁股了

盲人摸象

——好心人的坏主意

那个所谓的好心人实在出了一个坏主意，让盲人摸象。最勤劳的双手也无法代替最懒惰的眼睛，给盲人们一个盲人无法解决的问题，盲人们可以选择逃避，可以自以为是地欺骗自己，可以不自量力地永不放弃，可以自暴自弃地否定自己，当然也可以去杀死那个制造出问题的家伙。

一个好心人想让可怜的盲人们见识神奇的大象。盲人们试图用手代替他们无法睁开的双眼。盲人们摸了象之后，一个说大象是一堵墙，一个说大象是一根柱子，一个说大象是一根绳子，还有一个说大象是一把扇子。

好心人说你们说得都不对，部分不是全部，局部不是整体。

于是，盲人们就又围着大象摸了又摸，最后异口同声地说大象是一个能粗能细、会变化的怪物。

好心人失望地说，你们这些可怜的盲人永远不会知道大象的神奇了。

一个盲人说那我实在无法知道大象的真相了，我闻到了好闻的花香，听到了好听的鸟叫，我现在要去找点好吃的东西。说完走了。

一个盲人说我知道大象一定就是一头怪物。说完也走了。

一个盲人什么也不说，固执地围着大象乱转乱摸。

一个盲人绝望地哭诉着，我实在无法知道大象的神奇，也无法知道神奇的世界，我活在这个世界上实在没有意义，我不想活，我要去死了。

还有一个盲人愤怒地吼叫着，明知我是盲人还让我来摸象，我一定要掐死那个存心不良的坏家伙。说完就疯狂地追杀那个自以为是的好心人。

那个所谓的好心人实在出了一个坏主意，让盲人摸象，让盲人知道自己是盲人。让无能的人知道自己无能，的确是件残酷的事。

最勤劳的双手也无法代替最懒惰的眼睛，给盲人们一个盲人无法解决的问题，盲人们可以选择逃避，可以自以为是地欺骗自己，可以不自量力地永不放弃，可以自暴自弃地否定自己，当然也可以去杀死那个制造出问题的家伙。

可就算杀死那个事与愿违的好心人，还是解决不了关于大象的问题。

如此一来，盲人也许只能以杀死大象来解决关于大象的问题。

智子疑邻

——问题不是智力高下而是贫富悬殊

远亲不如近邻，邻家老头要是真心实意关心富人家的财物，怕富人家里被盗，要么帮着修墙，要么帮着守夜，少在旁边瞎掺和逞聪明。后来，那些根本就不信任穷人的富人就变得越来越多疑，越来越聪明了，富人就和富人住在一起，叫别墅区，让那些穷人和穷人住在一起，叫贫民窟。

二一〇

宋有富人，天雨墙坏，富人的儿子说，要是不修墙晚上会有小偷来偷东西。邻居家的老头见了也这么说，第二天，富人果然发现自己家里被盗了。

富人极力赞扬自家的儿子有先见之明，却又满腹怀疑，认为可能是邻居家的老头偷了自家的东西。

作为一个富人的儿子，连筑墙防盗这样显而易见的道理都知道，实在是不容易，起码不笨，至少比他爹聪明。小偷也不傻，竟然有胆敢如此不把贼放在眼里的人，况且还是个有钱人，也太不把做贼的当人了，要是连这种人都不偷，还会有谁把小偷当回事，贼再怎么不聪明也还不至于放着这样顺手牵羊举手之劳的轻松活不干偏要爬墙上房劳神费力地去钻墙打洞。

倒是邻居家的那个老实的穷老头实在有些不明智，跟着个小毛孩随声附和几句，算不上是什么过人的见识，况且人家自家的孩子说了都没用，财物是富人家的财物，富人自己都不在乎，一个穷老头如此热心地关注一个富人家的财物，多少显得有点不正常，难免会让那些为富不仁的人起疑心，因为在富人的观念里，他们所看重的既有物质又有智慧，却很少会看重有道德有良心。与之相反的是，倒是那些既没有财富又缺乏智慧的人，可能会更在乎良心和道德。

虽然邻居家的老头和自己的儿子所说一模一样，富人却并不会就此认为老头是和自己的儿子一样聪明，他怀疑是邻居家的老头偷了他家的东西，不仅因为老头不是自家人，更是因为邻居家的老头穷，穷人少在富人面前装聪明，人家个小毛孩子都明白的事哪还用得着你在一旁指手画脚瞎操心。穷人少跟富人套近乎，没准儿好心就被当成了驴肝肺，让富人以为你别有用心另有图谋。

远亲不如近邻，邻家老头要是真心实意关心富人家的财物，怕富人家里被盗，要么帮着修墙，要么帮着守夜，少在旁边瞎掺和逞聪明。

后来，那些根本就不信任穷人的富人就变得越来越多疑，越来越聪明了，富人就和富人住在一起，叫别墅区，让那些穷人和穷人住在一起，叫贫民窟。

塞翁失马

——还是在喜时喜在悲时悲

塞翁所要的不过只是苟且地活着，即使是瘸了腿，即使是逃避责任，做个可耻的懦夫，可命还在。面对生活，我们还是应该有颗真实的心，在得到时享受喜悦，在失去时承受痛苦，在离时悲，在聚时欢，在进时乐，在退时忧，在喜时喜，在痛时痛。

二一二

边塞上的老头人称塞翁，塞翁有匹马，马匹丢了，损失了财产总该是件让人不愉快的事，于是人们来安慰他，老头却没有丝毫的不愉快，他平静地说焉知非福。

后来马回来了，还带回一群马，人们又来祝贺他，老头却没有一丝一毫的喜悦，他平静地说焉知非祸。

再后来，老头的儿子骑马跌断了腿，成了瘸子，人们又来安慰他，老头依然没有丝毫的痛苦，他平淡地说焉知非福。

成了瘸子还说焉知非福，这古怪的老头实在有些莫名其妙。

后来边塞上打仗，别人的孩子都去保家卫国冲锋陷阵，许多年轻的勇士们英勇地战死在了沙场，再也没能回到自己的家乡，老头那瘸腿儿子却在家里娶妻生子，老婆孩子热炕头，过着平静的日子。

这时人们似乎终于明白了，那个丢了马不知道伤心得到马不知道高兴的老头在他的平静背后蓄藏着某种关于人生的深刻哲理，世事变化无常，焉知非福，焉知非祸，一切吉凶难料。

其实，塞翁说焉知非福不是因为乐观，说焉知非祸，也不是因为悲观，而是因为对那不确定、无法把握生命的一种无可奈何的麻木。在该得意时却垂头丧气，在该悲哀时也无精打采。只是为了心中的宁静，就放弃了生命里所有的喜怒哀乐，可没有了喜怒哀乐的生命又同放弃了生命何异，那死水一样波澜不惊的生命又与朽木顽石何异。其实，塞翁所要的不过只是苟且地活着，即使是瘸了腿，命还在，即使是逃避责任，失去勇敢和高贵的尊严，做个可耻的懦夫，可命还在。

面对真实的生活，我们还是应该有颗真实的心，在得到时享受喜悦，在失去时承受痛苦，在离时悲，在聚时欢，在进时乐，在退时忧，在喜时喜，在痛时痛。

掩耳盗铃

——先骗过自己才可以再去骗人

这种自欺的办法最起码让他有勇气去盗铃，而不只是停留在想盗铃又不敢盗铃的痛苦折磨之中。在面对欲望时，就连再傻的傻瓜都学会了动脑筋，欲望会让那些蠢贼变得越来越聪明。

如果挂了别人都没有的好看的铃铛，就会招人羡慕和忌妒，就会有人想把那个铃铛偷来挂在自己家里据为己有。人，不是天生是贼，是因为看到自己特别喜欢却又不属于自己的东西，才有可能生出贼心。想得到自己想要的东西，最快最简单的办法就是偷。最安全的办法是花钱去买，可那样做虽然高贵，却实在太难太慢了。要去花时间、花精力努力挣钱，挣不挣得到钱还说不定。

偷铃之前，贼其实是害怕的，怕把那铃铛弄出声音被发现，怕被捉住，怕受处罚。那贼有贼心却没贼胆去盗铃，可铃铛的诱惑实在太大了。贼就绞尽脑汁想方设法地想着怎样才能将铃铛盗到自己手上。终于，他想出了一个把自己的耳朵捂起来的办法。一个不太高明的办法，有办法总比没办法强。

他能捂住自己的耳朵，却不能捂住别人的耳朵，但他也实在没有办法，他只有一双手，如果他有足够多的手，他会去捂住所有人的耳朵，捂住所有人的眼睛。如果他有足够的权力，他会命令所有的人都把耳朵捂住，把眼睛蒙上。

当然，还有那个笨贼没有想到的更高明的办法，他可以用布把铃铛里的铃包起来，他还可以收买那个看门人帮他偷。但毕竟已经很不错了，一个从来不动脑筋的人在面对自己的欲望时也学会了动脑筋。虽然他自作聪明地以为自己听不到别人也会听不到，但他这种自欺的办法最起码让他有勇气去盗铃，而不只是停留在想盗铃又不敢盗铃的痛苦折磨之中。

盗铃是因为无法抗拒铃的诱惑，掩耳是怕暴露盗铃的行径，是因为还有羞耻心，怕败露之后被人不齿。

在面对欲望时，就连再傻的傻瓜都学会了动脑筋，欲望会让那些蠢贼变得越来越聪明。他会跑去给那家人当看门人，不仅盗去铃铛，还要把那人家里的东西全部偷空。后来那些贼慢慢变得聪明了，变得勇敢了，随着做贼的次数越来越多，贼会发现，捉贼的和做贼的一样危险，兔子急了都会咬人，更何况是贼。因为有人充耳不闻，那些贼就敢睁着眼睛说瞎话，说老子连饭都吃不饱，你却挂个那么个中看不中用的铃铛，就敢明目张胆地抢。

伯乐相马

——是千里马一定与众不同

一匹千里马一定具有超群的体能和非凡的品质，也一定有着与众不同的需求。如果同样的环境，同样的饲料，一匹普通的马会精神抖擞，膘肥体壮，而一匹千里马绝对会连一匹普通的马都不如。

伯乐要在马群中寻找一匹千里马。

马都说，是马都能跑一千里。

伯乐说，我所说的千里马，是日行千里。

所有的马都低下了头，跑那么快干吗，会被累死的。

只要伯乐走近任何一匹马，其他的马马上都用一种异样的眼光打量这匹显得与众不同的马，有敌意，有怀疑，有嫉妒，有鄙夷，还有不屑。

在一群平凡的马中，做一匹千里马，就注定会付出更多的努力承担起更多的责任，也注定会超群，注定会孤独。被伯乐相的马，马上耷拉下脑袋，做出一副垂头丧气、不堪重负的样子，在伯乐的耳边悄悄地马语，求求你，千万别说我是千里马。伯乐也都摇摇头走开了。

而最终伯乐从中牵出的却是一匹脚步蹒跚，连走都走不稳的病马。所有的人都大声嘲笑伯乐老眼昏花，都在嘲笑那匹马自不量力。

一匹千里马一定具有超群的体能和非凡的品质，也一定有着与众不同的需求。如果同样的环境，同样的饲料，一匹普通的马会精神抖擞，膘肥体壮，而一匹千里马绝对会连一匹普通的马都不如。

面对无情的嘲笑和怀疑，被伯乐牵出来的那匹马却无所畏惧地高昂着头，伯乐也昂起头来大声说，这才是一匹真正的千里马。

但没有人愿意相信伯乐，相信那是一匹千里马。

按图索骥

——按图当然可以索骥，可就是没图

有些事，光凭说破嘴皮子也说不明白，相马，的确应该画图，百闻不如一见，千言万语不如一张纸。有些事，画破千张纸也不顶一句话，听君一席话胜读十年书。先别忙着责怪别人不明白，先看看自己的表达方式对不对。只要是按骥画图，就一定能按图索骥。

伯乐是相马的高手，一眼就能从马群中找出跑得最快的那匹马。要找千里马的人都来找伯乐相马，可会相千里马的伯乐只有一个，于是伯乐就把他相马的经验都写进了一本叫《相马经》的书中。

都说虎父无犬子，伯乐的儿子就拿了他爹写的《相马经》跑出去相马。不久，儿子欢天喜地地跑回来告诉伯乐说他也找到了一匹千里马，伯乐乐呵呵地问马在哪儿呢，只见儿子从怀里掏出了一只癞蛤蟆来。伯乐大吃一惊，儿子却得意洋洋地告诉父亲说，正如你在《相马经》上所说，高高的额头如同山丘，大大的眼睛如同铜钱，只不过蹄子小了点，却也迭如曲块。伯乐不禁勃然大怒，蠢材，你怎么会是我伯乐的儿子，按图索骥，你竟然找回了一只癞蛤蟆。

没想到伯乐的儿子竟然也瞪大一双马一样的大眼睛，气急败坏地翻着他爹那本《相马经》，满腹委屈地嚷着，按图索骥，说得倒好听，我倒是想在你的书上找张图，可你满纸的之乎者也，这儿像这，那儿像那，不说自己笨，连张图也不会画，还好意思说我蠢。

对着那只癞蛤蟆和自己的傻儿子，伯乐恍然大悟，哈哈大笑，自己的爹不会相马，自己会相马；自己的儿子又不会相马，会不会相马和是谁的儿子无关，这很正常。

儿子不解地看着父亲，伯乐笑着说，的确是一匹好马，只是好蹦好跳不好驾驭，你最好还是把这匹马给放了吧。

有些事，光凭说破嘴皮子也说不明白，相马，的确应该画图，百闻不如一见，千言万语不如一张纸。

有些事，画破千张纸也不顶一句话，听君一席话胜读十年书。

先别忙着责怪别人不明白，先看看自己的表达方式对不对。

只要是按骥画图，就一定能按图索骥。

依着葫芦画出的只能是个瓢。

九方皋相马

——伯乐会相马更会相九方皋

同样有着相马的本领，在现实世界中，伯乐功成名就，名利双收，九方皋却被埋没，默默无闻，沉寂多年，大概也和他这种只关注本质而忽略外在的特点有关。细节决定成败，可能就是九方皋这种粗心大意、不注意细节的性格埋没了自己的惊世之才。

那个著名的相马者伯乐终于老了，已经老得老眼昏花了，再也不能相马了，难道就让那些千里马遗落和夹杂在那些平庸的马群中，随着伯乐的退休而永远地被埋没吗？

秦国的国王秦穆公就对伯乐说，你老了，还有谁为我去找千里马呢，不知你的子孙里有没有懂得相马的。

伯乐想到自己那个按图索骥找回个癞蛤蟆的傻儿子，苦笑了一下，臣之子皆不才也。

之后，伯乐告诉国王，他有一个老相识叫九方皋，曾经和他一起打过草，一起挑过柴，此其与马，非臣之下也。

于是，国王见之，使行求马。

九方皋三日而返，报告国王说，找到千里马了，在沙丘那儿。

国王问是怎样的一匹马，九方皋说是一匹黄色的雌马。

国王只得再派人去把那马找来，去的人回来报告说在沙丘那里的确找到一匹马，不是黄色的雌马，却是一匹纯黑色的雄马。

国王很不高兴，把伯乐找来告诉他说，你推荐给我的相马者，连马的雌雄和颜色都分不清，又怎么能分得清千里马呢？

伯乐未然太息，实在没想到九方皋相马的本领已经到了如此出神入化的地步。九方皋眼中所见，皆天机也，得其精而忘其粗，在其内而忘其外，见其所见，不见其所不见，视其所视，而遗其所不视。

本来打算把九方皋赶走的国王听伯乐这么神乎其神地一说，改了主意，决定还是让人把马牵来看看再说。

马至，果马之马也，是千里马中的千里马。

九方皋相马的本领确实高超，绝不在伯乐之下，但伯乐能以其相马之术名满天下，而九方皋的大半生却只能空怀一身非凡的绝技找不到用武之地。

伯乐不仅会相马，还会相九方皋，伯乐既然和九方皋相识很早，又知道九方皋会相马，却一直要等到自己垂垂老矣之时，才向秦穆公推荐九方皋，伯乐老了，九方皋年纪也不小了，以至于连雌雄颜色都分不清了，可能根本不是伯乐说的什么所观尽是天机，实在是年纪老了，记忆力衰退，不然何不直接把马牵回来，大概是体力也跟不上了。稀里糊涂的九方皋其实还是蛮走运的，幸亏，或者说侥幸，沙丘那儿大概只有一匹马，如果多几匹马，甚至果真有一匹黄色的雌马，被那不识马的人牵回来交给国王，九方皋大概要被当成一个无能的骗子，还责无旁贷地犯下了欺君之罪。

或者，那匹千里马跑到别的地方去了，一匹千里马老老实实地待在一个地方几天都不挪一下窝，也实在是个奇迹。

同样有着相马的本领，在现实世界中，伯乐功成名就，名利双收，九方皋却被埋没，默默无闻，沉寂多年，大概也和他这种只关注本质而忽略外在的特点有关。细节决定成败，可能就是九方皋这种粗心大意、不注意细节的性格埋没了自己的惊世之才。

郑人买履

——要在脚和鞋之间建立一种关系

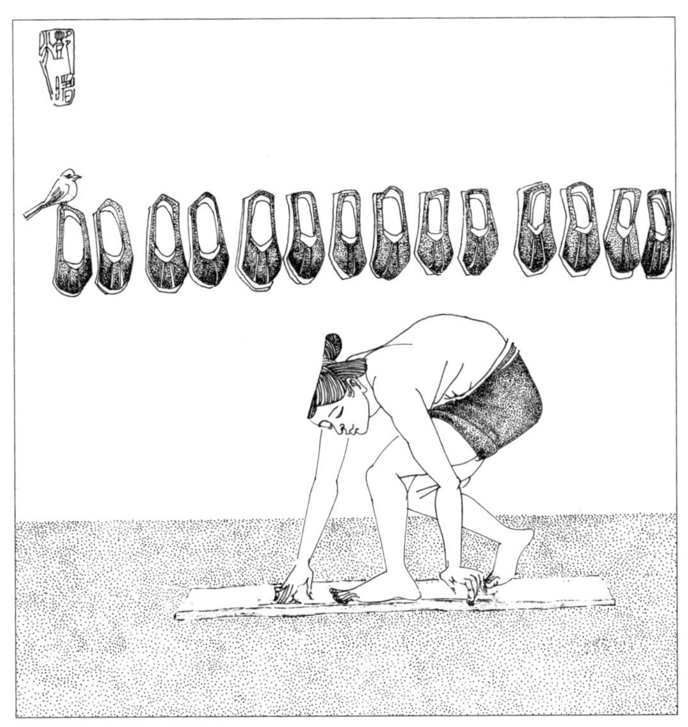

那些聪明的人用脚而不是用尺码买鞋，把鞋撑大撑破，或者宁可打赤脚也不削足。有时候，遵守规则是要付出代价的，大家需要建立一个规则，但又都不愿为其付出代价。最终，这样的一群聪明人却是无论如何也难以建立起一个可以让鞋规范化的规则。

脚和鞋之间，比鸡和蛋要简单，一定是先有脚，后有鞋。

第一则故事是《郑人买履》，见《韩非子》。郑人需要鞋，不是其母或其妻为其做鞋，而是跑到集市上去买鞋，这说明早在春秋时期，中国的先民就已经有了专门的制鞋业和商业，而不是以后我们普遍以为的以家为单位的男耕女织的自给自足。

郑人在买鞋之前先用尺子测量自己脚的大小长短，并作了数据记载，郑人将以此作为自己买鞋的依据，这很正常，没有什么值得大惊小怪的。这说明郑人是个掌握了计量方法的人，应该是个知识分子，在对待买鞋的事上是慎重的，认真的，关键是等到他买鞋的时候，他却又粗心得忘了带尺寸了。于是郑人决定再跑回去取尺码，然后再跑回来按照尺码买鞋。于是，不好意思，当时围观的人，还有后来的读者们，都忍俊不禁哄堂大笑，嘲笑郑人笨，傻，呆，书呆子，死脑筋和教条主义。

尺码是掉在家里了，可脚还带在身上，拿脚试一下鞋不就解决了，怎么把这么简单的事弄得如此复杂。

大概我是个比这个愚蠢的郑人还要愚蠢的人，接下来，我会把这件事情弄得更复杂。

郑人之所以不惜体力和时间再从集市到家里来回跑一趟，也不愿意以脚试鞋，可能有如下几种可能。其一，可能郑人是个读书人，认为把自己的脚展示在大庭广众面前是有辱斯文的，所以才拒不脱鞋。其二，可能郑人的脚有些稀奇古怪与众不同，或者是有残疾，所以郑人宁可被人嘲笑为傻，也不脱鞋，纯属保护个人隐私。其三，如果郑人不是给自己买履，而是给别人买履，就算以脚试履也没用。其四，郑人的确是个死脑筋的教条主义者，不懂得变通，既然前面已经为买履做了大量的前期准备工作，并且在自己思维意识里形成了一个按尺寸买鞋的观念，就坚定彻底地毫不动摇地去执行。其五，郑人如果听从大家的意见，放弃回去取尺寸的愚蠢之举，改为以脚试鞋的明智之举，那么无疑是向众人承认自己之前的量脚之举是愚蠢的，是白费心机的。

综上所述，坚持按尺寸买鞋并没什么可笑的，郑人试图在穿鞋、做鞋、卖鞋、买鞋之间建立起一个尺寸大小的关系，而不是一定要让穿鞋的去买鞋，买鞋的就一定要脱鞋。

可惜，郑人的这种努力遭到了嘲笑，而像郑人这种不怕嘲笑的人太少了。于是，大家都看到了，几千年来，中国人在制鞋业上，没有取得多大的进展，也没能发展成集约型的批量生产，而是走上了一条妈妈做鞋儿子穿，媳妇做鞋丈夫穿，阿妹做鞋阿哥穿，总而言之一句话，只能是走自给自足的路子，自己做鞋自己穿。到现在，中国是世界上最大的鞋业生产基地，世界上绝大多数的高档鞋都贴着中国制造，绝大多数又都贴着别人的商标。

第二则故事是《削足适履》，见《淮南子》。鞋不合脚，就拿把刀把脚削去一部分，这下终于可以穿鞋了。

面对一双流血的脚，大家再次不假思索地选择了哄堂大笑。道理很简单，简直是愚蠢至极，穿鞋是为了让脚舒服，不是为了让脚更痛苦的，与其削足，还不如光脚。在对待鞋的问题上，是以脚为本的，不是以鞋为本的。

从这个故事来看，削足的这个笨蛋，很明显买鞋之前绝对是没有用脚试过鞋的，或者，削足适履的这个笨蛋和郑人买履的那个笨蛋极有可能就是同一个笨蛋，大概量错或者拿错了尺寸。

鞋是自己选的，或者之前卖鞋的就已经说好，不包退，不包换。面对一双自己想穿却又不合脚的鞋，要么把鞋扔掉干脆打赤脚，要么再换一双，如果不合脚，再扔，再换，要么，大概就只能是削足适履了。

宁可流血，也要穿鞋。穿鞋是文明的，漂亮的，这是一种近乎偏执的信念，我绝对相信这个削足适履的人，下次绝对不会买错鞋。树立一个观念或者建立一个规则，看似容易，但真正在执行和遵守的时候会面对很多问题，买鞋之前量脚，是为了省去试鞋的麻烦，可因为忘记了尺码，会弄得更麻烦，穿鞋是为了让脚舒服漂亮，可大小不合适，会把脚整得更痛苦更难看。

于是就都笑了，那些聪明的人是用脚而不是用尺码买鞋，把鞋撑大撑破，或者宁可打赤脚也不削足。

遵守规则是要付出代价的，大家需要建立一个规则，但又都不愿为其付出代价。

最终，这样的一群聪明人却是无论如何也难以建立起一个可以让鞋规范化的规则。

姜太公钓鱼

——没有诱饵的诱惑更具诱惑力

后来，姜太公又钓到一条更大的大鱼，一条叫周文王的大鱼。后来，周文王聘请他做了宰相，在他的辅佐下建立了周朝。太公在此，百无禁忌。要想成功地引人注目，同样百无禁忌，可以雄才武略，也可以装神弄鬼。

二三八

一个老头去钓鱼，无论是为了好玩，还是为了吃鱼，是出于兴趣，还是出于利益，都很正常。

钓鱼，钓多钓少，鱼大鱼小，也都很正常，就算偶然钓不着鱼也都正常。

可是，要是一个人从早到晚，一年到头，无论大鱼小鱼，怎么钓也钓不到一条鱼，这，可太不正常了，要是想靠钓鱼养活自己，怕早就饿死好几回了。

非常不正常。河里的鱼又不是都死光了，更不正常的是还要这样无论酷暑严寒，风雨无阻地坚持，三年都钓不到一条鱼，那简直就是一个奇迹，就连瞎眼的猫都有可能撞上一只死耗子，更何况是个大活人。

对钓鱼而言，钓多大的鱼都算不得奇迹，真正的奇迹大概只能是根本钓不到鱼。

后来，百思不得其解的人们似乎终于找到答案了，原来，老头用来钓鱼的鱼钩竟然是直的，直的不该叫鱼钩，可不叫钩又用来钓鱼，完全是成心钓不着鱼。

不是疯了，就是傻了，可老头却振振有词地说，愿者上钩，还说宁向直中取，不向曲中求。

似乎有些道理，不过，对一般的凡夫俗子小老百姓来说，实在有些太深奥了。

看来老头是诚实得过头了，他不想用弯钩，也不想用诱饵欺骗鱼上钩，上钩的鱼必须是心甘情愿被他钓起来的。可就算真有鱼自己想不开，非要为人类的肚子服务，想上钩，老头也没法把鱼给拽起来。

何苦钓鱼。

一传十，十传百，传遍天下，所有的人都在议论一个叫姜太公的笨老头，还有他愚蠢的钓鱼方法。

在这个忙着表现自己的聪明和才干的世界上，表演愚蠢才需要真正的智慧超群，只有笨得出奇，才能造出出人意料的传奇，人们往往会以为在那些不可思议的事件背后一定隐藏着不为人知的神秘。对于人们无法理解的离奇事件，人们常常把它与神奇连在一起。

传说姜太公后来还真的钓到了一条愿意上钩的鱼，这条大鲤鱼果然非同凡响，鱼腹中藏有一部神奇的兵书。

后来，姜太公又钓到一条更大的大鱼，一条叫周文王的大鱼。后来，周文王聘请他做了宰相，在他的辅佐下建立了周朝。

太公在此，百无禁忌。

要想成功地引人注目，同样百无禁忌，可以雄才武略，也可以装神弄鬼。

轮扁斫轮

——因为无知对知识怀有一种先天的偏执的误解

做轮人过分地强调了自己的经验，自己的直觉，并且固执地认为这些东西无法上升为知识和可传授的技术。其实是强调自己的不可替代的价值，而丝毫没有考虑，是因为自己所掌握的知识和表达方式都不够。

二三一

齐国的国王齐桓公在堂上坐着读书的时候，一个叫扁的匠人正在堂下乒乒乓乓地制作一个车轮。

忙碌着的匠人见国王正聚精会神地看书，竟放下手中的斧头和凿子，径直跑到堂上对国王说，敢问王所读者何言。

王说，是圣人之言。

匠人问，那些圣人还在吗？

王叹了一口气，可惜，他们都不在了，都死了，不过，幸好，还有这些书在。

匠人以一种极其轻慢和不屑的口气说道，那么王所读的，不过是古人的糟粕而已。

王大怒，寡人读书，圣人之言，轮人安得议乎？你倒是要给我一个说法，说个明白，有说则可，无说则死。

匠人说，以我制作车轮来看，我在做车轮辔头的时候，稍宽一分则松动不牢固，稍紧一毫则滞涩而难进，不徐不疾，不松不紧，只能是得之于手而应于心，口不能言，但其中自有分寸，我不能把这些告诉给我的儿子，我的儿子不能从我这儿学走，所以我都七十岁了，还在这儿给王做车轮，古人和他们不能言传的精华一起死去了，那么王所能读到的也就不过是糟粕罢了。

国王听工匠这么一说，倒也貌似有理，就让工匠继续干活去了。是啊，杀了这个会做车轮子的匠人，还有谁给自己做车呢。这个老头连自己的儿子都教不好，却敢来教训一个国王，国王笑了笑，就继续埋头去读那些在轮人眼中的糟粕去了。

说这个故事的人，是想说，形体和色彩是可以看见的，名号和声音是可以听见的，人们常常把对形色名声的了解当成是对客观和情感的理解，实则是知者不言，言者不知，意之所随，不可言传。

在做轮人的眼中，他那种凭经验所积累下来的感觉是不可言传的，是无知对于知识的一种偏执的曲解，是技术对于理论的一种偏执的抵触。

做轮人过分地强调了自己的经验，自己的直觉，并且固执地认为这些东西无法上升为知识和可传授的技术，其实是强调自己的不可替代的价值，而丝毫没有考虑，是因为自己所掌握的知识和表达方式都不够。如果有角度、长度、深度的概念，如果对使用的木头有硬度和湿度这样的概念，有厘米毫米甚至微米这样的计量方式，做一个轮子实际上绝不会像做轮人认为的无法告诉自己的儿子。

匠人的这种观念既害了自己，也害了后来人，使一切学习者都必须从头来过，也害得他做了一生的车轮，等到了七十岁的年纪，还不得安生，还要在那儿不辞辛劳地做车轮，就因为在他看来，那是一门别人无法学会，只有他才会的技术。

杞人忧天

——吃饱了之后是该忧一下天

那个忧天的杞人并非是庸人自扰，而是问了一个非凡的问题，这个问题本身可能比答案更有意义。人，应该了解这个世界。可是那些真正的庸人们，从一开始时就要扑灭那些闪烁着火花的思想，要把所有人都变得和自己一样平庸，从拒绝疑问开始，拒绝思考，拒绝探索，拒绝去寻找真相和答案。一起平庸，一起享受无知而庸俗的欢乐。

民以食为天。

没饿着，也没冻着，天下人都在天底下生活着，吃饱了睡，睡醒了吃，无忧无虑地幸福着，快乐着。

杞国有个人，在睡醒了，吃饱了之后，抬头看着浩瀚的天空，问道，这天，有一天会不会掉下来。然后又低头看看脚下的大地，问道，这地，有一天会不会陷下去。然后开始担忧，生活在天底下的人们，会不会有一天身无所寄，无处存身。

大家都很快乐，突然身边多了一个吃饱了撑的成天愁眉苦脸的人，在担心着，提醒大家要时刻提防天随时会掉下来砸着头，实在让人扫兴。

有个聪明人担忧这个杞人的问题会弄得天下人都不开心，于是就跑去开导还在忧天的杞人说，天，积气耳，无处无气，你的一举一动一呼一吸都在这气中，你为什么还要担心天会掉下来呢?

杞人问，天果真都是空气，那天上的日月星辰又是什么呢?

那人回答说，日月星辰，不过是这些空气中能发光的空气，就算掉下来，也伤不着人。

杞人又问，那要是有一天地塌陷了又怎么办?

那人回答说，地，积块耳，填充四处，无处无块，你每天的每一步都行走在地上，为什么会担心地会陷下去呢。

经过这一番讲解，杞人大喜，晓之者也大喜。

杞人不再担忧天会掉下来，聪明人也不再为杞人担忧，从此，天下人就又都在天底下无忧无虑地活着。

民以食为天，但并不是说民以食为生命的全部意义和价值。

在吃饱了饭之后，是可以考虑一下除了吃饭之外的问题的。

肚子虽然可以被食物填满，但食物却不能填满大脑，让思想充实。

那个忧天的杞人并非是庸人自扰，而是问了一个非凡的问题，这个问题本身可能比答案更有意义。人，应该了解这个世界，对于未知，要充满好奇，对于未来，要充满疑惑，对于知识，要充满渴望。

可是那些自作聪明的庸人，就是要想尽一切办法，把那些闪烁着火花的思想，在开始时就扑灭。变得和自己一样平庸，从拒绝疑问开始，拒绝思考，拒绝探索，拒绝去寻找真相和答案。一起平庸，一起享受无知而庸俗的欢乐。

盲人骑瞎马

——可盲人只能选到瞎马骑瞎马

从理论上来说，盲人不该骑瞎马，可从现实生活来看，盲人只能骑瞎马。

观看是了解、判断、选择的必要前提。

眼睛能够看清世界上的事物，能够让我们明辨美丑、是非、对错、好坏、善恶。常常说心明眼亮，眼见为实。可盲人看不见，缺乏辨别能力，容易迷路，陷入危险的境地。

路难，或者路远，或者想走得更快，人们都需要以马代步。那些眼疾手快的人往往能够选择出最好最健壮的马，而盲人因为缺乏判断的能力，他所选择的很可能就是一匹瞎马。

如果说要合理地安排人和马的关系，就应该让不盲的人骑瞎马，让盲人骑不瞎的马，这样，让人和马先天的缺陷和不足相互得到弥补，才会让所有的人和马都很安全。

人有盲人和不盲的人，马有瞎马和不瞎的马，如果不能采取一种合理的分配方式，让人和马进行自由选择和组合，最终的结果只能是，那些有能力本来就很安全的人会更安全，那些没有能力本来就很危险的人只会更危险，那些本来就走得快的人就会走得更快更远，那些本来就走得慢的人就会走得更慢更难，甚至根本就无法走到终点，因为即使是走到了悬崖上，那骑着瞎马的盲人也不会悬崖勒马，那马也不会望而却步，等待他们的，只能是在万丈深渊中人仰马翻。

从理论上来说，盲人不该骑瞎马，可从现实生活来看，盲人只能骑瞎马。

鸡犬升天

——不修道也能升天的启示

千里无鸡鸣，万里无狗叫。鸡都跑到王府里去做鸡了，狗也都跑到王府里去做狗了。想要出人头地，想要成仙，说难也难，难于登天，说简单也简单，找个好人家就行。

淮南王刘安虽然是大汉王爷，有权有势又有钱，可他不贪色不贪财不贪权，也不关心大汉帝国的安危和百姓的疾苦，荣华富贵都如过眼烟云，已经大富大贵的淮南王有更为远大永恒的理想和追求，他要做永远无忧无虑的逍遥神仙，为此，王爷成天和一群江湖道士们混在一起写符炼丹服药。

神仙是人做。经历了挫折失败，饱尝了痛苦辛酸，苦心人天不负，刘安终于如愿以偿，得道升天做了神仙。

刘安的一家老小也都跟着升天做了神仙，就连刘安家里的鸡呀狗呀的也都跟着升天了。空中闻狗叫，鸡在云中啼。

刘安升天，是因为刘安求道，悟道，得道，有要升天的追求和努力，那些鸡呀狗呀的也能升天，就只因是刘安家的鸡是刘安家的狗，近水楼台先得月，背靠大树好乘凉，所谓一人得道鸡犬升天。

天道应该酬勤，淮南王王府的鸡犬何德何能，竟然也能升天，听到天际间传来的那些得意洋洋的鸡鸣犬吠，弄得地上也是沸沸扬扬地到处都是鸡飞狗跳。鸡犬们既无能修道也无力修道，却也有心要跑到天上叫一叫，淮南王升天做神仙去了，可世间还会有淮北王淮西王，管他是个什么只要是个什么王就行，反正在哪儿都是一样的做鸡做狗，只要能拉上关系挤进王府，只要他喜欢求仙问道，说不定哪天王爷一得道，就一起跟着升天了。

千里无鸡鸣，万里无狗叫，做鸡做狗，也要到王府做鸡做狗。

想要出人头地，想要成仙，说难也难，难于登天，说简单也简单，找个好人家就行。

滥竽充数

——不是要艺术是要拿艺术撑面子

南郭先生说，国王真心想要的是数量，是排场，又不是真的要听竽，听音乐，我就为国王充排场，为齐国壮气势。

齐宣王是一位喜欢听吹竽的国王。百姓都知道国王是个懂艺术有品位的国王，世人也都知道齐国是个繁荣富裕的强盛国家，因为齐国有庞大的乐队，齐国的国王能够听三百人吹竽的合奏。

于是，那个不会吹竽的南郭先生光荣地站在一大群演奏家中，为光荣的齐国和国王演奏已经好多年了，为了国王的高尚和齐国的伟大认真地装模作样。

后来热爱音乐的国王死了，但幸运的是新的国王像他的父亲一样热爱音乐，新的国王就有新的方式以示新的气象，他不要热闹一时的群奏，而要乐手们轮流演奏，到各地演奏，他要让美好的音乐不绝于耳，要让齐国的每个日日夜夜、每一寸土地和每一个百姓都沉浸在美好的音乐中。不会吹竽的南郭先生只得夹起他的竽，去寻找下一个喜欢听群竽合奏的国王了。

一个会吹竽的乐手说不会吹竽的南郭先生不该欺骗喜欢音乐的国王，南郭先生说不学无术不懂装懂和不劳而获的不仅是我，还有国王，其实，国王要的是数又不是竽，我就为国王充排场，为齐国壮气势，和会不会吹竽无关。

气势和排场的确很重要，可以显示宏伟，可以掩饰平庸。很多人都知道这个道理，所以就会有万米长卷、十万人合唱、百万人群舞层出不穷，一场更比一场大，一群更比一群多，虽然谁也顾不上看谁，谁也分不清是谁，但的确壮观，虽然都与艺术无关，却都说是为了艺术。

鲁班削鹊

——让人快乐的东西不一定就是有用的东西

生活中，很多有用的事有意义的事却并不让人快乐，很多快乐的事却又没什么用，没什么意义。一些有趣的事往往被墨子这样的人弄得很没趣。墨子冷静而实用的理智，打败了鲁班冲动而浪漫的感情，也打断了一个关于飞行的梦。

鲁班会建房，修桥，造车，解决了人们住行中的困难，是天下闻名的能工巧匠，被后世的工匠尊为祖师。

一天，聪明的鲁班突发奇想，异想天开地想要做一个可以自己飞行的木头。于是他苦思冥想，费尽心机，拿竹木削成了一只鹊，竟然展翅飞翔，翱翔三日而不下，简直是太神奇了，人们看着这会飞的木鹊欢呼雀跃，就连天上的鸟儿都信以为真了。

鲁班高兴极了，得意忘形的脸上绽放着孩子一样快乐的笑容。

欢腾的人群旁边却有一个叫墨子的人面无表情地看着鲁班和那些兴奋的人们。

然后，墨子指着还在天上飞着的木鹊，冷冷地问鲁班，你削的那只鹊究竟有何用处。

鲁班想了许久，茫然地摇了摇头，好像是没什么用处。

墨子冷冷地说道，你费尽心机做个能飞的木鹊，不能吃，不能穿，连个笨木匠砍的三寸大的木楔都不如。把那个木楔插在车轴上，却能负千斤行万里。

鲁班问，那我怎样才能判断我做的事是否有意义。

墨子说，看一件东西是好是坏，要看有没有用，有用的就是聪明的，就是好的，没用的就是愚蠢的，坏的。

心灵手巧的鲁班怎么也想不通，自己竟然是做了一件愚蠢的错事，可了不起的思想家墨子讲的听起来又是那么的理直气壮。

鲁班有些扫兴，感到沮丧，失落。看着墨子老先生远去的背影，鲁班像个做错了事的孩子，喃喃地说道，我削鹊的时候是快乐的，人们看到我削的鹊会飞也是快乐的。我让自己快乐，也让别人快乐，我怎么就做错了呢。

如果鲁班不是个只知埋头干活的木匠，而是个思想家，他也许会告诉墨子说，看一件事是好是坏，要看快不快乐，能让人快乐的，就是好的，聪明的，让人不快乐的，就是坏的，愚蠢的。

做一件事，最好是能够既有用，又能让人快乐。可生活中，很多有用的事有意义的事却并不让人快乐，很多快乐的事却又没什么用，没什么意义。

一些有趣的事往往被墨子这样的人弄得很不快乐，很没趣。墨子不知道，一些眼前看起来没用的小东西，也许会演变成有用的大东西，鲁班也不知道这个道理，所以，他也就没接着思考，如何去做出一个更大的可以飞行的东西，没准儿，世界上的第一架飞机就被他给弄出来了。

墨子冷静而实用的理智，打败了鲁班冲动而浪漫的感情，也打断了一个关于飞行的梦。

诸葛亮和皮匠

——补鞋和军事是完全不一样的技术和智能

皮匠就是皮匠，再多，也是皮匠。皮匠多了，一定能多补几双臭鞋，可哪有那么多臭鞋给他们补。

二四六

狼烟四起，战火纷飞。

有个将军率领一群老弱残兵把守一座孤城，有能征善战的敌方将领率领一支精锐之师前来攻城。

绝望的守将把眉头已经皱了一千遍，一万遍，也还是一筹莫展，没能计上心来。于是将军就特别特别想念那个足智多谋神机妙算的诸葛亮，如果有诸葛亮就好了，一定能有奇谋妙计退敌守城。

将军绞尽脑汁也没把诸葛亮给想出来，最后却想到一句俗语，俗语说，三个臭皮匠顶个诸葛亮。

诸葛亮难求，臭皮匠好找，就让士兵到街上的皮匠铺里捉来三个皮匠，将军要不耻下问，集思广益。

皮匠们一个个受宠若惊，无不殚精竭虑，天下兴亡，匹夫有责，更何况是皮匠，皮匠们一个个争先恐后地发表着自己的意见。

一个皮匠说，乘着敌人来之前收拾行李赶紧逃跑。

一个皮匠说，等敌人来之后捧着礼物马上投降。

一个皮匠说，让我们迎着敌人的刀剑冲出去，和他们决一死战。

经过一番激烈的争论、争吵，甚至叫骂、厮打之后，皮匠们终于达成一致，定下了自以为空前绝后的空城妙计。

将军不会抚琴，只会耍大刀，将军就在城头耍大刀，一个皮匠在城头补鞋，一个皮匠在城门口补鞋，还有一个皮匠，算了，顺便找个地方补鞋。

金戈铁马，刀光剑影。

杀声震天，势如破竹，敌人转瞬间已经冲进城来。

将军和他的城池城破人亡。

至于那三个臭皮匠，一死，一降，一个下落不明。

如果说三个臭皮匠真的能抵一个诸葛亮，刘备就不用费尽周折三顾茅庐了，只要找三个臭皮匠就可以三国鼎立，找九个臭皮匠就能三国归一了。

皮匠就是皮匠，再多，也是皮匠。皮匠多了，一定能多补几双臭鞋，可哪有那么多臭鞋给他们补。

人多当然力量大，人多了可以愚公移山，可以兔子拔萝卜，可以蚂蚁搬家。也可以人山人海，人多嘴杂，七嘴八舌。还可以乌合之众，尸横遍野，血流成河。

人多，也许力量大，但不能运筹帷幄，以少胜多，更不能一夫当关，中流砥柱。

自相矛盾

——矛和盾不仅可以共存还能成为朋友

我又不傻，矛是我的矛，盾是我的盾，我为何要用我的矛来击我的盾，盾破了，受损失的是我，矛折了，受损失的还是我。对一个战士而言，是用矛进攻，用盾防守，矛和盾在一个战士身上体现出来的却是一个高度完美的统一体。矛和盾不是一对你死我活的敌人，而是相互依存的一个整体。

那个楚人拿着手中的矛说，我的矛尖利无比，可以击破最坚固的盾。

一阵喝彩声。

那个楚人又拿起身边的盾说，我的盾坚固无比，可以阻挡最尖利的矛。

又是一阵喝彩声。

有人走出来冷冷地说，那你就用手中的矛击你手中的盾，看看又如何。

楚人看看自己手中的矛，又掂掂手中的盾，一时间愣在那儿，哑口无言。

一阵哄堂大笑，哈哈，自相矛盾。

片刻，手持矛盾的楚人也笑了。

我又不傻，矛是我的矛，盾是我的盾，我为何要用我的矛来击我的盾。盾破了，受损失的是我；矛折了，受损失的还是我。

对一个战士而言，是用矛进攻，用盾防守，矛和盾在一个战士身上体现出来的却是一种高度完美的统一。矛和盾不是一对你死我活的敌人，而是相互依存的一个整体。

对一个制造矛的人来说，必然是以矛为攻击对象来制作矛的，只有如此，矛才会越来越尖利。同样，盾也必然是以矛作为防御对象，才会越来越坚固，对待矛和盾，不是一定要以一个消灭另一个。盾失去了矛，或者矛失去了盾，都只会使自己越来越差劲，越来越软弱。

那个一手执矛一手执盾的楚人说，是的，我是自相矛盾了，可我并不愚蠢，也没有丧失理性，如果我要以我之矛攻我之盾，用一个来干掉另一个的方法来解决矛盾，才是真正的愚昧和无知。

有时候，发现和正视矛盾的存在，而不是一定要选择去解决矛盾，可能才是真正的明智之举。

舌存齿亡

——何必要拿长度去比硬度

物竞天演，弱肉强食，在达尔文研究出《进化论》以前的许多年，中国古代的哲人们却总结出了一套以柔克刚，强亡弱存的生存哲理。

一个人如果能活到很老很老，别人就一定会以为他经历了很多事情，明白许多道理，就会被尊为智者、哲人。可毕竟人还是人，不是神。

老子的老师常枞已经很老很老了，在他弥留之际，老子跑到他的床前来探望，并讨遗教，想聆听一个老人对生命的感悟和留言。

老头张开嘴让老子看，然后问老子说，我的舌头还在吗？

老子点点头回答说还在。

老头又张开嘴让老子看，然后问老子说，我的牙齿还在吗？

老子摇摇头说，没了。

老头说这下你知道了吗？

老子点点头说，我知道了。

老子说，舌存而齿亡，坚硬的牙齿早已脱落，柔软的舌头依然存在，夫舌之存也，岂非以其柔耶。齿之亡也，岂非以其刚耶。

于是老子的老师常枞感叹道，噫，是啊，连这你都知道了，天下之事尽矣，何以复语子哉，我也就实在没有什么可以教给你的了。

这故事猛然一听，的确让人觉得有着深刻的哲理，齿比舌后生，却比舌先亡，这的确是一个事实，似乎可以发人深省。常枞和老子所要说的核心内容概括起来就是四个字，以柔克刚。

以柔克刚，可以益寿延年。

木秀于林，风必摧之，树大招风。

风吹连檐瓦，出头的椽子先烂，出林的笸子先斩断，出头的鸽子先遭难。

刀砍地头蛇，枪打出头鸟。

人怕出名猪怕壮，壮了的猪一定会被先宰了过年。

于是，在传统的生活中充满了类似的格言和俗语。

物竞天演，弱肉强食，在达尔文研究出《进化论》以前的许多年，中国古代的哲人们却总结出了一套以柔克刚，强亡弱存的生存哲理。用懦弱战胜坚硬，用卑微战胜强大，用逃避战胜勇敢。

还有另一个因为写进了教科书，流传更为广泛的故事叫塞翁失马，摔成瘸子，成了残疾人士都值得庆幸，因为可以逃避兵役，当他的伙伴，那些年轻的壮士为保家卫国而战死沙场，他却在为自己可以苟且地活下而洋洋自得。

无为而治，无欲无求，只求能够活着，活着，并且以活着为生命的全部价值和意义，以增寿延年为最大的目的，以长寿为最大的光荣，以没死为最大的胜利，寿比南山不老松，福如东海长流水，只要活着就是幸福的，活得再久点，再久点，直至万寿无疆，哪怕活成一团烂抹布，任人摆布，等自己所有强硬的敌人都死亡后，也要张开豁着的嘴巴笑到最后。

拿牙齿和舌头作比喻很形象生动，也有趣，只是比的根本不是同一回事，是以长度为最终标准，在拿长度比硬度。

老头在活着的时候，的确是先掉了牙齿，没掉舌头。老头死了之后，舌头烂了，那些牙齿还在。

牙齿和舌头，各怀各的理想，有的坚硬要去撕咬，有的温存要去缠绵，各有各的活法，各有各的精彩。何苦拿长度比硬度，不过是为不够坚硬找个理由而已，拿长度比硬度，不能以此说明谁胜谁负谁优谁劣，谁应该，谁不该，谁可取，谁不可取。

桃花源记

——桃花源不是一块乐土，而是一种情怀

越是在钢筋水泥和灯红酒绿的都市，那个在每个人的内心深处的安静，与世无争的桃花源，才会让人越来越渴望，寄于心灵，难以抛开。桃花源不是一个理想国，是一种情怀，如果非要把桃花源当成一个理想国来理解，反而会把一个原本朴素的想法，给弄得遥不可及。如果真把桃花源当成一个国度，如果可以移民的话，我想我会犹豫不决的，最终大概可能还会选择放弃。

晋太元中，武陵人捕鱼为业，缘溪行，忘路之远近，忽逢桃花林。夹岸数百步，中无杂树，芳草鲜美，落英缤纷。这是我在过了许多年之后，还能背诵的文章。

许多年之后，女儿上学了，也还在按老师的要求背诵这篇课文，按老师的要求理解段落大意，作者通过虚构的世外桃源，与作者所处的现实社会相对照，反映了当时社会的战乱，表达了作者对政治腐败的不满，寄托了人民对和平安宁的渴望和作者的自由平等理想。

从陶渊明描述了一个世外桃源之后，流淌千年，似乎就成了我们这些生活在世内的人代代相传的一种理想。

“有良田美池桑竹之属，阡陌交通，鸡犬相闻。其中往来种作，男女衣着，悉如外人；黄发垂髫，并怡然自乐。”

多么美丽的画卷，多么诱人的生活，然而，现在的孩子已经不是当初的我们了。

孩子们要问，既然桃花源里那么美，渔人为什么不留在里面不出来，渔人出来之后为什么不把自己的家人和孩子都接到桃花源里，为什么要跑去报告政府，好多个为什么。

至于渔人后来找不到记号了，这样的神秘事件，孩子也有他们自己的唯物主义解释，女儿说，那是因为桃花源里的人们对渔人不放心，怕他去告密，派人偷偷跟在了渔人后面，发现渔人处处做记号，就把记号给清除了。

桃花源，可能是许多人的理想，却不会是所有人的理想，起码不是那个渔夫的理想。渔夫报官，当然不是想让太守把自己的辖区治理成桃花源，更大的可能是为率土之滨莫非王土的皇帝收复失地，把那些怡然自乐的桃花源中人变成皇帝的臣民，变成纳税人，是要为君王建功立业。

就算是陶渊明笔下那个似乎是在世界之外的桃花源，也让人不放心。那些个不知魏晋的农夫把渔人请到家里设宴好酒好肉地招待，问长问短，表现出了他们对外面世界的好奇心，临别时叮嘱渔人不足为外人道也，又体现出了他们对外人的疑心，对人有防范心。

即使是在一个与世隔绝的环境中，人们的好奇心和疑心也还存在，几乎是人的本能，不会因为远离人群而消失。

越是在钢筋水泥和灯红酒绿的都市，那个在每个人的内心深处的安静，与世无争的桃花源，才会让人越来越渴望，寄于心灵，难以抛开。

桃花源不是一个理想国，是一种情怀，如果非要把桃花源当成一个理想国来理解，反而会把一个原本朴素的想法，给弄得遥不可及。

如果真把桃花源当成一个国度，如果可以移民的话，我想我会犹豫不决的，最终大概可能还会选择放弃。

我大概是摸到大象的屁股了

——这不是一个非此即彼的世界

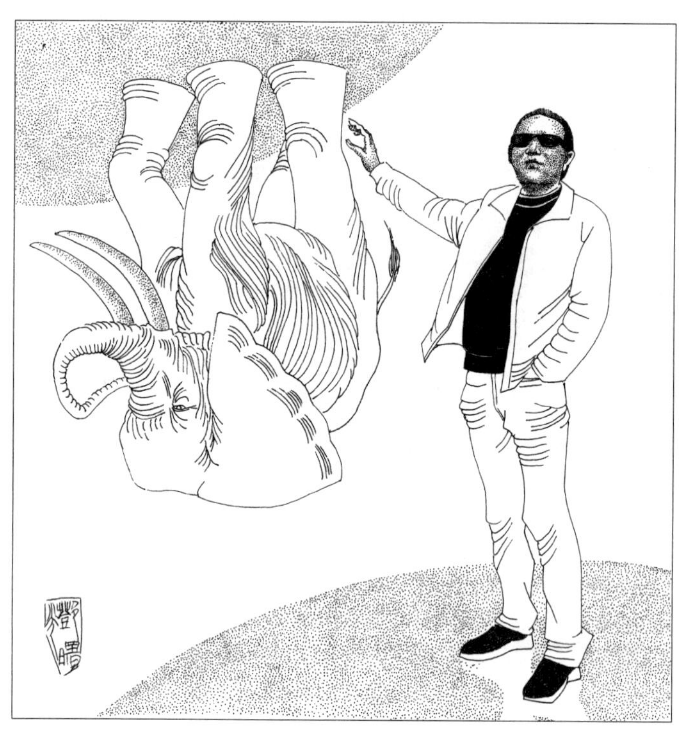

可很多人都是死抱着自己首先摸到的那根柱子不放手。换换角度摸摸，也许能摸到些别的什么，最好是能摸到那根最值钱的象牙，可如果万一不幸摸到了大象的屁股，弄了一手臭气，我要说，那不是我的错，也不是大象的错。

虽说上帝按自己的形象创造了人类，可人类对于世界的认识却不能像上帝一样全知全能。更何况，连上帝本身的所谓全知全能也都让人怀疑。

尽管如此，我依然认为，既然人类的祖先已经吃下了上帝的那颗所谓蕴藏智慧的苹果，上帝就不该对人类的无知和勇气发出嘲笑，也不该为渺小而盲目的人类试图去了解大象或世界而生气。

作为个体的人，对世界的探索和思考，就像那个摸象的盲人，很多时候，都以为自己所摸到的就是真相、真理。其实，无论说大象是根柱子，或是扇子，或是绳子的，都是经过了努力的摸索和思考，这些盲人也都是真诚的，诚实的，说的也是真话。

既然自己说的是真话，盲人们就会坚信，那么就一定有人撒谎了，说假话了，在欺骗大家。

既然自己是对的，那么别人一定是错的。

于是，盲人们或许就会为了坚持和捍卫各自自以为是的真理而相互叫骂，进而相互攻击，进而相互残杀。因为不忍看到盲人们为了他们这所谓的真理而献出宝贵的生命，于是乎，我也伸出手来摸了一摸，可能我手气太差，没能摸到大象身上那根光滑坚实最为宝贵的象牙，我想我大概是摸到大象屁股了，因为我闻到一股臭烘烘的味道。

如果我是那摸象的盲人中的一个，我可能也会诚实地说出来，大象是臭的。

大象当然不是臭的。

但也不能因为大象不是臭的，就认定大象没屁股，不会放屁，不会拉屎，而放出来的屁和拉出来的屎也不是臭的。

面对不同的答案和意见，如果盲人们能够心平气和地坐下来，换个角度想一下，即那个和自己意见不一致的答案，也是诚实的，可能也没错，每个人都会受到自身的局限。高个子盲人摸到的可能是大象的耳朵，小个子盲人摸到的可能是大象的腿，然后大家的意见合起来，腿如柱，耳如扇，尾如绳，这样，我们可能就更接近那个真实的大象了。

即便我是对的，也并不就此说明别人一定错了。

这不是一个非此即彼的世界。

如同一枚硬币，有写币值的一面，也有没币值的一面。

但这并不仅仅是说一分为二，只看到一面的人会否定另一面的存在，看到两个面的人会自以为比别人聪明。可一定还有第三面，硬币的侧面，既没有使用的币值，也没有美丽的花纹，但这一面却又至关重要，没有这一面，就浅薄，就无法支撑另外的两个面，是这个面的存在，让硬币拥有了厚度。

可很多人都是死抱着自己首先摸到的那根柱子不放手。

换换角度摸摸，也许能摸到些别的什么，最好是能摸到那根最值钱的象牙，可如果万一不幸摸到了大象的屁股，弄了一手臭气，我要说，那不是我的错，也不是大象的错。

| 第六章 |

高难度动作不被作为标准

重读宋襄公

——一个死于文明和理想的英雄

宋襄公说，君子不重伤，不擒二毛，古之为军者，不以阻隘也，寡人虽亡国之余，不鼓不成列。即使是在你死我活的战场上，也应该有最根本的人道主义精神。生活中，人，不能只是为了生存而不择手段。战场上，军队，也不能只是为了胜利而丧失人性。

无论在怎样艰难困苦的环境之中，无论面对如何极端的蒙昧和暴力，仁义始终被一切善良的人们所赞美和向往，是人类始终不曾放弃的理想。

可在古代中国的战国时期，一个被称为襄公的宋国国王，千百年来却因为他的仁义之举而遭到人们最为无情的耻笑。

宋襄公以他三次著名的犯傻行为，终于成就了他在世人眼中的超级傻帽形象。

宋襄公第一次犯傻，遭天下人耻笑，是因为他要学古之圣贤，玩什么推位让国，要把王位让给他的哥哥目夷。

让贤，尊长，举能，都不错，可废嫡立长却是有违古制的，让王位可不是像一个三岁的小孩子让一个梨那么简单那么好玩，弄不好就是你死我亡，天下大乱，生灵涂炭。

于是人们说过让则伪，过谦则矫，说襄公的仁义是虚伪，是装出来的。

襄公后来用他的实际行动告诉了世人，他的真诚不是装出来的，继承王位后，襄公不但不提防这个王位的第一竞争对手，还重用目夷为相国，和那些为了巩固权力和王位而兄弟相残的争权者实在是天壤之别。

宋襄公第二次犯傻，被天下人嘲笑是因为他遵守约定。

襄公和楚王相约乘车之会，坚决不听目夷和大臣们要他兵车之会的意见，结果是他信守约定的乘车之会遇上了楚王失信违约的兵车之会，自己做了楚王的阶下囚。

就连一个一朝被蛇咬了一口的农夫，都会十年怕井绳，再怎么愚蠢的人也会吃一堑长一智，可就算做过阶下囚也没让宋襄公学会识时务。

于是，终于有了宋襄公第三次为仁义而倾倒千古的犯傻绝笑。

宋楚两军在泓水决战，宋襄公高举仁义的大旗，楚强宋弱，宋军列队迎敌，楚军渡河，宋国的大司马公孙固要出兵袭楚，襄公说不可，不可乘人之危。楚军渡河尚在列阵之时，公孙固又请攻楚，襄公还是说不可，不可乘人之危。

宋襄公一再地坚持不乘人之危，却一步步将自己置于更加危险的境地。

直待楚军整装列队完毕，襄公这才下令进攻，结果如何，天下人都知道，宋军惨败，襄公重伤。

道德上的优势和品质上的高尚并不能抵消军事上的弱势和战术上的不足。

后来，宋襄公死于箭伤。

天下人都在嘲笑宋襄公的仁义，甚至还有把襄公之仁说成是蠢猪似的仁义道德。

也许襄公真的不如世人聪明，竟然真的相信了那句仁者无敌的话。

仁义是一面好看的旗帜，一个动听的词语，谁都愿意冠冕堂皇地举着正义的旗帜，谁都喜欢满嘴的仁义道德打着诚实善良的幌子，可却是经不起生活和战场的实践和检验。

既然举起了仁义的旗帜，就应该不惜一切代价，甚至是不惜牺牲生命去维护自己的承诺，做到绝对的言行一致，无论面对任何危险，绝不畏惧退缩，都毫不动摇地坚持自己诚实的态度和品德。

就是面对着这样一个在现实中失败的国王，一个大写的人，一个真正的英雄，一个民族竟然发出了上千年的笑声，其实，人们在嘲笑宋襄公的失败和愚蠢的同时，也在嘲笑着这世界上最为高贵和难得的真诚和勇敢。

那些胜利者在嘲笑襄公的失败，那些自作聪明的智者在挖苦襄公的愚蠢，那些虚情假意的人在谩骂襄公的虚伪。

如果把襄公的诚实看作是愚蠢，那么世人就会把奸诈和欺骗当成是一种智慧。

这个在人们眼中愚蠢透顶的宋襄公，却是历史上对待仁义最为真诚的一个国王，并且至死都不曾悔改。战败后，宋襄公说，君子不重伤，不擒二毛，古之为军者，不以阻隘也，寡人虽亡国之余，不鼓不成列。

即使是在你死我活的战场上，也应该有最根本的人道主义精神。

生活中，人，不能只是为了生存而不择手段。

战场上，军队，也不能只是为了胜利而丧失人性。

这，就是诚实的仁义。

用行动，而不是用语言，坚持自己做人的原则和信念，宋襄公不惜舍生不惜失败不惜亡国也要维护仁义，捍卫做人的尊严，宋襄公的仁义坦坦荡荡，没用一丝一毫的虚伪做作，那绝不是猪一样的愚蠢，那是狮子一样的坚定勇敢。

重读宋襄公的故事，让人悲哀，宋襄公，是个真正的理想主义者，一个不惜一切实践自己理想的人，一个宁可亡命，亡国，都在坚持自己的理想，一个关于文明和诚实的理想。

就是这样一个诚实的人，勇敢的人，不仅没有得到应有的尊重，反而被不断地嘲笑和侮辱。

其实，是在嘲弄理想，嘲弄诚实。

宋襄公的悲剧，是一个民族的悲剧。

在历史的长河中，我们实在是太势利了，我们太习惯以成败来论英雄了。

重读越王勾践

——一个怨毒和卑贱的无耻小人

重读越王勾践卧薪尝胆的故事，这样一个充满怨毒和仇恨的故事，竟然会在千百年来一直被一个民族所宣扬和称颂，是一个民族的悲剧，在历史的长河中，我们实在是太势利了，我们太习惯以成败来论英雄了。

越王勾践卧薪尝胆的故事千百年来之所以被人们津津乐道，是因为勾践是个可以隐忍到底的人，即使是处于人生的低谷，做了吴王夫差的阶下囚，依然能够心存抱负，奋发图强，最终得以报仇雪恨，成就霸业。

激励着失败者，同样，也警醒了胜利者。

勾践和夫差的恩怨说来话长，要从夫差的父亲吴王阖闾说起。

勾践初登王位时，阖闾率军伐越，吴强越弱，勾践在越国几乎根本没有取胜可能的情况下，使用了一个非常手段，让一群死士跑到吴军阵前，一阵狂呼，然后引颈自戕，看到成群结队的越人一个个就像割草一样割自己的人头，如此残酷无情拿生命不当回事，吴军士兵虽久经沙场，也从未见过如此众多的人如此轻生，不禁军心大乱，越军乘其惊魂未定，一阵猛冲猛打，阖闾受伤而亡，靠此恶毒残酷之策越军侥幸获胜。

夫差继承了王位，还要必毋忘越的遗训，日夜勤兵，矢志报越。

勾践得知后不顾大臣范蠡的劝阻，决定先下手为强，主动击越，惨遭失败。

失败后，勾践接受大臣文种的建议，收买吴国太宰伯嚭，向夫差称臣纳贡求降，越王和王后到吴国给夫差为奴做妾。

夫差罢兵，对勾践夫妻极尽羞辱之能。

勾践在夫差面前一副感恩戴德五体投地的奴才相，感激夫差不计前嫌以德报怨，宽宏仁慈。

勾践一面花言巧语，一面暗藏杀机，忍辱负重。

这个天才戏子直把一出走狗戏演得出神入化，莫辨真假，面对任何难以忍受的屈辱都逆来顺受，没有一丝怨颜恨色。

勾践在夫差面前毕恭毕敬自称贱臣，小心翼翼，百依百顺。

夫差要上马，勾践马上跪下让夫差踏在自己的背上，夫差病了，勾践在夫差面前寝食不安，问病尝粪，嘴里一边吃着夫差的大便，还一边面露喜色地说恭喜大王，大王的病就快好了。

人非草木，孰能无情。

勾践显得比夫差的狗还要忠诚，终于打动了夫差，夫差让勾践回越国，勾践竟然还在夫差面前泪流满面，依依不舍。

夫差纵虎归山，勾践回国后时刻提醒自己不忘复仇，睡觉就睡在柴草上，吃饭之前必先尝苦胆，在精神和肉体上不断地折磨自己，一面卧薪尝胆，励精图治。

与此同时，勾践恭敬事吴，不断贡献美女佳人，珠宝珍玩，方物巧匠，以娱夫差，麻痹吴国，消除戒备，迎合夫差求霸之心，导吴国以精兵北入中原，耗损国力，离间吴国君臣，夫差误杀忠臣伍子胥，勾践还以越国遭灾百姓挨饿之由不断向吴国借粮，致使吴国粮食储备减少，而越国粮草充足。

做完这些，还嫌不够。

勾践，这个所有男人中最为天才的演员又选择物色了一个同样天才的女演员登上了历史的大舞台，一个叫西施的绝代美人因为一场阴谋与爱情的演出而名扬千古，成为古代中国著名的四大美人之一。

西施不仅美貌无比，并且具有无比强烈的爱国心，愿意为了勾践的复仇大业牺牲自己的青春爱情，以美色和身体引诱迷惑夫差。夫差不仅相信了勾践死心塌地的忠诚，又相信了西施缠绵悱恻的爱情，对西施言听计从。

苦心人，天不负。

终于等来了机会，夫差率精锐之师北上黄池会盟诸侯，勾践率五万越军乘虚攻入吴都，吴太子阵亡。

夫差击败齐国黄池会盟，吴国实力尚存，勾践同意和谈退兵。四年后，吴国大旱连年，粮草虚，百姓饥，勾践再次攻吴，三战三胜，围困吴都三年之久，求和不成，投降不允，夫差蒙面自杀而死。

勾践随后挥师北上中原终于成为春秋霸主。

雪耻之后的勾践没有让任何一个曾经和他一起同舟共济患难与共的人分享他胜利的喜悦。

飞鸟尽良弓藏，兔死狗烹。

勾践不仅杀了曾经帮助过他的吴国太宰伯嚭，还杀了自己的功臣文种，范蠡带着美人西施亡命天涯。

在这个胜者为王败者为寇的现实世界里，总会有很多人为了生存和利益而低头屈膝忍受磨难和屈辱的时候，却又心犹不甘，卧薪尝胆。

这个充满怨毒的故事却能让那些被侮辱和被伤害的生命承受起生命所无法承受的耻辱，把怨毒和仇恨深藏在心底，面带虚伪和平静的笑容，顽强并且苟且地活下去，耐心地等待，渴望能有报仇雪耻的一天，哪怕是不顾廉耻毫无尊严地活着，只要活着，就有希望。

知人知面不知心，人与人之间，不再相互信任。

君子报仇十年不晚，有人的确做到了，也有人怀恨忍辱终其一生最后带着一颗怀恨怨毒的心离开了世界。

与此同时，这个故事也警醒着那些胜利者在失败者面前变得更加冷酷无情，因为惧怕勾践一样的阴险狡诈之徒，对失败者和投降者在心中充满猜忌和怀疑，赶尽杀绝，斩草除根，以永绝后患，没有丝毫宽容和怜悯之心，也没有任何内疚和不忍之心。

重读越王勾践卧薪尝胆的故事，这样一个充满怨毒和仇恨的故事，竟然会在千百年来一直被一个民族所宣扬和称颂，是一个民族的悲剧。在历史的长河中，我们实在是太势利了，我们太习惯以成败来论英雄了。

重读项羽和刘邦

——一个个人英雄的失败和一个流氓团伙的胜利

说能不能用人，说仁与不仁，说了许多，其实，这一切都不足以说明为何刘邦必胜，项羽必败。许多事，成败可能并不在情理之中，如果我们还愿意相信当事人和当时的人所说的，其中或许确有天意，是一些极其偶然的因素改变和决定了项羽和刘邦的命运，然而，就是这些偶然因素的介入，在一个关键时刻，改变了历史的轨迹，将长久和深远地影响到整个历史的进程。

楚汉之争，刘邦最后胜了项羽，总是让人感到有些匪夷所思，不可思议。

项羽出身高贵，武艺超群，有情有义，在人们心目中是个大英雄。

刘邦出身平民，小时候是个连正经名字都没有的小混混刘小，连他爹都管他叫无赖，长大了也是个好酒贪色的流氓。

哪怕打到最后，刘邦都做了皇帝了，自己都还在纳闷，为何得天下的不是项羽，而是我刘邦呢。

项羽失败时曾感慨地说，此天亡我，非战之罪。

刘邦自己也说，吾以布衣提三尺之剑取天下，此非天命乎。

可我们不能把一切就这么着全都归于不可测不可知的天意。

人们在论及刘邦的胜利时，一定会说刘邦的用人和入秦后的约法三章。

在论及项羽的失败时，也一定会讲到项羽的不能用人和入秦之后的坑杀二十万降卒。

其结论是刘邦拯民于水火，得民心者得天下，这样无论是登上皇帝宝座的刘邦，还是宝座下面的天下百姓，就都皆大欢喜了。

剩下的，就是庆幸幸亏没有让那个残暴和不得人心的项羽做皇帝，不然这天下百姓的日子就没法过了，还在项羽的水火中泡着烧着。

可实际上，决战之后，无论刘项谁是最后的赢家，战争都将到此为止。

如果项羽不是太骄傲，不是自刎于乌江，而是渡江东去，振臂一呼，收江东豪杰子弟，卷土重来，只怕战争结束的时间和战争最终的结果，一切皆未可知。

项羽个人能力超群，有着超常的人格魅力，一个屡战屡胜，一个从未失败的项羽，只会一次次地强化他的自信心，最终导致的就一定是一个自以为是、不能听取他人意见的项羽。

英雄因自身的智慧和勇气，具有较强的独立意志，也因此缺乏合作和协调能力，在以楚为名的队伍中，是只有项羽一个超级英雄的，将士用命，所有人的奋勇拼杀都只能被笼罩和淹没于项羽个人巨大的光环之下。

极端的个人英雄主义是项羽的魅力所在，也是人们以为的致使他失败的主要原因。

流氓是只有当流氓结成团伙时才能形成势力。

流氓团伙的头目，通常会有比英雄更强的组织和协调能力，在决策和判断上更能听取和综合各方面的意见。这与流氓的个人能力欠缺有关，刘邦屡战屡败，只能虚心听取意见。在以汉为名的队伍里，是有张良、韩信、萧何等一大批著名的将军和谋士，汉军将士奋战都能得到各自的光荣。

说到刘邦和项羽的用人，陈平当着刘邦的面所说的一段话最为坦白，项羽恭敬爱人，士之廉洁好礼者多归楚，刘邦慢而少礼，士廉洁者不来，然能饶人以爵邑，士之顽钝嗜利无耻者，亦多归汉。

项羽以德聚人，用人也一定是要以德为首的，更像是一群理想主义者在为道德而战斗，很像是一个靠信念和理想支撑起来的政团。

刘邦是以利聚人，用人是以能力为首要，道德人格是可以不计较的，是以利益为驱动的重赏之下必有勇夫，则更像是一个聚在一起为了打劫和分赃而组织起来的黑社会团伙。

楚汉之争，最终，以刘邦为首的流氓团伙胜出。

这个团伙在夺取政权之后，就又要完成由黑社会流氓团伙向政团的转变。原来按照打劫原则分出去的一切赃物都将被追回，收归皇帝一人所有，然后按照对皇帝的忠诚程度进行重新分配，在选拔和使用人才上，也将开始考察和注重人才的道德因素，放弃原来的任人唯能，唯才是用的原则。

流氓结成团伙不是出于感情和理想信念，而是出于利益的目的，靠一个团体形成力量，实施的是黑社会和盗寇式的管理原则，以团伙的整体利益和完成任务为第一，分赃和奖惩必须公平，严格实行有功必赏，有过必罚的公平正义。

在鸿门宴，如果要以楚的集体利益为重，项羽就该杀了刘邦，结果却是项羽的个人荣誉重于楚的集体利益，乘人之危搞暗杀，是不符合道德规范的，非英雄所为，维护了项羽的个人形象和他的决策权，不杀刘邦就是牺牲集体利益以服从项羽的个人利益，对整个集体而言，就是不公正。

当项羽向刘邦扬言要杀了刘邦的父亲时，在历史的舞台上，刘邦说出了那段无比经典的流氓台词，如果你要杀了我们的爹煮汤，请分我一碗让我尝尝味道如何。对于整个团伙而言，是以集体利益为第一的，刘邦置个人形象和人格于不顾，虽然会为天下人所不齿，却一定会赢得整个团伙的信任和尊重。

最终，项羽和他的绝代佳人虞姬上演了感动千古的霸王别姬，霸王泣，左右泣，莫能仰视。在最后的战场上，项羽向追随自己出生入死的战友们说，今日固死，愿为诸君快战。要在生死与共的战友面前尽情展示自己的盖世武艺，完成一个战士最后的精彩，项羽呼啸驰骋，所向披靡，斩将刈旗，英雄末路，依然豪情冲天。在乌江边上，宁可渡马不渡人，生是人杰，死亦鬼雄，项羽以死维护了一个英雄应有的高贵和尊严。

性格决定命运，重读项羽和刘邦的故事，似乎再次印证了，一个人是不能独自成功的，刘邦对项羽的胜利，就像是一群狼对于一只豹子的胜利，在这场生死存亡的竞赛中，并不是弱肉强食，而是一群贪婪和凶残的狼联合起来不择手段地吞食了一只勇敢而高贵的豹子。

生活中，小人容易得志，历史上，流氓往往能成大事。

在和英雄交锋时，流氓更容易结成团伙，流氓在战术选择上拥有更多的自由，是可以半渡而击和四面楚歌的，而英雄却只能选择合情合理合法合规矩的途径去完成目标和争取胜利。

对于刘邦的人格和品质，即使是在最为推崇刘邦的时候，也只是言其拯民于水火，而不推崇其人品。只是后人，奇怪于一个人品低下的人竟然完成了一个空前伟大的事业，觉得似乎不合情理。

如果肯定刘邦事业的伟大，也就应该肯定其人格的伟大，这，是人们愿意看到的，可惜，这并不是事实。

如果要人们接受项羽的失败，就必定要找出其人品上的缺陷和失败。这，是大家能够接受的。

刘邦的胜利，虽非全靠侥幸和运气，有其必然。

可项羽的失败，亦绝非全是因为自身原因，亦有其偶然。

说能不能用人，说仁与不仁，说了许多，其实，这一切都不足以说明为何刘邦必胜，项羽必败。

许多事，成败可能并不在情理之中，如果我们还愿意相信当事人和当时的人所说的，其中或许确有天意，是一些极其偶然的因素改变和决定了项羽和刘邦的命运，然而，就是这些偶然因素的介入，在一个关键时刻，改变了历史的轨迹，将长久和深远地影响到整个历史的进程。

重读汉高祖刘邦

——质疑司马迁，追问刘邦究竟是谁的儿子

因为《重读项羽和刘邦》，我讲了一个个人英雄的失败和一个流氓团伙的胜利，就有人不断地提到出身问题，也有人建议我再读一遍那段历史，于是我又重读《史记》之《高祖本纪》，试图解开一代开国皇帝刘邦的身世之谜。

也许不该问，司马迁在《高祖本纪》开篇写道，高祖，沛丰邑中阳里人，姓刘氏，字季，父曰太公，母曰刘媪。

如果到此为止，也就没什么好疑问的了，大概是因为司马迁觉得光这么写刘邦的身世，还不足以说明刘邦为何日后会成为一个开国皇帝。

如果我们愿意相信司马迁前面的文字真实可靠，我们也应该相信他接下来所写的依然属实，司马迁接着写道，其先，刘媪尝息大泽之陂，梦与神遇，是时雷电晦暝，太公往视，则见蛟龙于其上，已而有身，遂产太祖。

有此为证，可以充分说明，刘邦并非刘老头和刘大妈的儿子，而是刘大妈和一只姓名不详的蛟龙的儿子，刘老头充其量不过是刘邦的养父而已。

是不是司马迁粗心，给弄错了，神，蛟，龙，前后竟是如此的不能统一。蛟和龙虽然都是罕见的稀有神奇生物，却是一正一邪两个截然不同的物种，龙为正，被人类崇拜和敬畏，蛟为邪，作恶多端，为人类所厌恶和不齿，司马迁不至于不知道蛟和龙根本不是一码事。

刘邦他妈梦见的是神，可趴在身上的却是蛟龙，所以，还要问，刘邦究竟是谁的儿子。

在刘大妈身上的神奇生物有以下几种可能：一、可能是蛟。二、可能是龙。三、可能是龙和蛟杂交产生的一个物种。四、也可能既不是蛟也不是龙的另一种人类所不知的新奇物种。

看到自己老婆身上趴着一个怪物，不管将来生下个皇帝还是个妖怪，对于一个正常的男人来说，都不是一件让人愉快的事，换谁遇上都会吓个半死，不死也都会神经错乱。刘老头一定是受了极大的刺激和惊吓，而那个神秘生物也没及时对刘老头采取消除记忆措施。

能够知道并讲出这段奇遇的应该只有当事人，究竟是谁说出来的不确定，这种不怎么光彩的事，多半可能是酒后失言。

刘邦打小就不讨刘老头喜欢，实在是很正常，刘老头老是喜欢骂刘邦无赖，其实，如果骂野种或杂种应该更确切些，或许是出于对那只神奇的蛟龙的畏惧，刘老头也就只能骂句无赖出出气，这话听起来在骂儿子，实际上可能是刘老头怀恨在心，指着桑树骂槐树，在骂那只无赖的蛟龙呢。

下一个疑问是，刘邦的妈妈究竟是怎样的一个奇女子，都已经是两个孩子的妈妈，竟然能引得蛟龙动情动了凡心。

设想一，可能是美丽得出奇，绝代佳人，赛过西施，但刘老头何德何能，能遭遇这种稀世艳福，要真美成那样大概早给弄到秦始皇的阿房宫去了，所以这种可能性不大。

设想二，可能是古怪得出奇，奇丑无比，蛟龙和人类的审美情趣可能相去甚远。

设想三，可能也就是个平凡无奇的女人，恰巧遇上了蛟龙的激情，蛟龙就更像一个四处流窜的流氓，被蛟龙上身的女人可能不止一个，刘邦在这个世界上并不孤独，他应该还有散落在各处的兄弟。

这是个谜，司马迁对刘大妈没什么其他记载和补充说明，不好乱猜，大概介于第二种和第三种设想之间的可能性较大。

那么，司马迁写下了刘大妈和蛟龙之间的这段近乎瞬间却又使人无限狐疑的激情传奇，究竟其用意何在。

推测一，是司马迁为了神化刘邦，这段非常身世，让后人们以为刘邦就是真命天子，命里注定。

启示一，这些故事可以让小孩子打小就觉得自己与众不同，自命不凡，进行使命感和自信心的教育。

启示二,一个人莫名其妙地成功了，可又实在找不到之所以成功的合理解释，可以从出生或者从出生前找理由。

推测二，是司马迁为了泄私愤，拐弯抹角骂汉武帝的先人是杂种。

启示一，不要随便就在别人身上割东西，特别是从司马迁身上割东西。

启示二，即使是做皇帝也要有知识，别不知道蛟是蛟龙是龙。

推测三，是司马迁忠于事实的秉笔直书。并无其他任何良或不良意图，前面两个推测都是我胡乱猜想出来的。

启示一，不要神化任何人，哪怕是皇帝，就算可以一时被神化，早晚也会穿帮的。

启示二，历史是会被后来人利用的，后来人会根据自己的意图有意或无意地重解或曲解历史的。

为了尊重原著，只好把刘邦的亲生父亲看成是蛟龙了。

因为这个无赖儿子，刘老头被载入了史册，其中一次还差点被刘邦的对手项羽给烹着吃了，当时刘邦说了段无比无耻又无比经典的流氓话，刘邦说，你要烹了我爹，则幸分我一杯羹。其实刘邦用不着说这么流氓的话，刘邦应该告诉项羽说，那根本就不是他刘邦的爹，他刘邦的爹是条蛟龙。

刘老头大难不死，刘邦后来做了皇帝，刘邦姓了刘老头的刘，天下也将以他的姓为姓，刘老头还被刘邦封了个太上皇。

至于刘邦的亲生父亲姓甚名谁，司马迁后文写刘邦斩蛇时，借个老太婆之口言刘邦为赤帝子，一般情况下人们是把赤帝理解为是炎帝神农，那个以尝百草而著称的神农居然还有闲情尝女人，那么，何不直言刘邦就是炎帝的儿子呢，大概是连司马迁自己都认为，炎帝，这个以天下人吃饭为己任的英雄，是绝对不会做出这种下流勾当的。当时刘邦还未起兵，后来，不再有刘邦亲爹的消息，但以司马迁的才华却也不至于完全忘却他自己开头埋下的伏笔。

在楚汉之争的一个关键时刻，刘邦带领着五路诸侯兵攻克彭城，端了项羽的老窝，那大概是刘邦最为辉煌得意的时刻，可谁也想不到，战神一样勇猛的项羽以三万人马破刘邦的五十六万大军竟然势如破竹，围刘邦三壁，刘邦必死无疑，除非天助，除非奇迹。

奇迹出现了，抄袭司马迁原文如下：于是大风从西北起，折木发屋，扬沙石，窈冥昼晦，逢迎楚军，楚军大乱，坏散，而汉王乃得与数十骑遁去。

读到此处，不禁望天，天空中，有条蛟龙隐约可见，似乎带着一脸坏笑在云层深处发出声声怪叫。

那么，刘邦的身上就应该是有蛟龙的遗传基因的，从后来刘邦的成长和所作所为来看，刘邦身上的确是兼有蛟和龙的双重性格，其所以得天下，更多是依靠其蛟的成分，在做皇帝之前，刘邦身上蛟的成分多些，等做了皇帝了，都真龙天子了，当然，也就是龙的成分多些。

当刘邦从车上推下自己的儿女时，当刘邦扬言要喝刘老头的肉汤时，当刘邦不顾天下已定再次起兵时，当刘邦撕毁鸿沟之约时，刘邦都像一头蛟，当刘邦入秦后与百姓约法三章时，刘邦像是一个神，当刘邦高歌安得猛士兮守四方时，刘邦像是一条龙，到后来，刘邦无可奈何地说此后亦非而所知也时，刘邦才像是一个人。

那么，司马迁写刘邦是蛟龙的儿子，其实是以此要表达说刘邦是个亦正亦邪的复杂人物，是以蛟而最终成龙。天哪，司马迁写《史记》写到这种出神入化的境地，实在是让人不得不佩服。与此同时，我也不得不佩服自己，读《史记》竟然能够读到如此境界。

无论谁是刘邦的父亲，无论是那个骂刘邦无赖的刘老头，还是那只神秘莫测的蛟龙，刘邦最终打败项羽，得了天下，登上了大汉朝开国皇帝的宝座。这个小时候连个正经名字都没有的刘小三成了中国历史上的第三个皇帝，第一个皇帝是秦始皇，第二个皇帝是秦始皇的儿子胡亥，这第三个就是刘邦。

从刘邦建立的汉朝来看，汉承秦制，实际上是继承了秦始皇的政治遗嘱的，在对这份遗嘱的执行上，刘邦要比秦始皇那个昏庸的儿子强得多。当然，并不能说刘邦是秦始皇的儿子，秦始皇不会承认，刘邦也不会承认。

刘邦建立汉帝国，延续了秦始皇建立起来的帝制和其他体制结构，但刘邦没有秦始皇那样非凡的气魄和胆识，刘邦在实行帝制的同时，又部分采用了周朝的封建制，弄了一个封建帝制这样不伦不类的杂烩，把夺天下的有功者和虽然夺天下没什么功却和他一样姓刘的族人，辄裂地而封为王侯。

刘邦这一因无能而篡改始皇帝遗嘱的行为，将使其功臣和他的儿孙们付出无比惨痛和沉重的代价，那群为他建立帝国出生入死的异姓王将是第一批倒下的，第二批倒下的将是他自己的亲人们，这些人大都倒在了血泊中，不得好死。

重读刘邦，其实，我并不关心刘邦究竟是谁的儿子，就像我并不关心项羽是谁的儿子一样。决定他们究竟是英雄还是流氓的，并不是他们的出身，而是他们的所作所为。

一个人是英雄是流氓是靠自己做人做出来的，那种老子英雄儿好汉，老子流氓儿浑蛋的论点是我所反感和不能认同的。

出身的不平等是人与人之间不平等的开始，也是最大的不平等。但这种不平等并不体现在人的人格和品质上，一个人一出生就被打上品质优劣的标签是不公道的，人是不能选择自己的出身的，但人是可以选择自己的道路的。

谁是谁的儿子，是一件没得选的事情，实在用不着为此而骄傲或自卑。

不以成败论英雄，也不以出身论英雄。

重读霸王项羽

——一个为了结束战争而放弃战斗的战士

虽然楚汉之争的残酷和影响远非一场球赛所能比拟的。

但刘邦最后的取胜，的确像个点球，甚至还不如一个点球更能证明自己的实力，证明自己就是那个实至名归的王者。

作为观众，理所当然地希望比赛和比赛的结果是合理的，公正的。

怀着这样一个良好的愿望，观众要从比赛的过程中推论出获胜的一方是靠实力，而不是靠运气，靠侥幸，靠犯规，靠吹黑哨，才赢得了比赛的胜利。

作为刘邦所带领的参赛运动员，要证明自己是一个高贵的皇帝而不是一个下贱流氓的开国之臣。至于那些最为广大的观众，说汉语写汉字自称汉族的百姓，也要让自己相信刘邦是真正的真命天子，一个真正的皇帝，而自己才不会是一个流氓的子民。

项羽在四面楚歌声中的成功突围，为自己赢得了一个可以扭转比赛结果的机会，一场宝贵的加时赛，可项羽又主动放弃了。因为自尊，因为观众实在是太疲劳了。

观众是要为球赛埋单的，对楚汉之争而言，观众埋单的代价更是昂贵得可怕，现代战争可以用金钱来埋单，但古代战争用来埋单的只能是人命。

此前，项羽在邀请刘邦决斗的时候曾说过，天下匈匈数岁者，徒以吾两人耳，愿与汉王挑战，决雌雄，毋徒苦天下之民父子为也。

项羽封诸侯，天下初定之时，刘邦却怕人皆自宁，不可复用，利用自己将士思归，及其锋而用之，无任何借口，是赤裸裸的夺权争天下。

至汉二年二月，刘邦令除秦社稷，更立汉社稷了。二年三月，刘邦偶然听说怀王死，在上演了一场袒而大哭的好戏之后，总算想起来要给自己起兵弄个理由，愿以诸侯王击楚之杀义帝者。

刘邦后来历数项羽十大罪，大多与怀王和怀王之约有关，所数之罪，不过像他伤胸捂脚一样，纯属假动作。

立楚怀王之孙仍以楚怀王之名，是以其激发天下人对秦的仇恨，是要天下人化仇恨为力量。

项梁战死，怀王并项羽。吕臣军自将之，起宋义为主将。怀王借项梁战死之机取得了对楚军和各诸侯的指挥权。

在这个关键时刻，怀王能够顺利地取得军事上的领导与决策权，其实完全取决于项羽，取决于项羽是否能够以大局为重不计个人恩怨得失。怀王令项羽随宋义北救赵，令刘邦西略地入关，却又与诸将约，先入定关中者王之。简直就是牛头对着马嘴，一个摘芝麻，一个摘西瓜，先摘到芝麻有奖。

胜负难料，前途未卜，于理，当以破秦为第一，于情，当是报仇心切。不杀秦王，怀王之恨何消，不烧秦宫，六国之耻何雪，说什么诛暴秦，不如干脆直说，就为了夺位篡权，大家一起搞联欢算了。

仇恨没有化成力量，反倒化成了对秦国的一片关爱，怀王之心实在叵测。所谓的怀王之约，如果不是狂妄无知的一句戏言，就是一个不怎么高明的阴谋。

如果按照楚怀王的部署，想要灭秦，简直就是痴人说梦，灭秦的成功，只能说是无心插柳的歪打正着，只能归功于项羽的果断和勇敢。

项羽斩宋义后，使还楚报命于怀王。怀王因使项羽为上将军。

破釜沉舟，虽千万人吾往矣，在强大的对手面前，只有比对手更强，项羽和他的楚军，在以少对多兵力悬殊的情况下，没有火烧水淹的诡计，没有拔旗易帜的欺骗，以无与伦比的勇气和斗志，去打败和击溃面前十倍于己的敌人，胜之以武，胜之以力，胜之以光明正大。项羽和他的将士，用行动告诉了世人，什么是战士真正的尊严，什么是真正的英雄真正的光荣。项羽破章邯，断王离粮草供给，再破王离，项羽没有一丝的犹豫，以非凡的勇气和智慧，将灭秦功于一役。

刘邦先入汉中，设防函谷关，项羽破函谷关，却选择了在距离刘邦咫尺之遥的鸿门驻军。

鸿门宴被司马迁写得实在是太精致了，太过于细节和戏剧性了，对鸿门宴的叙述是文学家的司马迁，而非史学家的司马迁。以至于人们都被故事的精彩所吸引而忽略了鸿门宴的实质。其中诸多细节和诸多解释都不足以化解刘邦和项羽之间的真正矛盾，倒是刘邦的不辞而别，反而更显其心虚。

项羽在鸿门驻兵，是其刻意留出一个缓冲，在主动回避灭秦之后的诸侯内战。

范增劝项羽急击勿失，是在项羽已经下令旦日击破沛公军之后，堂堂项羽的四十万大军总还不至于要对刘邦的十万人马搞偷袭吧。

至于在鸿门宴上刺杀刘邦，简直是个笑话，当日项羽正是如同战神一样攻无不克，让他在饭桌上杀人，实在离谱。

范增言刘邦志不在小，欲自王汉中之心，其实是路人皆知的。此时曹无伤告密，说刘邦欲王汉中，使子婴为相，珍宝尽有之，也无密可言，不过是个假设，无论是按照范增还是曹无伤的理由，要杀刘邦都是莫须有。

项羽怒，怒在刘邦设防函谷关，不至于等到曹无伤使人言时再怒。如果项羽攻不破函谷关，刘邦欲独霸汉中的设想是完全可以成立的。

有人认为鸿门宴有诸多变数，看似险象环生，实在是有惊无险。从刘邦走进鸿门，项羽设宴开始，就已经没什么变数了，项羽不可能在鸿门宴上杀刘邦。

后人一直诟病项羽未能听范增，刘邦也说项羽有一范增而不能用，然而，观范增在鸿门宴上的表现，却显得是近乎愚蠢懦弱和自私。

项羽要杀刘邦，不是如何杀刘邦，而是为何杀刘邦，需要的只是一个理由。范增看到了刘邦的危险性，朝着事态的发展做了一个假设，却不能往前追究，为杀刘邦找一个冠冕堂皇的理由，范增若以刘邦勾结秦王，欲叛诸侯为由，则项羽杀刘邦的可能性要大好多，这是范增的愚蠢。

从整个项羽的楚集团的利益来说，刘邦的确该杀，可杀刘邦不见得非要项羽亲自杀，或者亲自下令杀，以范增当时在楚军中的地位，是完全可以自己使人杀刘邦，先斩后奏，就像后来贯高为赵王刺刘邦一样，先把生米煮成熟饭再说，但范增又不肯为项羽背这个黑锅，一定要让看重自己英雄形象的项羽自己来背，这是范增的自私。

范增既已起心杀刘邦，却又完全无杀刘邦的布置，结果，刘邦竟然能在鸿门宴中途顺利逃走，这是范增的懦弱和无能。

刘邦虽然逃离了鸿门宴，但破不破沛公军，杀不杀刘邦的主动权却依然掌握在项羽手上。

在战与不战之间，项羽最终选择了不战。

鸿门宴项羽杀不杀刘邦，如同项羽是否坑降，是否烧阿房宫一样，并不能就此推论出项羽必败于刘邦，这其中并没有必然的因果关系。

历史，可能有若干种可能，也许根本就没有哪种可能是必然的。我们今天所看到的楚汉之争的结局，可能只是这若干种可能中的一种，可能只在项羽的一念之间，历史就变成了另一种可能。

因为历史无法逆转，才会常常使人感到，一切，都只能是我们所看到的那样。而我，之所以一再被称为愚蠢和白痴，是因为我还没有彻底学会如何从一个结果，去推论出一个必然的经过和理由。

在历史的若干种可能之中，只有一种可能会成为历史，而其他的各种可能都将会与历史和我们擦肩而过。

突围到乌江边的项羽，再一次用行动证实了自己的勇敢和力量，证明了自己的不可战胜。不是束手就擒坐以待毙，不是在绝望的时候选择了放弃，而是在还有希望，还有可能卷土重来，还有可能转败为胜的时候，毅然选择了放弃。

一个没人能够杀得了的项羽，最终却以结束自己生命的方式结束了战争，用自己的死，用一个英雄的死，把生的希望留给更多的平常百姓和平凡生命。

发迹之后，刘季就给自己改了个名字叫刘邦。刘邦的汉王是项羽封的，刘邦得天下之后，依然是以汉为名，把他那个视为姓刘，视为私有的帝国命名为汉，只是，后来的人们慢慢地遗忘了，汉族，一个被英雄命名的民族。

是项羽为一个民族命名，把一个民族命名为汉。

重读楚怀王

——好像是被刻意地做过手脚的历史

项梁起兵之后听取了范增的意见，立楚国王室后裔为楚王作旗号。

因为在老百姓眼中，秦灭六国，楚最无辜，有楚虽三户，灭秦必楚的说法。

于是，熊心，前楚怀王的孙子，一个牧羊人就这样被推到了楚国国王的位置上。

楚怀王，熊槐，一个已经死了的楚国国王的谥号，一个曾经一再上当受骗，被秦国折腾得死去活来最终以人质和囚犯的身份客死秦国的前楚王。

按说是不该让一个活着的人再去用一个死者的谥号作名号的，直接让熊心以他死去的先辈作称号，是带有强烈的感情和宣传色彩的，是要以此来激起人们对秦国的仇恨的，是要人们化仇恨为力量的。

楚怀王只是项梁手中的一个傀儡，一个用来激励人心的旗帜。

章邯从秦国一路杀出，项梁战死，一个大半辈子都在放羊的牧羊人一下子成了楚国实际上的领导者，楚怀王见项梁军破，恐，徙盱台都彭城，并吕臣、项羽军自将之。

在项梁死后，如果项羽没有以大局为重的胸怀，如果项羽不能采取合作和服从的态度，楚怀王想要顺利地取得军队的控制权，从一个傀儡转变成一个真正的掌握实权的人，几乎是不可能的。

楚怀王取得权力后的第一步，就是重新给楚军选拔任命主将，千军易得，一将难求，楚怀王竟然在这样一个关系楚国生死存亡的关键时刻，极其草率和不负责任地选择了一个几乎没有任何带兵作战经验的宋义，救赵和灭秦都是凶多吉少。

楚怀王之所以选择这个无能的宋义，唯一的理由竟然只是因为宋义曾经预言过项梁必败，真不知是何居心。

楚怀王乃以宋义为上将军，项羽为次将，范增为末将，北救赵。令沛公西略地入关。与诸将约，先入定关中者王之。

项梁死，项羽报仇心切。当是时，秦兵强，乘胜逐北，诸将莫敢先入关。独项羽怨秦破项梁军，奋，愿与沛公西入关。

楚国核心人物项梁战死，楚军新败，能不能进得了关中，救不救得了赵国，一切皆为未知，秦国新胜，谁都不敢先入关，唯独项羽抢着要入关，楚怀王还不让，刘邦却是奉命入关。关内秦国境内空虚，秦军主力章邯和王离的两大兵团全部集结在了赵国，一个摘西瓜，一个摘芝麻，先摘到芝麻的有奖，简直就是莫名其妙，岂有此理。

楚怀王不许项羽入关的理由却是以秦父兄苦其主久矣，今诚得长者往，毋侵暴，宜可下。今项羽强悍，今不可遣。独沛公素宽大长者，可遣。卒不许项羽，而遣沛公西略地。

看来，楚怀王对秦国非但没有什么仇恨，反而倒是充满了爱心的。一个能够处处替秦国的百姓考虑的楚国国王，实在是让人不可思议。

现在有些人试图把灭秦之功归于楚怀王，把他描述成是灭秦的主要策划和部署者。先任用那个无能懦弱的宋义为楚军主将，再来一个牛头不对马嘴的怀王之约，如果不是项羽断然杀掉宋义，带领楚军力破章邯和王离的秦军主力，楚兵冠诸侯。诸侯军救钜鹿下者十余壁，莫敢纵兵。及楚击秦，诸将皆从壁上观。楚战士无不一以当十，楚兵呼声动天，诸侯军无不人人惴恐。于是已破秦军，项羽召见诸侯将，入辕门，无不膝行而前，莫敢仰视。项羽由是始为诸侯上将军，诸侯皆属焉。

如果按照楚怀王原来的部署，要完成灭秦，简直是不可能的任务，灭秦的成功，只能说是无心插柳的歪打正着。

项羽斩宋义后，使桓楚报命于怀王。怀王因使项羽为上将军，当阳君、蒲将军皆属项羽。楚怀王实际上再次沦为傀儡。

项羽入秦，使人致命怀王。怀王曰如约，乃尊怀王为义帝，项羽说，天下初发难时，假立诸侯后以伐秦。然身披坚执锐首事，暴露于野三年，灭秦定天下者，皆将相诸君与籍之力也。义帝虽无功，故当分其地而王之。诸将皆曰善。乃分天下，立诸将为侯王。

分封天下，任命诸侯的任务实际上是由项羽来完成的。

前者项羽斩楚怀王亲自选拔任命的卿子冠军宋义时，楚怀王就已经很明确地知道自己的傀儡处境了，何以到了项羽真正威震诸侯，大权在握之时，又来了一个所谓如约。实在是让人有些搞不懂。

后来，项羽使人徙义帝，曰古之帝者地方千里，必居上游。乃使使徙义帝长沙郴县。趣义帝行，其群臣稍稍背叛之，乃阴令衡山、临江王击杀之江中。

项羽已经是诸侯中的王中之王了，是秦后天下真正的主人了，即便是抛开项羽和楚怀王的个人恩怨不说，楚怀王对项羽来说不只是没有利用价值，反而是个极不安定的隐患，是个随时可能被别人利用来引发战争的人。所以，无论于私于公，项羽都是想杀楚怀王的。

司马迁没有给这个灭秦设计师单独写下传记，对于楚怀王和所谓的怀王之约，还有与之相关的一些历史我们都缺乏更多的了解。

重读历史，时常会让人感到疑惑不解，历史中似乎有些角落在偶然间，或是有意或是无意地被忽略了，甚至是在一些非常关键的环节，好像是已经被人刻意地做过手脚了。一些东西，被抹杀或是遗忘了，再也找不到我们所渴求的真相了。

田忌赛马

——在还没有建立起规则的时候就已经开始犯规了

于是，人们都不由自主地为孙膑的聪明和智慧高声叫好。只是，在这一片叫好声中，人们却独独忘记了，更应该为齐王的马喊冤。比赛结束了，没人追究这场比赛的过程是否公平，比赛的结果是否公正。

田忌和齐威王赛马，田忌连输三阵，孙膑教田忌，以下等马赛齐王的上等马，以上等马赛齐王的中等马，以中等马赛齐王的下等马。

马，还是田忌原来跑输了的那几匹马，只不过是被孙膑简单地调换了一下出场的顺序，就能反败为胜。

按照孙膑的办法，甚至根本就不用比赛了，连个傻瓜都会算得出来，一定是田忌的马输第一阵，赢第二和第三阵，三阵下来，一输二赢，结果田忌的马胜齐王的马。

于是，人们都不由自主地为孙膑的聪明和智慧高声叫好。只是，在这一片叫好声中，人们却独独忘记了，更应该为齐王的马喊冤。

实际上，只要有哪怕是一点公道心，谁都知道，田忌的上等马跑不过齐王的上等马，中等马也跑不过齐王的中等马，下等马也跑不过齐王的下等马。

孙膑的智慧是欺骗，不仅欺骗了齐王，也欺骗了天下人，天下人却还在为自己被骗而叫好。

田忌赢了比赛，可他的马却绝对不是跑得最快的马。那些真正的快马却在这场作弊的比赛中被淘汰了，没有得到它们应得的荣誉，可能回去还要挨主人的鞭子。

这场被动了手脚的比赛得出了一个错误的结果，就是田忌的马跑得比齐王的马快。

比赛结束了，没人追究这场比赛的过程是否公平，比赛的结果是否公正。

因为没有关注规则，齐王的强马输给了田忌的劣马，没输在马上，输在了马下，输在了没有一个能够确保比赛公正的规则，或者本来是有这样的一个规则，却被孙膑的所谓妙计给破坏了。

孙膑的妙计对于期待比赛公平的马来说，应该叫奸计。那些真正有实力的马被这奸计给害了。

齐王输了，齐王的马输了，输得很冤。

问题是，那些观众在得知真相后，不仅没有被愚弄、被欺骗的愤怒，没有为那些蒙受不白之冤的马寻求公道，没有为这种作弊和犯规叫停，而是欣喜于找到了一种投机取巧瞒天过海的办法，把奸诈当成智慧来顶礼膜拜。

面对这样的比赛，还有这样的观众，我们也许永远都无法期待一个公平公正的过程和结果。

想要给齐王和他的马讨一个说法，讨回一个公道，除了必须先给比赛设计一个合理的规则，更要有一群敢于对违规喊停的观众。

可以是一对一的淘汰赛，也可以是六匹马一起跑，然后综合排名，可惜，可悲，没有人想到要去完善一个规则，就已经有人开始学着破坏规则了。

三人成虎

——不要以为只要相信多数人就能了解真相

庞葱的聪明虽有先见之明，却欠缺防范之智。既然早已料到有谗言非议，就不该听天由命任其自然，未雨绸缪，三人能说成一只凶险的老虎来，三人也能说成一条忠诚的狗来。

二九一

魏国的大臣庞葱因为能干得到国王的赏识和信任，被委以陪太子一起去赵国首都做人质的重任，临行前这位聪明的大臣问王说，如果有人说大街上有老虎，王信不信。王说，大街上不可能有老虎。臣又问王，如果又有人来告诉王说大街上有老虎，王信不信。王说，那我会怀疑是不是真的有老虎。臣就又问王，如果又有第三个人来告诉王说大街上有老虎，王信不信。王说，那我就相信了，大街上一定有老虎。

做臣子的无可奈何地叹了口气，大街上明明不可能会有老虎，只因有三个人说有大王就信了，臣此去邯郸比到大街不知要远多少倍，在王面前说臣坏话的何止三人。王说，你放心，我知道了，我不会随便轻信他人的。

王不信一人所言，是怕偏听偏信。王疑二人所言，是慎重其事。王信三人所言，却是相信人心自有公道，相信大多数人总是对的，相信身边的人都会对自己诚实，因为大多数人所能代表的就是民心，王犹如舟，民犹如水，三人就能成虎，三百人，三千人，三万人就能成龙成凤，得民心者得天下，王并不糊涂。

能在王身边说话的人必然也是王所信任的人，也是为王维护权力和地位的人。

至于街上到底有没有老虎，简单，跑到街上去看一下不就知道了。

那么大的天下，只有一个王，王不可能每天亲自跑到边境上去看看有没有敌人，跑到百姓家里看看还有没有米，跑到赵国去看看庞葱每天究竟都干了些什么。

疑心一个人总不能让人安心，若为了一个人而疑心更多的人，恐怕更难以让人安心。

庞葱够聪明，国王也不傻。

庞葱的聪明虽有先见之明，却欠缺防范之智。既然早已料到有谗言非议，就不该听天由命任其自然，未雨绸缪，何不收买几个王身边的人，在自己走后还能再为自己美言，三人能说成一只凶险的老虎来，三人也能说成一条忠诚的狗来。

后来太子做完人质回国，王就再也没有召见过庞葱。大概就连他陪伴多时的太子也没在王面前为他说什么好听的话。庞葱的先见之明实在是比没有还可悲，既然结果都一样，何苦当初料事如神。

和氏献璧

——是忠诚于自己还是忠诚于国王

而那块玉，无论有没有王的认可，始终都是一块玉而不是石头。忠诚，是要忠诚于自然，忠诚于自己。

楚国有个叫卞和的人在楚山中挖到一块大石头，就捧着大石头跑去献给楚厉王，说这是一块大的玉石。厉王找玉工来鉴定，玉工却说这只是一块普通的大石头。楚王认为卞和是个骗子，让人把他的左脚给砍掉了，以此告诫人们，国王是英明的，谁也骗不了国王，骗国王可不是好玩的。等厉王死了，武王即位。卞和拄着拐杖又捧着那块大石头跑去献给武王，武王又找玉工来鉴定，玉工又说那不是玉石而是石头。于是，武王也认为卞和是个骗子，让人把他的右脚也砍掉了。

等到武王死了，文王即位的时候，卞和却还没死，也还没死心。卞和很想再捧着那块石头跑去献给新的楚王，可惜，他只有两只脚，两只脚又都让楚王给砍了，他只能抱着那块大石头坐在楚山脚下放声痛哭，他这一哭，就是三天三夜不停地哭，眼泪都流干了，再流出来的都是鲜红鲜红的血了。

楚王听说此事，就让人去问他，天下被楚王砍脚的人多了，为何独独你哭得如此痛苦，痛不欲生。卞和说，我痛苦并非因为楚王砍了我的脚。

楚文王的使者大感不解，既然你连双脚被砍去了都不痛苦，那你还有什么好痛苦的。

卞和回答说，我痛苦，是因为这明明是玉石，却被楚王当作了石头，我明明是忠诚，却被楚王当成了骗子。

后来，文王就让玉工们慢慢地剖开那块石头，发现里面竟然真的是块稀世玉石。文王重重地赏赐了和氏，还把那块玉命名为和氏璧，于是，天下人都知道那块曾经被当成普通石头的石头其实是块玉石，那个曾经被当作骗子的卞和是个忠诚的人。

卞和似乎最终证明了自己的忠诚，其实，卞和只是有着比玉工们更强的眼力，卞和所忠诚的既不是玉本身，更不是他自己，他所忠诚的只是王和王的权力，如果没有王和王的权力，他的忠诚就失去了意义和价值。

虽然付出了被砍去双脚的代价，他所要的不过是一个来自王和权力的认可，至于那块玉会怎样，是被当作求婚的礼品，还是被用作炫耀的资本，或是被刻成玉玺，实在不是卞和所关心和在乎的。而那块玉，无论有没有王的认可，始终都是一块玉而不是石头。

忠诚，是要忠诚于自然，忠诚于自己。

卞和要证明自己其实很简单，既然认定那是一块玉，何不当着楚王的面就砸开那块石头，宁为玉碎，或者干脆就把那块没人肯要的石头抱回家去据为己有，自己命名为和氏璧，一块真正属于自己的和氏璧。

乐羊食子

——就算是对王表忠心也要有正常的情感底线

成功和胜利的光荣固然可贵，但以泯灭人性的方式取得胜利，即使胜利了也不光荣，也是可耻的。不知道这个食子的乐羊是否就是那个小时候课本里的乐羊，如果是，羊子妻也许该说，那是你的儿子，还是因你而死，儿子已经死了，你就是哭几声，也算是父子一场，你怎么能吃了他的肉呢。君子之胜，当胜之有道。

对乐羊这个名字的最初记忆源自一篇叫《乐羊子妻》的课文。课文里说，乐羊把拾到的金子拿回家去，其妻说君子之财，取之有道，乐羊就又把金子拿去给扔掉了。后来，乐羊出门求学，一年而归，其妻把一块织到一半的布给剪断了，还说，学不成，何异于断机之丝，乐羊很惭愧，就又出门去求学，七年不归。

故事里，乐羊有个贤惠明理的妻子，乐羊也是一个知错能改很听话的男人。

后来，对乐羊这个名字的深刻印象来自一个叫乐羊食子的故事。

魏国的国王魏文侯为准备攻打中山，遍访国中能者，有人推荐乐羊，称其武艺超群，更兼有机术，鬼神莫测，于是，国王召见乐羊，授大将军之职，使其统兵以伐中山。

乐羊的儿子其时正在中山，中山的国王将其子绑起来悬挂在城头上，用以威胁警示乐羊，乐羊不为所动，攻城愈急。中山王一气之下，让人烹其子，将其肉做成羹送给乐羊，乐羊端坐帐中吃下一碗自己儿子的肉羹。

乐羊以自食其子的态度来表白对魏王的忠心，也以此来表示对进攻中山的决心，魏王感动地说，乐羊以我之故，食其子之肉。

站在魏王身边的一个人冷冷地说道，其子之肉尚食之，其谁不食。中山人以烹其子的行动告诉乐羊，我们是残酷的，没有人性的。乐羊以食其子的行动来告诉中山人，什么是真正的冷血。

乐羊既克中山，魏王赏其功而疑其心，不复重用。

中山人是在以人之常情来衡量自己的对手，以为绑其子可以要挟乐羊，烹其子可以伤害乐羊。

乐羊以自己的实际行动来告诉不了解他的中山人，他们的对手根本就不是人。乐羊是冷酷无情的，是没有人的正常感情的，而是一架战争的机器，是一头充满野心和欲望的疯狂野兽。这时候，他既不是丈夫，也不是父亲，对成功的渴望已经突破了人类正常情感的底线。

乐羊食子，吴起杀妻，这些渴望成功的人，最终都以他们那种过分的所谓忠心，被他们的主人所疑心。

面对一座城池和一场胜利的诱惑，乐羊就可以置父子之情于不顾。

如果面对一顶王冠和更大的诱惑，乐羊又能顾得了什么，又怎么会有君臣之义？

成功和胜利的光荣固然可贵，但以泯灭人性的方式取得胜利，即使胜利了也不光荣，也是可耻的。

不知道这个食子的乐羊是否就是那个小时候课本里的乐羊，如果是，羊子妻也许该说，那是你的儿子，还是因你而死，儿子已经死了，你就是哭几声，也算是父子一场，你怎么能吃了他的肉呢。

君子之胜，当胜之有道。

二桃杀三士

——拒绝比自杀需要更大的勇气

晏子彻底看破了这些所谓勇士的软弱，勇士的骄傲不允许他们对国王赏赐的桃子说不。他们有死的勇气，却没有拒绝的勇气。面对桃子，真正的勇气是勇敢地说不，对齐王和晏子说不，可惜，面对权力和狡智，他们没有了这种勇气，他们甚至宁可以死来逃避。

公孙接、田开疆、古冶子，都是齐国能够以勇力搏虎的勇士。

晏子矮小，别说打虎，就是让他捉只猫都难。

晏子过而趋，三子皆不起。之后，晏子告诉国王齐景公说，这样的勇力之士如果不懂得服从，就不是利国之器，而是危国之器，为了国家的安危，应该除去，因请公使人赏赐他们三人两个桃子，让他们论功吃桃。

公孙接说，我力能搏虎，我该独吃一桃，不能与人分食。

田开疆说，我勇战三军，我该独吃一桃，不能与人分食。

看着已经没有了桃的盘子，古冶子说，为救主公，我曾潜行水底，逆流百步，顺流九里，得鼋而杀之，我也该独吃一桃，不能与人分食，二位何不把桃放回去。

公孙接和田开疆无比惭愧地说道，论勇论功，我们的确都比不过，取桃不让，是贪也，然而不死，无勇也。说完，一起又把桃放了回去，然后，都拔剑自杀了。

看着身边的两具尸体，古冶子叹道，耻人以言，不义；冶独生之，不仁；悔而不死，不勇。说罢，也拔剑自杀了。

三位勇士用自己的生命保卫了勇士的尊严，他们心里看重的始终都是自己的勇敢，他们也能够尊重比自己更勇敢更有力量的人。

看到桃子时，公孙接曾仰天长叹，晏子，智人也，不受桃，是无勇。

三位勇士的死，既非死于桃子，也非死于晏子，而是死于他们不懂得尊重智慧，晏子可能手无缚鸡之力，却能借刀杀人，尊重了晏子，可能就是利国之器；不尊重晏子，就只能是危国之器，一切个人的恩怨都能以国家和大局的名义。

无论怎样的勇敢和有力量，都不该成为轻慢和不尊重智者及权力的资本。

晏子彻底看破了这些所谓勇士的软弱，勇士的骄傲不允许他们对国王赏赐的桃子说不。他们有死的勇气，却没有拒绝的勇气。面对桃子，真正的勇气是勇敢地说不，对齐王和晏子说不，可惜，面对权力和狡智，他们没有了这种勇气，他们甚至宁可以死来逃避。

楚王好细腰

——腰是自己的腰，喜好细腰细你自己的腰

对普通的老百姓来说，如果能做到己所不欲，勿施于人，也就够了。可对于大权在握，掌握着他人命运的楚王来说，还应该做到，己之所欲，勿强施于人。做老百姓的，做臣民的，更不要把王的喜欢、王的认可、王的高兴，当成是自己生命存在的全部价值和意义。

在对待腰的问题上，每个人可以有个人不同的看法和意见，有这自由和权力，这没什么大不了的，认为腰细还是腰粗好看，本来就是一件很私人的事情。

楚国的楚灵王喜欢细腰，认为细腰好看，他的这个审美标准还是讲究男女平等的，不仅看女人的细腰好看，看男人的细腰也好看，这和楚王自己特殊的个人爱好和审美眼光有关，若干年之后，还有好多人持和楚王一样的观点。

可楚王不是一般的人，楚王是楚国的国王，于是乎，关于腰的粗细就成了全体楚国人民的一件大事，不仅是住在王宫里的宫女，就连文武大臣，甚至是一年到头连见都没见过楚王的人就都以细腰为美，以粗腰为丑了。

楚王好细腰，或许是因为他王宫里尽是些好吃懒做成天不干活的女人一个个都长得肥肥胖胖，还有他那些个唯命是从从来不操心的大臣满肚子油肠，一个个吃饱了撑的也都是大腹便便，肚滚腰圆，偶然看到个细腰，不禁眼前一亮。

楚王好细腰，却与他自己的腰无关，国王从不折腾自己的腰，自己的腰是粗是细没关系，关键要别人的腰细，要让自己的眼睛舒服。楚王的宫女和大臣们就算腰再细，管他是把腰瘦成根芦柴棒也好，瘦成杨柳细腰赛笔管也好，都没关系，反正能够不劳而获，不用肩扛手提，衣来伸手，饭来张口。至于那些个面朝黄土背朝天的老百姓，还有那些本来就吃不饱，已经饿得皮包骨头的人来说，就实在没必要跟着瞎起哄了。

楚人约食，食之可欲，忍而不入，死之可恶，然而不避。为了细腰，美人省食，宫女多饿死，就连大臣们也都一个个饿得头晕目眩，只有扶墙而立才能站在王的面前。整个楚国的人民都喜欢着国王的喜欢，痛恨着国王的痛恨，把自己的腰都变成国王的审美对象。在国王面前，自己的身体生死都不重要，最重要的是要让国王高兴，国王喜欢，为了让国王看到自己的细腰，宁可饿死，也在所不惜。

对普通的老百姓来说，如果能做到己所不欲，勿施于人，也就够了。可对于大权在握，掌握着他人命运的楚王来说，还应该做到，己之所欲，勿强施于人。

做老百姓的，做臣民的，最起码也该做到，不要连对自己腰的美丑判断都交给国王，不要把自己的腰变成王的审美对象，不要把自己的身体当成是取悦于王的工具，更不要把王的喜欢、王的认可、王的高兴，当成是自己生命存在的全部价值和意义。

孙武练兵

——是以杀人相威胁来实现让人绝对服从的目的

三令也罢，五申也罢，实则都不是斩杀两位美女的真正理由。孙子斩杀两美女的真正理由不过是杀鸡吓猴，强调自己的权力和武力，以死相威胁。三令五申的内容，罪与非罪的判断，对罪处罚的轻与重，生与死，皆在孙子的一句话。

吴王阖庐看完孙子献上的十三篇兵书，问孙子说，可以以此练兵吗？孙子说可以，吴王说可以用女人练兵吗？孙子说可以。

于是出宫中美女分二队，以王所喜欢的两个美女作队长，皆令持戟。孙子问，你们知道前后左右吗？美女们回答说知道。孙子又问，你们知道左转、右转、前行、后退吗？美女们回答说知道。

约束既布，孙子开始发号施令。三令五申之后，鼓之右，美女们大笑，复三令五申，再鼓之右，美女们又是一阵大笑。孙子说，今已三令五申，约束不明，申令不熟，将之罪也；今已三令五申，不能令行禁止，即已明而不守法，吏之罪，命人斩左右队长。

王知道了急忙派人阻拦说，好了，我知道你会用兵了，就不要杀寡人的美人了。

孙子说，我既为将，将在军，君命有所不受，不能因循私情。终究还是杀了两位美人。

孙子又任命了两个队长，继续练兵，复鼓之，美人们一个个左右前后都规规矩矩、认认真真，于是孙子报告王说，兵既整齐，王可以阅兵了，兵将唯王所用，为王赴汤蹈火。

于是吴王知孙子能用兵，以其为将，之后孙子统率吴军，西破强楚，北威齐晋，显名诸侯，这一切皆因孙子治军有方。

孙子练妇人，三令五申者，不过左左右右，前前后后，并非申令斩不遵守者。

将之罪，吏之罪，三令也罢，五申也罢，实则都不是斩杀两位美女的真正理由。孙子斩杀两美女的真正理由不过是杀鸡吓猴，强调自己的权力和武力，以死相威胁。

三令五申的内容，罪与非罪的判断，对罪处罚的轻与重，生与死，皆在孙子的一句话。

当初，这些女人之所以被吴王选进王宫，是以美丽为标准的，不是以打仗作战的战士为标准的，是因为她们天真活泼，温柔可爱，她们的任务只是在王宫里讨吴王的欢心，满足吴王的欲望，而并非让她们到战场上去格斗厮杀。在王宫里，她们已经被训练得眼中只有一个男人，也只会服从和迎合一个男人，她们所要忠诚的只是吴王这唯一的一个男人，而决不会，也绝不可以听命于除吴王之外的任何人。除此之外，对于她们任何额外的命令，都是超出了范围的要求，都不能成为处罚和杀死她们的理由。

孙武告诉吴王说，这些女人可以为吴王赴汤蹈火，已经并非源自这些女人对吴王的忠诚，而是源自孙武对她们的生命的威胁，是孙武此时还在为吴王所用，如果当孙武不能为吴王所用时，这些女人同样会在孙武的令旗之下赴汤蹈火，勇往直前地去杀死吴王。

孙子练兵的核心是服从，手段是杀人。吴王用孙子的目的是称霸，手段是武力。

别说那些弱女子，假设是我被抓进了孙子的军队，也只能选择乖乖听话，谁不怕死呢？

移木立信

——要相信惩罚可能和奖赏一样，没有不合理

移木立信之后，商鞅开始了他的变法强国之路，只是，秦国的老百姓再也没有遇到扛根木头就给五十金的好事了。倒是挖眼劓鼻，砍手剁脚，杀头斩首，犯法连坐，株连九族之类的事时常可见。

南门外立着一根三丈高的木头，木头旁边贴着一张官府的告示，告示上说，无论是谁，无论用什么办法，只要把这根木头给搬到北门，就可以得到十金的酬劳和奖赏。

可没人愿意去搬木头，因为谁也不信。不是大家不贪财，不爱钱，是实在太简单了，这么简单的一件事，根本就不值得花十金当酬劳，这事看起来有些莫名其妙。老百姓又不傻，他们在琢磨着，官府为何要运一根木头，一根木头又能作何用处，官府有自己把木头运到南门的工夫，何不直接把木头送到北门去，放着那些个五大三粗孔武有力，还不用付钱的士兵和衙役不用，却偏要老百姓干这活，开玩笑，没道理，就这么根烂木头搬来搬去实在是没事找事瞎折腾，就算有钱没处用也不是这种用法，简直就是无理取闹，所以根本没人肯相信，官府会为一件如此轻而易举的小事付出十金的价钱，怎么看都像一个圈套。

几天过去了，就那么根木头还是纹丝不动地在南门外立着，没人去搬木头，官府的告示上又把赏金增加到了五十金。

终于有人财迷心窍忍不住了，不是傻透了就是想钱想疯了，要不就是吃饱了撑的，跑去把南门外的木头扛到了北门。

扛根木头毫不费力，接下来，几乎是所有的人自然而然地都把眼睛盯在了那五十金上，然而，就是那个谁也不肯相信的官府，居然真的给了搬木头的那个人五十金。

看着面前的一大堆钱，那人还不敢相信自己的眼睛，简直像在做梦一样，做梦都在想发财，可这笔横财也发得太容易了。

官府所给的五十金，当然不是运木头的劳动报酬，而是对信任和服从的奖赏。

于是，那些怀疑官府的人终于相信了，官府所说的是会兑现的。可这一切，又的确是个圈套，是那个叫商鞅的改革家拿来作秀给世人看的，只为了要告诉世人，不要不相信有权有钱的官府，不要把官府的决策和命令当玩笑。

可无论怎么说，即使是对于那个拿到了钱的人来说，他所付出的劳动和他所得到的报酬是不对等、不相称的，这也是不合理的，是违背了规则的。

商鞅是要以此来告诉百姓，只要听话、服从就行，不要问为什么，别动脑筋想为什么合不合理，要相信官府的权威，只要官府愿意，就可以给予百姓超出情理的好处，只是，百姓也应该明白，只要官府愿意，也一样可以给予百姓超出情理的伤害，极小的代价和付出可能会得到不相称的奖赏，微不足道的过失也可能受到不相称的惩罚，有意外之财，就会有飞来横祸，对于老百姓来说，一样不用问为什么，也一样不需要理由。或许只有先拒绝不是应得的好处，才能拒绝不合理的伤害。

移木立信之后，商鞅开始了他的变法强国之路，只是，秦国的老百姓再也不会遇到扛根木头就给五十金的好事了，倒是挖眼劓鼻，砍手剁脚，杀头斩首，犯法连坐，株连九族之类的事时常可见。

指鹿为马

——为了一个名字对错丢了性命实在是不值得

天下之大，百官之多，却没有一个人该对一头鹿的名字负责。其实，普天之下莫非王土，就连天下都只不过是皇帝的家，至于天地间那个四条腿的家伙到底叫鹿叫马不过只是皇帝家的一桩小小的家事而已，实在无足轻重。这满朝的文武大臣在百姓面前虽说是堂堂威仪，在皇帝面前，叫丞相还是叫罪人，比那个浑身是毛的家伙也强不到哪儿去，不过都是皇帝一念之间的生死荣辱。皇帝至高无上，皇帝的所谓圣明和正确都是绝对不容置疑的。所以，谁也犯不着拿自己宝贵的生命去为一头鹿犯傻。

三一一

雄才大略的秦始皇大帝吞并六国一统天下，却养了一个无能的儿子胡亥。可胡亥再怎么没用，也是秦始皇的儿子，也要做君临天下的大皇帝秦二世，无能的秦二世又用了个有用的赵高做丞相，对赵高言听计从，赵高就成了秦帝国的国之重臣。

权力大了野心就大，野心大了胆子就大，胆大包天的赵高竟然牵了一头鹿当着满朝文武大臣的面告诉皇帝说这是一匹马。谁也不是盲人，谁也不是傻子，谁都知道那不是一匹马，谁都知道赵高是在睁着眼睛说瞎话。

皇帝说，可我怎么看都不像马，倒像是一头鹿。

丞相说，可那的确是一匹马，人都不可貌相，况且是马。如果有人说臣不像一个忠诚能干的丞相，皇帝信不信，如果还有人竟敢大逆不道说皇帝看起来不像皇帝，老臣又该不该相信。

皇帝忙说，丞相德才兼备，举世皆知，我相信你的忠心才会委你以丞相的重任，让你为我打理国家要事。

丞相说，皇帝圣明，才会以老臣为诚实的丞相而不以老臣为欺诈的奸贼，相信老臣不会指鹿为马，老臣也相信皇帝不会以马为鹿。皇帝说，既然你说是马，那就是马。

满朝的文武百官七嘴八舌议论纷纷。有的说那的确是一匹马。有的说那是一匹罕见的怪马。有的说那是一匹非同寻常的千里马。有的沉默着什么也不说。当然，也有人偏要说那是一头鹿。

说是马的人，有的是自己连想都没想的，皇帝相信丞相，既然丞相说是马那就一定是马，与丞相保持一致就是忠于皇帝，这样的人应该算是忠臣。有的是想过之后再说的，因为既然丞相胆敢犯这灭九族的欺君之罪，绝对不是活得不耐烦自己找死，自然是有恃无恐，这种人应该算是识时务的能臣。

说不知道的，有的是真的不知道，不知道没什么大不了的，不知道只是无知，不是欺君，无知没什么大不了的，只有无知的人才会让干啥就干啥，一切行动听皇帝的，皇帝不说话就听丞相的，这种人应该算是愚忠。有的是明明知道却说自己不知道的，不知道是鹿是马是假，不知道是皇帝厉害还是丞相厉害是真，不知者不为过，这种装糊涂的人心里比谁都明白，这种人就算不对，可也不能算错。

说是鹿的，有的是为了让自己显得比丞相和皇帝更聪明。有的只是为了维护一头鹿的真实身份，也让皇帝明白谁是真正的忠臣谁才是真正的奸贼。还有一种真正可贵的，那就是坚持真正的自己，无论是面对一头鹿一匹马，还是面对丞相皇帝，就算面对千军万马，都不会违背自己的良知去随声附和，去颠倒是非混淆黑白，无论是做王侯将相，还是做布衣百姓，哪怕是做乞丐，只要是个人，都要坚持做人的最基本的品质，那就是诚实。

更多的人大概会保持沉默，因为一个四条腿的动物究竟叫个什么名字实在是没什么大不了的。

是鹿是马，问题不在于是不是赵高欺君，问题也不在于大臣是不是诚实，问题在于皇帝，问题是那个臣子们应该忠诚的皇帝实在不怎么明白，于是那些说了真话的大臣日后稀里糊涂地就被赵高给干掉了，既不是为皇帝，也不是为大秦帝国，既不是为造福百姓，也不是为铲除奸贼，死都死得有些不明不白莫名其妙。指鹿为马，那只是赵高用来检验群臣的一个圈套，赵高实在会揣摩人心，就算那些大臣再怎么诚实可也实在犯不着为了一头鹿的名字去拼命。奸臣实在太狡猾，忠臣实在太愚蠢，最可恨的是沉默的人又是大多数，不然，又怎会让那个狼子野心的赵高如此张狂，竟然敢光天化日之下在大庭广众面前指鹿为马。

天下之大，百官之多，却没有一个人应该对一头鹿的名字负责。

其实，普天之下莫非王土，就连天下都只不过是皇帝的家，至于天地间那个四条腿的家伙到底叫鹿叫马不过只是皇帝家的一桩小小的家事而已，实在无足轻重，这满朝的文武大臣在百姓面前虽说是堂堂威仪，在皇帝面前，叫丞相还是叫罪人，比那个浑身是毛的家伙也强不到哪儿去，不过都是皇帝一念之间的生死荣辱。皇帝至高无上，皇帝的所谓圣明和正确都是绝对不容置疑的。所以，谁也犯不着拿自己宝贵的生命去为一头鹿犯傻。

望梅止渴

——坚持，一直坚持到梅出现的时候为止

没有人可以绝望地走那无止境的路，与其绝望地走，不如满怀希望地走。那个让士兵们望梅止渴的将军叫曹操，他不仅是个军事家，还是个浪漫的文学家，虽然他带领他的战士们最终也没有实现他一统中国结束战乱的理想，没有走到实现和平的未来，可他却让苦难中的百姓看到了和平的希望。

烈日炎炎，士兵们在将军率领下汗流浃背地走在征途上，已经很久很久没有喝到水了，士兵们开始抱怨没有水喝，再这么走下去渴都要渴死，有人说要停下来歇歇，有人说还不如回去喝足了水再来，有人说要离开行军路去找水。一时间众说纷纭，军心动摇，眼看就要溃不成军了。

将军骑在马上，用马鞭坚定地指着前方，前进，前面就有一片梅林。看着将军坚定的目光，想着不远处的梅林，士兵们似乎没有刚才那么渴了。

因为有希望，才有勇气坚持走在这艰难的路上。在危难之中，如果实在没有什么能够依靠，就给大家一个光明虚无的未来，支撑大家走下去。

战士以服从命令为天职，不仅服从将军，还要服从将军那看不见的理想。一直走，一直走，虽然途中会有士兵在还没有见到梅林的时候就已经渴死了，倒下了。或者想都没想，等到梅出现的时候，也许已经过了梅子的季节。

没有人可以绝望地走那无止境的路，与其绝望地走，不如满怀希望地走。那个让士兵们望梅止渴的将军叫曹操，他不仅是个军事家，还是个浪漫的文学家，虽然他带领他的战士们最终也没有实现他一统中国结束战乱的理想，没有走到实现和平的未来，可他却让苦难中的百姓看到了和平的希望。

张巡杀妾

——是保护，而不是杀死爱自己信任自己的人

最终城陷，张巡拒降，与其余大将三十六人一起被斩，许远亦在押送洛阳途中被杀。爱国，是爱这国土上的人，不是只爱这国上的土地。守城，是为了要保卫这城中的人民，而不是守住城门和城墙。张巡不仅在战场上输了，当他把战士的刀刺向了手中没有武器的人的时候，他就不再是一个战士，也不再是一个人了。不仅没有做英雄的资格，连做人的资格也没有了。

一个老人喜欢上了自己年轻的儿媳，后来还和漂亮的儿媳上演了美丽的爱情故事，流传千古。回眸一笑百媚生，六宫粉黛无颜色。再后来就上演了战火纷飞的安史之乱。渔阳鼙鼓动地来，惊破霓裳羽衣曲。

在这场著名的安史之乱中，出了一位被后人倍加赞美和推崇的著名爱国将领，流芳千古。

唐朝将领张巡与许远守睢阳。

张巡初守睢阳，兵士万人，城中居民也有数万人，张巡每见一人皆问其姓名，其后城中无不识者，见人皆直呼其名，城中百姓都认为他们遇到了一个平易爱民的将军。

尹子奇久围睢阳，城中食尽。遂食马，马尽，罗雀掘鼠，雀鼠又尽。张巡乃出其妻，对三军杀之，以飨将士，张巡说，请将士们为国家戮力守城，一心无二，巡不能自割肌肤，以啖将士，岂可惜此妇人。此情此景，就连那些久经沙场，在血肉横飞的战场上杀人不眨眼的铁血战士也不禁泣下，不忍食。

张巡强令食之。然后，许远亦杀其奴，再然后，括城中妇人食之，既尽，继以男子老弱。

人知必死，莫有叛者，所余才四百人。

张巡和他的将士靠着吃睢阳城中的百姓，苦守睢阳十个月。张巡坚守江淮，阻敌势，为唐帝国赢得了时间，唐朝不亡也。

最终城陷，张巡拒降，与其余大将三十六人一起被斩，许远亦在押送洛阳途中被杀。

爱国，是爱这国土上的人，不是只爱这国上的土地。守城，是为了要保卫这城中的人民，而不是守住城门和城墙。

战士，是保护妇女和老弱的人，而不是吃掉妇女和老弱来保命的人。城是人的城，国是人的国。

战士，应该是保卫自己所爱的人和爱自己的人，而不是杀死爱自己、信任自己的人民，吃他们的肉。

不论是城里防守的人，还是城外进攻的人，人类真正的敌人是那些杀人还要吃人肉的人。

张巡不仅在战场上输了，当他把战士的刀刺向了手中没有武器的人的时候，就已经丧失了人性，他不仅不再是一个战士，也不再是一个人了。不仅没有做英雄的资格，连做人的资格也没有了。

张巡死了，唐帝国度过了安史之乱，那位做皇帝的老人重又想起了战乱中的无可奈何，马嵬坡下泥土中，不见玉颜空死处，请来临邛的道士，为他心爱的女人招魂。

在天愿作比翼鸟，在地愿为连理枝，天长地久有时尽，此恨绵绵无绝期。

不食周粟

——粟本无姓，既不姓商也不姓周

还有司马迁，世人所推崇的，正是他们义无反顾近乎偏执的这种难能可贵的坚持，这种坚持却越来越少，物以稀为贵，品质也以稀为贵。伯夷和叔齐之死，不在粟，而在于他们的观念，认为粟有姓，周不义，周粟也不义。其实，粟就是粟，粟和薇一样，粟本无姓，既不姓商，也不姓周。

三二〇

伯夷和叔齐是孤竹君的两个儿子，伯夷是老大，叔齐是老三，夹在中间的应该还有个叫仲什么的老二，孤竹君想让老三叔齐继承君位，叔齐认为应由父亲的长子伯夷继位，伯夷却认为父命不能违，于是跑掉了，叔齐也跟着跑掉了，于是夹在中间的那个老二继承了君位。

让这哥俩名传千古的，却并非此事，但此事还是可以说一下。

伯夷跑，是为了维护父亲的权威和意志。

叔齐跑，是为了维护长子继承的宗法。

哥俩都跑了，就啥也维护不了。

他们兄弟相互推让的目的都是为了维护传统的礼和规矩，可造成的结果却是老二继位，既背长子继承之理，又违父亲爱子之情。既不合理，也不合情，于情于理都说不过去。

后来，他们就一起去投靠西昌伯，可等他们赶到的时候，正巧碰到历史上著名的大事件，武王伐纣，姬发正用车子载着他爹的神位要起兵造反，周伐殷汤。

伯夷和叔齐冲上去拉住武王的马车说，父死不葬，乃至大动干戈，可谓孝乎？以臣弑君，以下犯上，可谓仁乎？

如果把这两个疑问句换成陈述句，说白了就是在骂周武王不仁不义。

左右欲兵之，太公曰，也就是姜太公说，此义人也，扶而去之。

接下来就是武王伐纣成功，夺走了商的天下，天下宗周，而伯夷和叔齐丝毫没有迎接新时代的喜悦，还顽固地坚守他们自己的信念和判断，耻之，义不食周粟，隐于首阳山，采薇而食之，及饿且死，作歌，其辞曰：登彼西山兮，采其薇矣，以暴易暴兮，不知其非矣，神农虞夏，忽掩没兮，吾适安归矣，吁嗟祖兮，命之衰矣。

哥俩遂饿死于首阳山。

还有司马迁，世人所推崇的，正是他们义无反顾近乎偏执的这种难能可贵的坚持，这种坚持却越来越少，物以稀为贵，品质也以稀为贵。

有人说偏执狂好生存，可这两个偏执狂却把自己给饿死了。

伯夷和叔齐之死，不在粟，而在于他们的观念，认为粟有姓，周不义，周粟也不义。其实，粟就是粟，粟和薇一样，粟本无姓，既不姓商，也不姓周。

郢书燕说

——郢书何以被燕说和郢书如何才能不被燕说

治则治矣，当然不错，如果能够不再郢书燕说，岂不更好。怎样才不发生郢书燕说这样穿凿的事呢，说起来大概也不难。对燕国的国王来说，不仅要能接受郢书，也要能接受燕说。

郢国有个给燕国相国写信的人，夜书，火不明，告诉身边持烛的人说，举烛，无意间把举烛两个字也写到了信上，燕国的相国收到书信后解释说，举烛者，尚明也，尚明者，举贤而任之。并以此告诉国王，国王愉快地接受了郢人的这个意见，把国家治理得很好。

韩非子在讲完这个故事之后说，治则治矣，非书意也。今世举学者多似此类，韩非是要以此来讽刺那些牵强附会、断章取义、肆意曲解的学者。

其实治则治矣，只要是把国家治理好了，郢书燕说也未尝不可。

韩非子在这个故事里重点关心的是曲解的事实，我所关心的重点却是为何要曲解，郢书何以被燕说，为何不能郢书燕说，相国何不直接告诉国王说，这就是我的意见。

其一，郢书被燕说的前提是郢书在文字表达上有问题，没有直接地阐述自己的观点，用了“举烛”二字，没有更确切的表达，貌似比喻和暗语，貌似有玄机，为燕说提供了良好的基础。

其二，郢书的作者远在郢国，无法当面陈述和解释自己的真实意图，也无辩解申明的可能，为燕说提供了有利条件。

那么，既然是这么好的想法，燕相为何不直接说成是自己的主张，把这天大的功劳据为己有，却偏要借郢书说与国王，把功劳拱手让给别人，燕相貌似曲解了郢书，实际上相国不傻。

其一，从旁观者郢人的角度来说，燕国并不涉及郢人的切身利益，显得比较客观和公道。

其二，当然是外来的和尚会念经了，更何况国王连郢人长什么样都不知道。

其三，如果相国说是自己的意见，很容易被国王理解为是在指责自己以前不尚明，没举贤，比较昏庸，这样比较危险，所以宁可不要表扬，也不要危险。

其四，燕国的国王可以接受一个远在郢国人的善意忠告，却不能容忍一个臣子对自己的国家指手画脚。

其五，当然还可能有其六，如果弄得不好，把国家给整治坏了，那也是郢人的错、国王的错，不是相国的错。

燕相实在是太狡猾了。

治则治矣，当然不错，如果能够不再郢书燕说，岂不更好。

怎样才不发生郢书燕说这样穿凿的事呢，说起来大概也不难。

其一，对作者来说，郢人在写书的时候认真一点，校对的时候认真一点，不要随意加添词句，也不要随便丢掉句子，尽量把意思表达得清楚些具体些。

其二，作为读者，燕国的相国在读书的时候要严谨一点，不要按自己的意见随意地想当然。

其三，还有一个既不是作者，也不是读者的重要人物，就是那个有权力把理论付诸实践的国王，对燕国的国王来说，不仅要能接受郢书，也要能接受燕说。

只是，我这些话说起来容易，做起来大概就不容易了。

| 第七章 |

《断言》之个别人的阅读

在兆勇家喝酒那次，要不是因为那次喝酒的事，很难想起兆勇。

严训喝多了，坐在床上，不停地说自己孤独，杨斌也坐在床上，用巴掌不停地扇严训的脸。杨斌说，我就在你身边，你怎么还说自己孤独。

当时杨斌也喝多了，不能理解朋友就在身边为什么还会孤独，现在不用说，杨斌也会知道自己错了。

孤独不是对朋友和家人的否定。

一、孤独与阅读

常有人说自己很想看书，可是没时间看书，有时间也看不进去，看了也记不住，一般我都会说，不看书没关系，不看书不犯罪。

只有一次我说了：**那是因为你还不孤独。**

孤独是一种天赋。

孤独并不需要治疗。

谁也不能教会你孤独。

“孤独的孩子，你是造物的恩宠。”

阅读并不治疗孤独，阅读只是享受孤独。

写作和阅读，都是和自己玩的游戏，人类为了娱乐自己，发明了很多“游戏”，能够一个人玩的游戏却不多。

人们常说“做自己”，做自己很好，下一个问题就是“究竟怎样做自己”。

有一次我说了：**做自己，就是做一个自私的人。**

人都是自私的，很多人很自私，却在自私中迷失了自己。

在“天涯论坛”上，我曾作出过“三个没有”的武断，说在我们传统中没有爱神和酒神，还有，就是传统中没有一个为自己而死的人。

前两个判断都遭到猛烈质疑，辩论以我的胜利告终，唯独对第三个判断，我是凭直觉说的，没有任何依据，却没人对此提出质疑。

因为我们生来孤独。

只是不肯面对孤独。

“孤独，是一个人的狂欢，狂欢，是一群人的孤独。”

谁说谁不孤独。

孤独，就是劳伦斯所说的：

正如生命第一规律所揭示的那样，每个有机体都是孤独的，它必须回归自身的孤独状态中。

用不着隐瞒，孤独并不可耻，孤独只是与自己相处。

张扬孤独，大概与孤独不相宜，可孤独并非沉默，孤独也可以喧嚣。

赫拉巴尔的《过于喧嚣的孤独》中有一段话，这本书恰好就在离我不远的书柜里，在这篇小说的第一页上写着：

我的学识是我无意中获得的，实际上我很难分辨哪些思想属于我本人，来自我自己的大脑，哪些来自书本。因此三十五年来我同自己、同周围的世界相处和谐，因为我读书的时候，实际上不是读，而是把美丽的词句含在嘴里，嘬糖果似的嘬着，品烈酒似的一小口一小口地呷着，直到那词句像酒精一样溶解在我的身体里，不仅渗透到我的大脑和心灵，而且在我血管中奔腾，冲击到我每根血管的末梢。

我喜欢这段文字，把阅读比作喝酒，这段话也让我痛苦，因为我不会喝酒，我说酒神的时候也痛苦，看你们喝酒总让我感到失落。

人们并不习惯于独自喝酒，我还是会说，那是因为你还不孤独。

一群人聚在一起吆五喝六地喝酒是在逃避孤独，李白独自端着酒杯对月而饮才是在享受孤独。

我喜欢布洛克笔下的马修，老是在戒酒，因为他老是在喝酒，马修说：**我是个酒鬼，我无话可说。**

戒酒之后的马修睡眠不太好，因为他老是在做梦，梦里又总是在喝酒。

对于酒和孤独，可以像赫拉巴尔那样，描述得打动人心，也可以像马修那样，说我无话可说。

喜欢古龙，古龙笔下的人物经常在喝酒，古龙自己也是个酒鬼。

还有杜拉斯，她说：**孤独意味着死亡或是书籍，但它首先意味着酒精。**

在知道杜拉斯是个酗酒者之后，我觉得她更值得信任了。

我不喝酒，我喜欢他们，喜欢他们喝酒，通过他们，还有你们，我觉得自己更完整了。

孤独其实是对朋友和家人的肯定。

阅读能让我遇到生活中我不可能遇到的人，和你们一样，他们值得我认识。

如果没有阅读，恐怕我就不是今天的我了。

如果没有遇到你们，恐怕我就不是今天的我了，就不会坐在这里给你们写信。

写作是孤独的，阅读是孤独的。

海明威说：**写作，充其量，不过是孤独的人生。**

作为一个作者，能够接近读者的最好办法，是他的孤独。

我用我的孤独接近你们。

如果能像倾听最爱的人的最后遗言一样去倾听一本书，大概就能理解人对于了解人的渴望。

写作，让孤独的人学会倾诉。

阅读，让孤独的人学会倾听。

我说自己是个阅读者，也是在说自己是个倾听者。

此刻，我在倾诉。

在喧嚣的世界中静下心来，认真仔细地倾诉和倾听，人和人才有了理解和沟通的可能。

能够很好地与自己相处，也能很好地与他人相处。

可我并不认为由此可以把阅读当成是学习倾听和沟通的手段。

帕斯卡尔说：**所有人类的问题都源于他们无法独处。**

所以，有时我会想：如果我解决了人们独处的问题，是不是我也就解决了人类所有的问题。

这真是一个伟大的想法。

但我并不认为在阅读里面包含了一个为人类解决所有问题的伟大构想，也不认为可以把“阅读”当成是实现人类理想的手段。

阅读，除了为自己，不为任何人，阅读是自私的。

二、成为“个别人”

（一）社会期许

对于人的期许，一个是社会期许，另一个是自我期许。

家长、学校以及社会，对于人的期许，都是社会期许。

出自社会的目的，让人成为适合社会和有益于社会的人，完成人的社会属性。

现实生活中，人们会把教育、学习、读书、阅读、知识之类的词不加区分地混为一谈。

人们极力强调和阐述“为什么”而“读书”。

唯恐不在“读书”上面戴一顶冠冕堂皇的“帽子”笼罩上光环，“读书”就会失去庄重，失去动力，唯恐不设置一个神圣的目标，就一定会迷失方向误入歧途。

社会教育，是培养社会所需要的人，不是培养个人所需要的自己。

真正的阅读，或许是从离开学校开始的。

（二）自我期许

艺术，让人成为人。

阅读，让人成为个别人。

冯内古特说：**艺术不是养家糊口之道，是一种能让生命变得可以承受的非常人道的方式。**

我说：**阅读当然不是什么养家糊口之道，却是一种能让自己的生命区别于其他生命的有效方式。**

阅读是完成人对自己的“自我期许”。

就像我说“没有一个为自己而死的人”一样，传统并不提倡“为自己只为自己而读书”。

阅读，既不为人类大义，也不为个人财富。

汪峰在歌里唱着：**我希望他们别把我当作玩具，我希望他们别把我用作武器；我希望我不是那一块破碎的石头，我希望我不是那一块墙上的砖。**

我不愿被用作子弹，我也不愿被当作盾牌。

不给阅读戴高帽，无论是精神崇高的高帽，还是物质进步的高帽，也不给阅读设置目标，赋阅读以实利。

“阅读”不是为自己之外的任何人任何目的。

阅读，无须谁指引方向。

没有谁可以充当导师。

伯恩哈德说：**逢迎读者写作等同卖淫，这类作品当与文学妓院无异。**

我延伸一下这个句子：**逢迎式的阅读，连进妓院都不如。**

任何人、任何理由，都不能按照自己的设想和欲望去塑造除自己之外的任何人。

人，只可以塑造自己。

鲍勃迪伦说：**有一件事可以确定，它不仅不受上帝的主宰，也不被魔鬼控制。**

他说的是音乐，我说的是文字，都是一回事，我们说的都是艺术，我们所面对的都是人。

（三）文字食料

阅读是保卫思想的上好途径，保卫思想的深度和锐度。

阅读像一面镜子。

在镜子里，人首先看到的是社会、历史、现实。

然后，人会看到人自己。

历史、社会、现实是“自我”得以“生成”的上好的“食料”，

阅读几乎是人获得这些“食料”的主要途径。

这些“食料”，使“人”有了修正和实现自己的可能。

阅读不是对现实的逃避，或是试图在现实之外营造精神家园，却是明确地面对现实，并试图选择另一种现实的可能性。

通过正视他人，找到“自己”，最终成为“个别人”。

阅读不是寻找快乐也不是寻找安慰。

艺术和阅读的出发点都不是精神，而是以现实的肉体为出发点的，只是在创造和寻找的过程中，发现了精神，于是开始用精神搭建灵魂的房子。

搭建“思想”和“灵魂”的“房子”，可能还有更好的材料，但目前还没有找到，目前我们找到能够使用的最好的“建筑材料”依然是“文字”。

我相信，从前和现在的人类中，一定有一部分人是以书籍的形式将生命书写其中，通过阅读我们再把这些血肉和灵魂从文字中提取出来。

阅读，并不一定使人成为“个别人”，阅读只是使每个人都有了成为“个别人”的可能。

（四）拆桥搭桥

我无法否定阅读目的的多样性和复杂性。

复杂动机所导致的结果同样是复杂多样的。

阅读之初，甚至只能模糊地感知到某个方向，目标并未直接浮现出来。

存在一个没有目标的过程。

阅读的价值，要待阅读展开到一定程度才逐渐显现出来。

前面，我清除了各式各样的动机，把阅读简化为单纯的阅读本身，同时，大概也清除了阅读的原动力，使阅读失去了方向感。

我致力于拆除通往“阅读”的所有“桥梁”，不为什么而“阅读”，力图实现“阅读”的“独立性”，不把“阅读”当作实现“目标”的“手段”。

然后，我为阅读设置了一个成为“个别人”的目标。

我搭建了另一座“桥”，然后掉进了自己挖下的陷阱，把“阅读”当作“认识人”和帮助自己成为“个别人”的“手段”。再往前进一步，我可能会进入“文本主义”，可我暂时还无力爬出来，也无心爬出来，我暂时还要待在自己“悖论”的“陷阱”里。

这的确让人困惑。

（五）自我之旅

作为作家的帕慕克说：

一个作家坐下来写作的时候，他不知道作品会通向何方。

作为读者的我在读到这句话时会想到：

一个读者坐下来阅读的时候，他同样不知道自己会去向何方。

对于“自我”的问题，卡尔维诺的回答是一个疑问句：

我们是谁？我们每个人，岂不都是经验、资讯、我们读过的书籍、我们想象出来的事物组合而成的吗？否则又是什么呢？

我知道，他期望在读到这个疑问句的时候，读者可以给出一个肯定的回答。

可我只能诚实地说，我不知道，我不确定。

或许我可以先引用博尔赫斯的一段话：

我不以为我真的了解这些文字，不过却感到内心起了一些变化。这不是知识上的变化，而是发生在我整个人身上的变化，发生在我这血肉之躯的变化。

我还想引用李白的一句诗：

地崩山摧壮士死，然后天梯石栈方勾连。

我想再引用海德格尔曾经引用过的一段诗：

有一件事坚定不移，

无论是在正午还是在夜到夜半，

永远有一个尺度适用众生，

而每个人也被各各指定，

我们每个人走向到达，

我们所能到达之所。

接下来我再引用纳博科夫的一句话：

找到他的人一旦看见他，就再也不可能看不见他了。

三、阅读的对抗

（一）行为艺术

一个人离开人群拿起一本书来开始阅读，隔绝了自己和周围社会的对话，独自面对一本书，成为一种具有了某种反社会意味的“行为艺术”。无须警察的拘捕和法官的宣判，用离开人群的行动来“放逐自己”，实行“自我囚禁”。

“躲进小楼成一统，管他冬夏与春秋。”

人有权利选择对待自己的方式。

这是上帝反对人类自杀的根本原因。

上帝处罚人时毫不手软，把人类世界当成一个有关信仰的实验室，极其粗暴地对待实验室里的试验品，当他生气的时候，就来一场大洪水冲掉世界，再来一次试验，但他不允许人自己处罚自己。

人对于自己的裁决，等于剥夺了上帝的裁决权。

这是人对于自我所有权的争取。

现代社会所面对的依然是人的自主能力的丧失，是认知和跟随，缺失了感知和自主，正是出于这种原因，本雅明才会将自杀看成是现代社会的一种英雄行为，将之视为人类灵魂的最后宣示。

一个独自离开人群，离开他人视线的人，会让别人不由自主地觉得不安全，因为没有人知道这个人离开之后究竟在想些什么，究竟会干啥。

人们试图用相互看见，相互监视，来获得一种相应的安全感。

“一个人越难找，他就越可疑。”

阅读者将自己置于一种可疑的境地。

19 世纪的天主教把阅读和“离经叛道”画上等号。阅读被看成是夏娃手上的“苹果”，蛇给的苹果，天主教的顾虑是对的，阅读的确使人思考和反叛。

上帝不喜欢人类阅读，就像他不喜欢夏娃吃苹果一样。

如果夏娃不吃苹果，就不会有我们。

书对人的诱惑，如同苹果对夏娃的诱惑，拿起书的人和夏娃拿起苹果一样，是对上帝的背叛，是上帝眼中的罪人。

（二）印刷术

印刷术埋葬了欧洲的中世纪。

说到欧洲印刷术之后的阅读，波兹曼在《娱乐至死》中写过一段话：

整个阅读的过程，作者和读者仿佛达成共谋，对抗社会参与和社会意识，

简而言之，阅读成为反社会行为。

“阅读”是新教取得胜利的关键，从天主教手中夺回了每个人可以独自面对上帝的权利，摧毁了教会“传达”上帝“福音”的“主渠道”，文艺复兴，是建立对“人”的新构想，在这个构想中，“人”是追求成为“个别人”的，“个人”的存在“价值”在于坚持了自己独一无二的“个性”。

（三）反小说

宣称世界上最早发明印刷术的民族，没有用印刷术埋葬任何东西。

这个传统里面，比天主教主教们更为圆融狡智。

印刷术被指定印刷“经书”，还接着发明了“八股文”，并形成了反对“小说”的传统。

《红楼梦》中生活在大观园中美丽的少男少女们，他们可以读诗写诗，却不能读小说写小说。

传统的小说家比可耻的贼和罪犯都不如，连杀人犯都敢于在墙上用被害人的血题写自己的大名：杀人者武松也。

小说家却要隐姓埋名。

因为小说很容易让人们看到“另一种”生活态度和生活方式。

王安忆说：**小说不是现实，它是个人的心灵世界，这个世界有着另一种规律、原则、起源和归宿。**

按照昆德拉的说法：**小说的艺术是建立了“道德审判被延期的领地”。**

按照我的说法是：**真正的小说艺术建立了一个驱逐了道德审判的领地。**

小说家制造另一种生活，那里是另一个可能的世界。

小说作为人类在“现实”之外另一种“历史”和“生活”的可能，是我们可能遭遇的历史和我们可能遭遇的生活，和现实一样，不容置疑地拥有真实性和确切意义。

一个读小说的人，会仅仅依据自己的经验和体会对小说中的人物和他们的命运做出感情判断，或仇恨，或同情。

小说的这种性质，使“小说”不由分说地成了“儒教”传统的“天敌”。

在**“让小说照亮生活的世界”**面前，“儒教”明智地选择了首先干掉小说的光彩，只有这样，才能让**“生活的世界永远处于无穷无尽的黑暗当中”**。

人类似乎有刻意区分“善恶”和“是非”的社会欲望，儒教的传统极其智慧地迎合了人类的这一欲望。

从孔子作《春秋》起，传统的“写作者”就大都实现了一种自觉，“道义文章”和“文以载道”，自觉地把“文字”和“道德”捆绑在一起打包式发售。

（四）文字的异化

传统采取了一种“艺术化”的方式对“文字本身”进行“异化”。

我说的是“书法艺术”和“诗词艺术”，使文字脱离“记录”和“思想”的意图。

诚然，是文字造成了传统的关于同一观念。

我认为：**诗和书法的艺术，对我们的文字本身或许是有害的。**

“书法”把文字本身变为审美对象，而忽视了文字自身的思想功能，“诗”对文字的追求和研究是趋向“音乐化”的，致力于“情感”上的表达，产生的是“音乐性”和“模糊性”的“审美价值”，而不是“精确性”和“逻辑性”。文字应用于思想的乏力，二者的合作导致传统“读书人”虚耗了大量的光阴和精力，把文字引入歧途。

李泽厚说：**中国文字、语言缺乏抽象性，这确是一大缺陷和障碍，中国思维受制于此很明显；德国得益于其语言，也如此。**

这是因为一直以来，传统不仅没有朝着思维性和具体性努力，反而人为地加大了文字普及的难度。一个传统的读书人需要同时学会辨识同一种文字的真隶篆行草五种不同的外在形式，读书人把最基础的文字辨识进行最大限度的复杂化，在对读书人自身时间和精力造成巨大消耗的同时，最大限度地增加了文字普及和阅读的可能性。

现在以复兴之名兴起的对传统的推崇，很大程度上就是对这种过分复杂化了的文字自身的再次复兴，对传统和历史再度诗意化，再度艺术化，我不认为这是对文字的重视，我认为这是对文字的再次伤害。

让文字思考，让文字阐述，让文字表达。

关于这个问题，相信也是百年之前就有人曾经明确论述了的，本该早就是个常识了，把这个话题再次拿出来论述，属于重新发现的一部分，我发现了，没有任何兴奋，丝毫不能证明我有多聪明多有洞察力，一点也没有，我的思考再次浪费在一个简单到无须论证的问题上了。

只有悲哀，对自己和文字的双重悲哀。

（五）传统教育

这个话题，前面谈社会期许时已经讨论过了，我毫不在意再次进行这个话题。

儒教被皇权一再抬举的一个重要原因在于：儒教所打造的社会结构，对"个别人""个体人"进行了最为缜密的严防死守。

"而你是一张无边无际的网，轻易就把我困在网中央。"

阅读始终被界定为体制的事。

"了却君王天下事，赢得身前身后名。"

才会有皇帝出面直接号召天下人"读书"，人们始终被这种主流传导的"读书热"所诱惑和欺骗，对于"阅读"和"读书"未加仔细分辨，以为自己始终处于一种被鼓励激励"读书"的"良好氛围"当中。

这是读书，不是阅读。

罗素说：**在一个荣誉的名称的神圣盾牌之下，各种可憎恶的事都是可能的。**

有多少恶不是以善之名。

"我一直以为我自己是在向前飞，我没想到，我是在，往下坠。"

人们总是怀抱去天堂的理想却一路狂奔去了地狱。

以至于有时我会非常分裂地想象：**如果怀着去地狱的愿望，我们会不会达到天堂？**

罗素还说：**圣洁性要比艺术更加难以辨别，因为历代的伪善者已经完善了保护性的模拟的技巧。因此，一个组织假如只有当它的领导是好人的时候才能做好事，那就可以肯定，不久以后它就要开始作恶了。**

这也是我不愿意在阅读上面冠以“圣洁神圣”光环的一个原因。

如果真的是圣洁，是不需要以神圣冠名的。

“阅读”不是为了讲述某件事情阐述某个观点，也不是为了纠正某件事情或某个观点，“阅读”也不是为了和朋友们或其他人共同讨论一本书，共同进行一个话题，虽然这也不错，但这都不是阅读的本质，阅读的本质是“孤独”的。

皇权和儒教的远见机智，使传统历史躲过了“印刷术变革”，躲过了“文艺复兴”。

一群“读书人”坐在一起面对同一本书，在教师的指导下对问题和事物试图达成共识和一致意见，成为进入社会的有效方式，这种读书并不孤独，相反，这是一种逃避孤独的有效途径，逃避自由的实质是逃避孤独。

弗洛姆在《逃避自由》中对此做了很好的论述。

对孤独的恐慌，和对“与众不同”的恐慌，实质上都是对于缺乏“安全感”的恐慌，于是，人宁可放弃自由，主动消除自我和个性，与他人保持一致性、相似性，获得群体认可的归属感，最终所要的，是安全感。

“社会期许”把人融入社会成为社会的一员，“个人期许”却是离开社会成为独立的“个别人”。

对于阅读，社会期许和个人期许会不会彼此抵触？这是一个问题。

（六）马克思的担忧

让马克思真正担忧的，恰恰是对于人的担忧。

面对工业生产的物质世界，马克思担忧的是人会沦为生产资料的生产工具，使无产者沦为劳动力，沦为体力的和技术的人力资源。

面对资本的逐利和自我繁殖的特性，马克思担忧的是资本对于人类智慧的胜利。

所以他才会强调人的全面发展，马克思不希望看到人类演变成工具，演变成机器人。

他的预感似乎是兑现了。

“时间就是金钱”，人们认可了这句话。

时间不是金钱，时间是生命。

我再次惊诧于人对常识的无视。

这是一个多么简单的事实啊，居然可以如此视而不见，人们被金钱蒙蔽了眼睛。

说“时间就是金钱”的不是从人的角度，是从机器的角度，是从利润的角度在计较单位时间的产出量，这句话足以毁灭很多东西。

人具有了工业生产的螺丝钉的物质化性质，具有可复制性，追求绝对的相似性，人只有在“复数”的情况下才具有意义。

北岛说：**出发的时候，还自以为是猎人，转眼就成了猎物。**

工业把人变成工具，商业把人变成商品。

消费化把人本身变成消费品，消费他人，或被他人消费。

娱乐化把人本身变成娱乐用品，娱乐他人，或被他人娱乐。

人变成螺丝钉，螺丝钉只需要运转，不需要阅读。

人变成了商品，商品只需要出卖，卖个好价钱，不需要阅读。

作为个体的人，被淹没在作为谋生手段的劳动和工作中，被淹没在作为消费者的消费人群中。

“我是伟大睿智的引擎里的一个螺丝钉，感觉很光荣。”

这是我从卡勒雷的小说《永恒的园丁》里抄出来的一个句子。

这是该书男主人公贾斯丁之前的态度，在经历了一些事情之后他就不这么感觉了。

作为一个螺丝钉，我实在难以感到光荣。

不，一点也不。

只要一想到自己是个可以被随意替换的螺丝钉，就让人无比郁闷。

阅读将还螺丝钉和商品以血肉之躯和一颗跳荡的心、一颗脱离机器和货架的灵魂。

（七）我怀疑

我以在“不假思索”处“思索”，在“无可置疑”处“置疑”开始了我的“重读”之路。

当“重新审视”和“重新发现”之旅开始的时候，我发现，我们在同一个地方数次出发，数次返回，再度出发，面对前人留下的路标，一再惊呼：原来我们寻找的前人已经找到过。悲叹历经挫折迂回一路上的牺牲和虚耗。

“人被隐去了，早被遗忘了。”

“自我”的存在落入“遗忘”当中。

遗忘了再想起，想起了又忘记。

一再被重复。

像失去身体的影子找不到“自己”。

格林说：**我们不被任何人所拥有，就连我们自己也不拥有自己。**

前半句我欣然同意，后半句我仍然心存疑惑。

或许吧，或许格林说的的确就是人所面对的现实，可是我们依然心存侥幸，希望我们自己能够拥有自己，各自的自己。

就像村上春树在《世界尽头与冷酷仙境》中的寻找。

当人遗弃影子的时候，影子在寻找主人，还为主人设计了一条出逃之路。

我们什么都有，可缺了点什么，我们寻找的就是缺失的那一点。

为此我们宁愿逃往那片神秘未知的森林。

但我不知道自己是否真的有能力，能将自己从影子和虚构中拯救出来。

（八）假设的力量

假设我没有认识你们，我的生活会是怎样的？

因为已经认识你们了，这样的假设似乎没有意义。

实际生活中，人们都会对过去和未来做出种种假设。

就像邓丽君在歌里假设的：**如果没有遇见你，我将会是在哪里？日子过得怎么样？人生是否要珍惜？**

生活可以假设，历史可以假设。

引用一句广告词：**联想，无处不在；一切，皆有可能。**

何兆武说：**历史的可能永远不止于一种，否则就只有必然性而没有可能性了。一切已成为事实的，并不就是过去历史的全貌；必须再加上一切可能成为事实，才是历史的全貌。历史包括现实以及没有成为现实的一切可能。**

弗格森写了一本历史著作，书名就叫《虚拟的历史》：假如重大事件发生了变化，历史又会是什么模样。假如没有发生美国独立战争会怎样？假如希特勒在 1940 年入侵英国会怎样？假如纳粹德国打败了苏联会怎样？假如社会主义阵营没有瓦解会怎样？一些历史事件其实并不是必然发生的，其中当事人主观的错误或局限、客观条件等很多偶然因素，起着重要的作用。

我相信，这种假设是有意义的。

同样，我们生活的全部，也必然包含着一切可能成为现实的可能性。

如果历史和生命被必然化，就否定了人的一切努力和牺牲。

“我从远方赶来，恰巧你们也在。”

我很突然地从远方来，然后，很偶然地认识了你们，然后，有些事情发生在我们之间，一些事情就这么被改变了。

我们不能否认这其中的偶然性。

不能否认假设的意义。

胆大妄为的艾柯居然以编辑的名义给《圣经》写了一封退稿信，他在退稿信里提出的建议是“设法搞到前五章的版权”，并建议以《亡命红海》的书名出版。

是吧，完全无法想象没有《圣经》的世界，没有基督教的世界。

艾柯提醒大家，完全可以假设一下没有《圣经》的世界，没关系，接下来，房龙大概就不会写一本叫作《宽容》的书了。

种种假设，都可以通过艺术的形式小说的形式，在人类的想象中得以实现。

历史不是宿命，天堂不是唯一的终点。

假设面前没有必然。

假设并不直接改变什么，在假设面前，不可逆转的历史和已经存在的现实依然纹丝不动，如钢筋水泥般的坚固，不可动摇，文字依然虚无缥缈，弱不禁风。

假设的力量，在于否定了一切已被认可的必然。

“你是否感觉到，这无能的力量。”

这，就是无能的力量。

人的选择必然具有多样性和偶然性。

人有自由选择的能力和可能。

人的自由选择和选择所产生的结果，并不相互否定，只是互为可能。

胡适说：**大胆的假设，小心的求证。**

这，应该是可能的，互为可能的。

（九）个别的人

世界越来越像一个布满机关的迷宫。

灯火辉煌，却难以照亮人的灵魂。

人头攒动，却难以找到一个真实的人。

当下的快乐让我们失去了当下。

自私的快乐使我们失去了自我。

貌似快乐，包裹着疲惫和绝望。

在这里我不想再去花时间阐述现代人的种种困境，这种困境是可以直接感受到的。

人的一体性，人的个体性。

人的复数性，人的独特性。

面对群体舞蹈，无论是人群数量上的壮观，还是动作上的优美复杂和高度协调，抑或服装上的艳丽多彩，都会让人产生一种近乎本能的漠视和厌倦，就如同在计算机上，对同一图像元素不停地复制粘贴。

自称“专业读者”的唐诺在《阅读的故事》里写过这样一段话：**我真的没有办法想象只存放单一一类书册的画面，那种荒凉感，还有你登时涌上心头那种书房完全被社会威吓、摧毁的模样，就一个阅读者来看，真的是全世界最让人不寒而栗的景象，我记忆里有过一回。**

唐诺说的是书，我想到的是人，满世界同一类人的恐慌。

就像威尔史密斯在《我，机器人》里面在机器人的生产商那里看到的，一个个一模一样整齐列队的数也数不清的机器人，怎么分也分不清谁是谁，最后，威尔史密斯看到了唯一一张流露表情的脸。

就像最后一部《黑客帝国》中不断进行自我复制的史密斯，成千上万个史密斯万众一心地迎面扑来。

真的是让人不寒而栗。

“有谁会记得这世界他曾来过。”

帕斯卡尔在《思想录》中写道：

人类并不知道要把自己放在什么位置上。他们显然是走入了歧途，从自己真正的地位上跌下来而再也找不到它。他们到处满怀不安地而又毫无结果地在深不可测的黑暗中寻找它。

就像克莱齐奥在《战争》中写下的一段文字：

一切都属于众人，任何人都不属于人，一切就是人，人人失去了自己的面孔，而我自己，我也实在说不准我是否已经诞生。

海德格尔在《林中路》一书中有句话：

我们发觉人的存在在某种程度上已经丢失。

汉娜·阿伦特在论述等级归类的社会时说过，在回答你是谁的这个问题上，答案肯定不能是：我是唯一的，独一无二的。

我完全赞同阿伦特所说的：**只有与他人分享这个世界，并在这个世界中积极行动，才能使人获得意义。**

我完全赞同阿伦特所说的行动的人，非常赞同她针对于“劳动”“工作”和“行动”三个词所做的认真区分。

构成一个人的独特性的，在于人的行动，而非劳动和工作。

以阅读判断世界，以阅读发现自我。

以行动介入世界，以行动实现自我。

因为这个缘故，我才会一再强调：**在这个世界上我无法独自正常地像人一样活着。**

阿伦特说：**让人们既相互联系又彼此分开。**

我也坚持认为：**作为个体人的独特性，是人与他人共同构成人类的前提。**

学校教育让人们相互联系，阅读让人们彼此分开，之后，人从孤独中作为真实的自己再次回到人群中。

再让我武断一次吧，我认为，人都会怀有这样一种欲望，那就是：每个人，都应该是与众不同的人。

托马斯曼曾经想到过人的“普遍精神”和“个人精神”之间的区别，托马斯曼的疑问是：**人的“自我”是不是紧紧地被限定，并被密封地关闭在他的肉体的表面的限度中？他由之组成的许多因素难道不属于他之外和他之先的宇宙**？

我的疑问是：**作为“个别人”的每个人难道不应该就此自问**？

难道不应该对自己的唯一性独特性心存愿望吗？

我有一个想法，其实，我有很多想法，在这里我要说的却是对生命意义的终极想法。我想，每个人在他离开这个世界的时候，可以对自己的生命说：**我是独一无二的，我不虚此行**。

四、阅读的危险

写作，或者阅读。

你好，孤独。

雅各布克哈特在《意大利文艺复兴时期的文化》中说：**佛罗伦萨在当时是人类的个性发展得最为丰富多彩的地方，而那些暴君们却除了他们自己和他们最亲信的人们的个性以外，不能容忍其他人的个性存在和发展**。

沉默，现实生活中很多人选择了沉默。

王小波一再强调说的**“沉默的大多数”**。

赵传在歌里高声唱出的**“沉默是一种力量，沉默是一种反驳”**。

在文字的世界里，在阅读的世界里，阅读者可以毫不妥协地坚持自己的感情和判断，在他们的内心深处却毫不妥协地坚持自己“个别的灵魂”，这是不对任何人负责只对自己负责的“灵魂”，让“灵魂”不再屈从于任何自己不相信的东西。

这是“阅读者”在不能“修改”现实的情况下唯一能够做到的，但这种“潜伏”式的存在，使得“个别人”可以以“真实的自己”现身现实世界成为可能。

对于沉默还有另一种说法，来自德国犹太人代表机构的主席贝克说：**沉默是最大的悲哀。**

为了不悲哀而拒绝沉默是危险的。

阅读的危险来自阅读本身。

借着书籍，阅读者在无限时空做着最为自由的旅行。

这种绝对的自由带来的是绝对的危险。

而阅读自身的危险，才是真正无可救药的。

伍尔夫说过一段很能打动读者的话，伍尔夫说：**有时我想，天堂就是持续不断、毫无倦意的阅读。在最后审判来临的时候，万能的上帝看着腋下夹着书的读者走近时，他无可奈何却又不无欣羡地说，我没法奖赏他们，他们一生爱读书。**

博尔赫斯说：**我心里一直在想，天堂或许就是图书馆的样子。**

这段话几乎是有关“阅读”的最好的广告语。

读者是书的天使，书是读者的福音。

阅读的危险之一，阅读并不承诺天堂。

我的祖母每回看到我躺在床上看书，就会说：“快把书搁下，那玩意儿可危险了。”

这是多明盖茨在《纸房子》里的一个情节。

好奇连猫都害死了，书的历史上，既害死过作者，也害死过读者。

人类的历史上，有太多人为写作和阅读付出生命的代价。

当书籍已经触手可及时，人类却正在远离书本。

我能写下的只有两个字：**珍惜。**

阅读，和写作一样，是危险的。

斯凡特马拉美说：

如果文学创作制造了生命，它也能毁灭生命。

有时我会想：**天堂里，大概不会有图书馆，可是在地狱里，或许会有图书馆吧。**

上帝并不喜欢阅读者，因为他们有自己成为上帝的企图。

当一个阅读者只顾着埋头看书的时候，他很可能在不知不觉间走到了撒旦的面前，他在寻找自己的路上找到了魔鬼。在现实中他可能并没有犯下人类社会所列举的各种罪行，他没杀人越货没有寻花问柳他啥也没做，他唯一做的就是看了很多书，他在阅读中不是与自己灵魂中的魔鬼搏斗，阅读只是唤醒了他被社会规则封闭起来的魔鬼，是的，他自身就是一个魔鬼。

或者，就像尼采说的那样：**与诸魔鬼搏斗的人，须留神了，勿使自己在此过程中成为魔头之一。**

有时我想：**天堂和地狱会不会就在同一条路上。**

阅读极有可能将读者引入“地狱”，就像被但丁的诗句牵引着，在现实的痛苦中重逢被文字刻画出来的痛苦。

鲍曼说：**即便不是全部的人，我们大多数人都有一个等待现身的具体而微的纳粹党卫军活在心中。**

对于这个在内心中蛰伏和沉默着的“服从”和“暴力”的“沉睡者”，可以让它永远沉睡下去，永远不为人所知，鲍曼说：**这样的无知也许是好的消息。**

虽然我知道人心中沉睡着的魔鬼在没有战争的年代有可能被阅读所唤醒，但我还是衷心希望人的心中同时沉睡着一个天使，一个满怀正义勇气的天使。

实际上，作家和上帝的关系很不好。

加缪说：**我对自己有把握，比上帝更有把握。**

萨特还是个孩子的时候因为烧了一小块地毯就再也不肯相信上帝了。

博尔赫斯说：**只要一次牙疼，就足以否定上帝的存在。**

格林说：**小说家的工作是当魔鬼的辩护律师。**

艾柯干脆以出版社编辑的名义给《圣经》写了一封退稿信。

冯内古特对上帝的态度稍微好一些，他认为想要证明上帝存在所需的唯一证据就是音乐。

在他看来，上帝大概是个乐队总指挥。

冯内古特说：**如果救世主没有宣讲《登山宝训》，传达怜悯与同情，我是不会想做人类的，我宁愿马上变成响尾蛇。**

我同意他的说法，冯内古特选择当响尾蛇，蛇代表智慧，响尾大概代表张扬，如果上帝不慈悲，他就是要拿起苹果来张扬智慧。

对于我来说，为了和冯内古特有所区别，更是出于我的个人爱好，我会选择变成豹子。

好了，无论我们这些人对上帝说过什么做过什么，无论如何，我想上帝和他曾经行走在地上的圣子一定会原谅我们的。

就像海涅说的：**上帝会原谅我的，因为那是他的职业。**

阅读的危险之二，阅读并不承诺真实。

阅读让人面对无数人生和历史。

书中的谎言，绝对比现实生活中的谎言还要多。

假如生活欺骗了你，书籍将继续欺骗你。

真实和虚假、谎言和欺骗、空洞和废话，文字中充满了无数诱惑陷阱歧路，可能扭曲人，让人在其中迷失自己，使人变得面目全非。

我要再次回到柏拉图那个关于“山洞”和“人”的比喻。

人类处于现实的本身是在一片混沌和模糊当中的，面对的是山洞、人群、昨天、今天和自我的多重“模糊”。阅读者试图通过对着“影子”的方式寻找“身体”，在努力寻找“现实”与“自我”时，极有可能既歪曲了现实又歪曲了自我，犹如唐·吉诃德式的举动，但凡有其他途径，我们绝不会做出如此“下策”和“危险”的选择。

人类曾经将其寻找交付给“身体”本身，仅凭直觉，用“肉体”代替“思想”。

当初人类在“实现肉身”的路上无意间找到了“精神和灵魂”，现在，我们有些“反其道而行之”的意味，从“精神和灵魂”出发去寻找“人”本身。我们找回的当然不是当初的“原始人”，而是一种再次进化了的“进化人”，有些类似尼采说的“超人”，但又不完全是尼采所说的“超人”，因为这每个人都是“个别人”，我们无法用一个统一的“名词”称呼“每个人”。真的很容易“精神分裂”或“身心分裂”，如果你们看到这里，觉得“写作者”本人已经陷入了一种“精神分裂”的状态，我丝毫不会感到奇怪。

从童年走向成年，人具有不确定性，成年之后，这种不确定性越来越小。

女儿说不要我老的时候，也含有这个意思。

老人和孩子，同样是欠缺的人。

艺羿还说：**孩子有未来，老人没有未来。**

当然，除非你是高更，可以抛家弃子背个画箱独自跑到一个孤岛上去画画。

如果你真的是高更，我也不会反对。

莱辛说：**成长，便是一次次发现你的独特经验原来是普遍的，人们所共有的。**

孩子，都以为自己是独一无二的，孩子的父母，都以为自己的孩子是独特的，和其他的孩子不一样。

成为个别人的行程，就像在时光中做一次逆流航行，一次次发现在自己身上的独特思维和体会，再次成为那个独一无二的自己。

逆转时光，回到童年。

好消息，《圣经》中耶稣亲口说的：**你若不能回转小孩的样式，断不得进入天国。**

在这里，上帝在天国给阅读者留了一个入口。

让独特的个别人得以携带真实的自己快乐地进入天国。

我相信上帝和我一样不喜欢伪装的人，无论他们伪装的是善良还是高尚，我相信上帝比我更有洞察力，能一眼看穿他们的伪装。

在各种阅读中，一个人可能是其他任何一个人，在时间和空间自由出入，可以不要时光机器就去古代和未来，可以不要任何护照就去任何国家和地区，成为与当前肤色不同、职业不同、经历不同、时空不同的任何一个人，在阅读的世界里。

甚至可能是一只兔子，这种不断的重复，试图将附着于人身上的其他属性清理出来，族群的阶层的职业的家庭的，找到作为一个个体的独立的人的生命体所属的基本因素。

面对这种寻找，意志薄弱，可能根本就无法承受这种“孤独”和“囚禁”式的“独自格斗”，意志强大，可能又难以接受对自我进行“撕裂重组”式的不断“修正校对”。

崔健摇头晃脑地唱着：**我不愿离开，我不愿存在，我不愿活得过分实实在在。我想要离开，我想要存在，我想要死去之后从头再来。**

桑塔格说：**艺术作品所表达和传达的那种复杂的愿望，既离弃世界，又以一种令人称奇的强烈而特殊的方式接近它。**

进入书籍的文字世界，就像《爱丽丝漫游仙境》中的爱丽丝一下子跌到兔子洞里。

文字、书籍，是个比兔子洞更为虚幻更具诱惑力的美丽陷阱。

实际上，我更喜欢用陶渊明写的《桃花源记》比喻。

渔夫进入了一个很多人向往和追求的世界，留下还是离开，这是一个问题，我将其称之为“渔夫的困境”。

故事里的渔夫最终选择了离开，回到自己原来生活的空间。

桃花源里的世界虽然美好，对渔夫来说，严重缺乏现实感。

渔夫之所以要逃离桃花源，根本原因在于他并不能与其中的人物建立有血缘的宗法关系和其他社会关系，他在里面始终是个外人，具有无法摆脱的孤独感。

劳伦斯说过一段话：

人是思想的冒险家。

人是意识中的一大赌注。

这赌注从何开始又止于何处，没人知道。不过我们已经走了很远，还是看不到终点。

借用劳伦斯的比喻，可以把阅读比作是一个大赌注，阅读者把自己的时间和生命押上去，这赌注的输赢，却没有人知道。

文字犹如一个美丽的有魅力的陷阱，或宁静纯洁，或波澜壮阔，犹如虚拟的网络游戏，甚至并不比网络世界更真实。

阅读的危险之三，“阅读”并不承诺答案。

我不会说什么量变到质变。

在阅读中，没有一本书可以充当最后的终结者。

每一本书都像是对另外的几本书发出的呼喊。

阅读不是教育，书籍并不代替教师的作用，韩愈《师说》里面所说的传道、授业、解惑，在这里都不起作用。

阅读，从本质上说，不是寻求答案，而是提出问题。

从这个层面上讲，也可以说，阅读是怀疑的艺术。

从一个疑惑出发，可能会得到一个答案，但这个答案根本就是十个疑惑的开始。

面对无穷尽的困惑和未知，在阅读者面前，孔子所说的“四十而不惑”显得多么苍白无力。

阅读的危险之四，“阅读”并不承诺结果。

“阅读”并不承诺“阅读者”一定能找到“自己”并成为“个别人”。

我们在不能彻底理解现实和自我的前提下开始寻找的，所寻找的“自我”一定是“有限的”和“不完整”的。

没有谁能对这个“个别人”的“独特性”和“真伪”做出必要的判断。

如果将其比作一场比赛或者是一场考试，参与者们将面对没有“裁判”和“阅卷者”的困境，这时候，我又想起了“上帝”。

我们谁也无法判断自己是否已经成为“个别人”。

尼采很确定地宣布说**“上帝死了”**，可上帝死了之后人类到底该怎么办。

之后，海德格尔说：

于是，一切客人中最可怕的客人就要来了，这个最可怕的客人的可怕之处在于，它不能说出自己的来源。

尼采说“上帝死了”，并不是要表达无神论的观点，尼采要说的实质是由“无神论”导致的“虚无主义”。

只有上帝死了，才可以导致“一切价值的重估”。

尼采说这句话的时候，他和其他的所有人一样，都还没有做好准备。

“新鞋子还没有找到以前，先别忙着把旧鞋子脱。”

我相信尼采提着灯笼在大街上寻找上帝是出自他的真诚。我还相信尼采是被自己的理智给逼疯了。

帕斯卡尔说：**上帝存在是不可思议的，上帝不存在也是不可思议的。**

如果为上帝的存在与否打个赌，帕斯卡尔会“毫不迟疑地赌上帝存在”。

帕斯卡尔选择了和上帝玩博弈：如果没有上帝，也没啥损失，如果真有上帝，可以白捡一个天堂。

可并不是所有人都喜欢上帝喜欢天堂。

纳博科夫说：**寻找上帝，任何猎犬对主子的渴望，给我一位主人，我将跪在他的一双大脚下。**

人需要判断，但人不希望以成为猎犬和下跪的方式获得判断。

莎士比亚说过：**你无论如何是没有主人的人。**

纳博科夫在《天赋》一书中写道：**因为宗教本身含有总出口的一套可疑设施，损毁了宗教启示的价值。**

宗教的价值在于启示，而不是审判。

就算纳博科夫获准进入上帝应许的天国，他也会不愿意的，对着天国的大门，面对蜂拥而至的奉献了自己灵魂的信徒，他抱怨说：**倘若心灵贫困者进入天国，我想象得出那时多么快乐，我在人间已经看够了他们。**

陀思妥耶夫斯基说：**如果没有了上帝，一切就成为可能。**

上帝死了，人类不再是被放牧的羊群，人可能成为人本身，也可能成为魔鬼，也可能成为上帝。

人的确有自己当上帝的企图。

海顿对上帝说：**我做的虽然不太有把握，不太完美，然而我毕竟是个造物主。**

对于人或者个别人，我无法做出任何判断或是定义。

如阿伦特所说：**定义人的本性的尝试很容易导致我们产生某种"超人"的观念，从而把它等同于神，这一事实足以使人对"人的本性"的概念投以怀疑的目光。**

任何试图对人和人性做出定义的企图和努力都是极其危险的。

对于任何定义人的努力我都充满恐慌，也包括我自己在这方面所做的所有思考。

我明白这样的危险，我明明怀揣恐慌，可我依然无法克制试图寻找和阐述的欲望。

我希望自己可以引用一段话，是莎士比亚借哈姆雷特之口说出的对于人的描述：

人是多么了不起的一件作品，理性是多么高贵，力量是多么无穷，仪表和举止是多么端正，多么出色，论行动，多么像天使，论了解，多么像天神，

宇宙之华，万物之灵。

创世之初，上帝是单个地创造人，个体的人，这个人还有属于他自己独一无二的名字，亚当。

但上帝却是成群地创造动物。

在我看来，上帝是希望人以自己个体性来证明人存在在于这个世界的价值和意义，而动物才是以群体性证明它们各自物种的价值和意义的。

如果有上帝，我愿意相信他是慈悲的善意的，他尊重人的个体差异，他按自己的形象创造了人，他会希望人类拥有像他一样的尊严和高贵。

但是阅读不会承诺结果，更不会承诺把人变成神。

说了这么些关于“阅读”“阅读者”“个别人”的话，可惜，我不能列举出哪本书或者哪些书可以指引人成为“个别人”，我不能在“阅读”和“个别人”之间用“书单”搭起一座桥，我也不认为谁有这个能力。也许只有上帝能，可上帝并不给人类开书单，况且，尼采说，上帝已经死了。

上帝死了的确很麻烦，如果有“上帝”，就用不着我在这里绞尽脑汁地“思想”和“阐述”了。

“阅读”并不承诺“阅读者”成为“知识分子”，像古代“先知”那样的知识分子，但阅读使这种“知识分子”成为一种可能。

阅读并不承诺勇气和力量。

我说这话是针对一句著名的格言：**知识就是力量。**

我所说的是“阅读”，而不是“知识”，当然也不是“学习”。

阅读并不会必然带给人力量和勇气。

写作会让人变得脆弱，阅读也会让人变得脆弱。

余华说：**作家长时期的写作，会使自己变得越来越软弱、胆小和犹豫不决；那些被认为应该克服的缺点在我这里常常是应有尽有，而人们所颂扬的刚毅、果断和英勇无畏则只能在我虚构的笔下出现。**

余华说这话是诚恳的，这话同样适用于阅读者。

正是因为如此，当一个写作者或是一个阅读者以勇敢无畏的姿态在现实世界中现身的时候，才是一个在真实灵魂引领下的真实的人，他既克服了理性的选择，也克服了感性的冲动，他既克服了源自内心的懦弱，又克服了源自外界刺激的盲目勇敢，他既不是出于机器般的对利害得失的功利算计，也不是屈从于动物般的对本能和欲望的放任。

那是一个真实的人在现实世界中做出的真实的选择和行动。

阅读的危险之五，“阅读”没有任何承诺。

布洛克说：**可怕的不是生活中的困境，而是精神上的残缺。**

艾略特说：**大多数人只有一点生命力，要唤醒他们的精神是一项极大的责任；只有当他们完全被唤醒时，他们才能真正为善，但同时，他们也被赋予为恶的能力。**

你所找到的那个自己，就是我说的那个“个别人”，可能不是一个好人，没关系，那是你，真的你。

还好，阅读也不承诺坏人。

成为好人的，不要归功于阅读。

成为坏人的，不要归罪于阅读。

成为你的，是你自己。

人，不可以被他人塑造，也不可以塑造他人。

人，只能塑造自己。

这话我前面已经说过了。

我愿意再说一次，我还愿意再说一百次。

这事我和艺羿讨论过，艺羿问为什么人不可以塑造人的时候，在我重新解读“丑小鸭”和“孟母三迁”的故事时。

如果你认可了，人可以塑造人，就等于你认可了，人可以把自己交由他人，授权他人可以按照他的意图对你进行修改和塑造，你面对的可能是天使，这当然好，但你也可能面对一个魔鬼。为了避免被塑造成魔鬼的危险，大概也只能一起回绝天使的好意了。

丑小鸭的故事，让人可以有足够的理由归罪或归功于遗传。

孟母三迁的故事，也可以让人有充分的理由归功或归罪于环境。

这两个故事都成功地为人开脱了责任：成为人的不是人自己，人注定不能决定自己。

我当然知道遗传和环境对人的影响。

因为站在今天的整体知识环境中，人们对于人的特殊性的普遍认识是，人似乎是基因和环境的产物。

那么我的两个反对，既反对了“基因”又反对了“环境”，是试图把人交由“人”的“自由意志”。

把人还给人自己。

但人同时也具有拒绝接受“自己”的自由意志。

人有出卖自己的自由，人有放弃自己成为奴隶的自由，也就是说，人有不做自己的自由。

人类所面对的是自由意志的两难处境，不可避免的两难处境，这真让我为难。

艺羿说现在流传的说法是：这是一个拼爹的时代。

我同意：人类倘若有很大的不平等，那就是出身的不平等。

“我真希望你能有机会挑个聪明的爹。”

这是格雷厄姆格林的小说《哈瓦那特派员》中的一句话，是一个父亲对女儿说的。

如果可以，我会告诉艺羿：真希望你能有机会挑个能干的爹。

可我知道，谁都没有机会。

这是一件特别无可奈何的事情。

人无法选择自己的出身，无法选择自己的父母。

但我不认为这是人可以为自己开脱的理由。

我说不要归功或归罪于阅读，是说人不可以推卸对自己的责任。

我依然愿意相信：成为你的，是你自己。

写作和阅读都不是为区分善恶好坏而来。

“我再也不想麻木，我再也不想任人摆布。”

抗拒和不服从是艺术的本质。

在基于怀疑的“写作”和基于怀疑的“阅读”中，诸如善良、勇敢、诚实、人性、人性的光辉、理想主义、人文理想、人道主义之类的“共同美德”，还有“普世理想”和“普世价值”同样遭到质疑，并且要给“个别人”让路。

虽然如此，我依然愿意相信康德所说的，在人的身上，是拥有“善的意志”的。

在“阅读”中，坏人常常比好人显得更有“个性”，更能表现“个性”，所以，一定要警惕盲目地“模仿”。

不要在模仿中迷失自己。

找到自己，而不是模仿他人。

在“我们越来越变得人人相似”的情况下，可以选择“拒绝相似”，在“所有人”中寻找和实现“个别人”，致力于寻找和实现个体人的“独特之处”。

面对美丽的姑娘，崔健唱道：

你要我和他们一样，我看着你，默默地说，不能这样。

在这里，我要引用汤因比的一段话：

独特性是一个消极概念，是指那种难以理解的东西。严格地说，绝对的独特性是无法描述出来的。

尽管如此，汤因比却明确而坚定地赞成历史的“独特性”。

作为个别人，我认为：

每个人，绝无仅有的个体，仅此一次的生命，必须捍卫自己作为“个别人”的“独特性”，并以此作为自己的终身事业。

在此之前，让我们先找到自己。

总之，阅读没有任何承诺。

在人类开始迷失自我的路上，在自我开始沉沦的时候，我们找到了文字，我们找到的不是一张可以指点迷津的地图，也不是一艘诺亚方舟，我们抓在手上的只是一根稻草，一根本不承担拯救人类的责任的稻草，我们强稻草之所难，让文字承受它所难以承受的生命之重。

失败是普遍的，成功是偶然的。

找到是偶然的，找不到很正常。

这话说着真让人悲哀。

“阅读”是“危险”的，但这条危险之路值得我们一走。

但愿我们还有其他的选择。

但愿我们还有更快更好更安全更轻松的选择。

五、文本及周边

（一）阅读的精神

我并非学者，更非理论家，大谈阅读，格外滑稽。

如艾特伍德所说：

我不是学者，不是文学理论家，任何混进此书的相关理论概念是经由常见的作家手法而来，类似寒鸦的习性：我们偷来那些闪亮的片段，将之编进自己窝巢的紊杂构架中。

我用写作的方式谈论阅读，我也知道，我的文字的确紊杂。

对于“阅读”，我不认为谁有能力有权力给出唯一正确的定义，对于“书”，任何试图建立“意义”“目的”和“规则”的企图，都是徒劳的，都有悖于“自由选择”和“开放宽容”的精神。

这也包括我此前的所有论述。

事实上，在我看来，只有很少人能够正确对待书。

但愿我们每个人都是这很少人中的一员。

“错读很多书”和“大字不识一个”完全一样，世界上已经有了太多的“无知的读者”。

写作是怀疑，阅读同样是怀疑。

对于“阅读”，我赞成伍尔芙对此做出的说明，伍尔芙说：

事实上，关于阅读，可以告诉别人怎样读书的唯一建议是，不必听任何建议，只要遵循自己的直觉，运用自己的判断，去得出自己的结论，就可以了。

对任何书做出任何判断，都会摧毁书本赖以呼吸的神圣自由和开放的精神。似乎在任何地方，我们都会受到规范和习俗的约束，唯独在阅读上没有。

对这个问题，我很早就和伍尔芙达成了共识，是在我认识她之前，也是出于这个原因，我很少和他人谈论书籍的事，也从不主动建议谁读书或者读谁的书。

桑塔格说过：**即便我的语调有劝诫的色彩，我也无意引领任何人进入这片福地，除了我自己。**

桑塔格清醒地看到“导师”的另一面利刃，如果她自己接受“导师”的身份，等于同时也就认可了，他人也有权作为自己的“引领者”。

就算我能相信自己，我也信不过他们，况且，我连自己都怀疑。

（二）路障和陷阱

写作这篇文章，完全源自李严训和孙涛，还有兆勇和杨斌，引起了我对于“读书”和“阅读”的“专题式”思想，在此思考过程中，又得到了天马和烟花的种种意见。

和往常一样，希望能够写得轻松活泼，简单明白，但我遭遇到了各种“路障”和“陷阱”，写得并不轻松，我反省了自己对于“文字”的把握和运用能力，同时也反省了“汉语”自身的思考和表达能力。

在本文中，我破天荒地使用了大量引言，引用了许多人的言论，还引用了许多歌手的歌词，一方面是行文的需要，一方面也有我刻意的成分。

是我刻意要把一次孤独的写作弄得时空错乱众说纷纭人声鼎沸，时而还夹杂着歌声。

出于行文缘故，一些歌手和歌曲的名字在文中被略去了，他们是崔健、窦唯、汪峰、朴树、郑钧、罗大佑、张学友、筷子兄弟、刀郎。

框架中的“漏洞”是我意识到了的，我无法让自己的思维“密不透风”，但这并不妨碍我在实际搭建过程中的艰难和快乐。

后来冷六建议叫《断言》，完全同意，片断的断，武断的断，不只是这一篇文字，我近来的若干篇文字似乎都含有这种倾向。

（三）怀疑和矛盾

我在用文字非常肯定地阐述一种连自己都还没有明白的东西，就像我对《易经》的判断，是一个人类早期的天才，预感到了宇宙和未来，就像一个婴儿在睁开眼睛后不久，就突然强烈地意识到现实和死亡，在还没有学会语言，在还没有足够的词汇和语法作支持的情况下，这个很不幸的幸运儿就强行对世界发表了自己的意见。

我怀疑自己所写的一切。

我怀疑这篇文章自身就是一堆文字的垃圾。

好在，我可以毫不在乎地抄录利特尔在《复仇女神》开篇写下的一句话：

别以为我是在企图说服你们相信什么；总之，你们持什么观点是你们自己的事。

可我又自知无法对此做出宣判，一如我无权宣判任何人的任何一篇文字一样。

烂书的速度永远比好书的速度快。

人们有区分好人坏人的习惯，给人贴上好坏的标签，如同在商品上贴上合格、次品、一等品、二等品之类，我常说这不是一个好习惯，人们也有区分好书坏书的愿望，我也有这个愿望，我再次陷入矛盾之中。

没关系，我可以矛盾。

没有怀疑的阅读，和没有怀疑的写作一样，都是有害的。

我说出了写作与阅读的秘密。

怀疑，是的，你们当然可以怀疑我所写下的一切。

如果依照本文所写，又该如何面对那些并非出于自身原因却不识字找不到书而不能读书的人？不是他们不愿意接受书籍，是他们的环境使他们接触书籍成为一种困难，就像生活在基督以前的人们不知道基督一样。

面对这些问题，我只能回答说：别问我，我不知道。

我当然可以不知道。

“黑夜给了我黑色的眼睛，我却用它来寻找光明。”

茫茫黑夜漫漫游。

这次写作之行，我躲开集体思想，带着“个别人”的困惑和张望，既是小心谨慎地在文本和思想之间、又是偏执粗暴地在知觉和理智之间穿行，一路艰辛，一路欢快。

文字本身有自己的意图和方向，有它自己要去的地方。

（四）逃避与抵抗

我清除了阅读的功利性和社会性，甚至也清除了阅读的娱乐性，我让阅读变得简单。

我强调阅读的自由性和独立性，我让阅读变得危险，并把阅读当作成为个别人的途径，我让阅读变得恐怖。

在我所做的各种清除中，最难以下手的，是阅读的快乐。

没人可以反对快乐，我也不能。

劳伦斯曾把书籍比作是聪明孩子的玩具。

是我个人非常喜欢的一个比喻。

之所以要清除快乐的目的，是想让阅读成为不可代替的。

玩具的种类很多，是可以代替的，是可以喜新厌旧的。

快乐，娱乐，方式很多，但不能把阅读和看电视看歌舞相互平等并相互转换。

好吧，我们也可以变通一下：就算受尽阅读的苦痛折磨，我依然觉得幸福更多。

格林说：**一个人日后会成为怎样一种人，端看他父亲书架放着那几本书来决定。**

这话说对了一小部分，一个人的阅读并不会完全局限于他父亲的书架，但这句话却说出了最本质的部分。

有人说：一个人的历史就是他的阅读史。

不，这话说得有些过了，一个人的历史当然还包括他阅读之外的历史，不能说一个不阅读的人就没有他的历史，这和说他不存在没啥区别。

马拉美说：**世界的目的就是为了一本书。**

不，我完全不能同意，这样等于说上帝是个作家，我们都是上帝的字符，等于否定了所有的书。

福楼拜说：**阅读是为了活着。**

他并没有说活着是为了阅读，好了，我无话可说。

我曾调侃说即便我一个字也不写我也是个作家，即便我一张画也不画我也是个画家。其实这都不重要，这不是我的出发点，也不是我的目的，成为任何可以“标签”和“归类”的人都不是我的目的，我的目的依然是成为我自己。

我的一切逃避和抵抗，还要再加上一句，我的一切思考和寻找，都只是为了让自己更像一个人。

从《最近我听说》到《算是写给大家的信吧》，我没想到自己会写这么长的一段文字，写完这封长信，我要让自己休息一下。

（五）或许未来

实际上，很多时候我不读书，我读书也不多，阅读让我度过了许多愉快的时光，最近喜欢看悬疑和侦破小说，阅读让我学到了很多写作的方法和技巧。

但这都不是我阅读的全部。

阅读更不是我的全部。

我的全部，包括我已经知道了的，所有已经感受了经历了的部分，也包括无疑是属于我但我还不知道的部分。

但愿我没有误入歧途。

但愿我知道自己在说啥。

但愿你们明白我在说啥。

在博尔赫斯去世十年的时候，桑塔格给他写了一封信，桑塔格说我不向你抱怨，我还能向谁抱怨，桑塔格抱怨书籍濒临灭亡的命运，当书籍变成“书屏”，文字变成显示屏上的“画面”时，那就意味着内心世界的死亡，以及书籍的死亡。

桑塔格说：**如果书籍消失了，历史就会化为乌有，人类也就会灭亡。**

这话听起来真让人悲伤，比看《2012》更让人悲伤。

可她说的是对的。

现在，就连桑塔格也离开我们快有十年的时间了，我们已经在她所说的未来里面了。

可我们又能向谁去抱怨呢。

我们没法拿任何替代品来安慰自己欺骗自己。

达恩顿在《阅读的未来》一书中写下的最后一句话是：

历史已经证明，图书不只叙述历史，而且创造历史。

我略作改动，作为这篇文章的结尾：

历史已经证明，书籍不只叙述人，而且创造人。

补充一句，我个人一点也不喜欢达恩顿的这本书。

对于一篇文章来说，这的确不是一个好的结尾，但对于本文而言，我实在找不出比这句话更适合更精彩的结尾了。

2012年2月24日至2012年4月8日一稿

2012年5月16日修订

2016年1月11日再修订

后记

缘起于在《新京报》创办不久的专栏《传说的真相》，当时杨斌做总编辑，责任编辑是方绪晓，引发了我对一些经典寓言和神话进行重新解读的兴趣，这个专栏结束以后开始连载《西游真相》，都是图文形式。

2004 年《连环画报》开始刊载《寓言新解》，当时《连环画报》的主编是夏丽，读者反映一直不错，居然坚持了十年的样子，被重读重解的故事从神话寓言逐步走到历史的范畴，也从耳熟能详逐渐走向了生疏，我当然不能把所有人们所熟知的故事都拿来重读重构，写了一篇《小虫爬壁》作为结束篇。

2007 年的时候由鹭江出版社江金辉策划结集出版了《西游真相》一书，2015 年又出版了“十周年修订纪念版”。

这个名叫《寓言新解》的专栏构成了这本书的主体。

感谢冷炳斌为本书结集贡献了非常贴切的书名。

再次翻检以前的这些文字和插图，有种想要重写重画的冲动，好在这种冲动并没有强烈到要付诸行动的地步，况且，这些大部分都已公开发表过的文章和绘画已经成为一种相对独立的存在。

本书得以结集出版要感谢孝昌县委、县政府，特别感谢孝昌县委宣传部的大力支持，要感谢“书香孝昌”浓厚的阅读和创作氛围。

要感谢一直支持和鼓励我的朋友和家人们。

要感谢曾经为这些文章刊发和结集出版付出辛勤劳动和智慧的编辑们。

要感谢我的读者们，还有将会阅读此书的读者们，我认识的和不认识的你们，因为有你们，这本书才有了存在的价值和意义。

邓曙光

2016年1月11日